后浪出版公司

鞑靼人沙漠

［意］迪诺·布扎蒂 著

刘儒庭 译

四川人民出版社

目　录

第一章

　　九月的一天早上，刚晋升为中尉的乔瓦尼·德罗戈离开城市，前往巴斯蒂亚尼城堡，这是他成为尉官后前往的第一个地点。

　　天还不亮他就被闹钟唤醒，他穿上中尉服，这是第一次穿这样的军官装。穿好衣服，在昏暗的油灯灯光下，他照了照镜子，可是，怎么也照不出他原希望能够看到的那种兴高采烈的神情。家里一片寂静，只能听到隔壁一个房间传来窸窸窣窣的声响，这是妈妈的声音，她正在起床，以便同他告别。

　　这是多年来一直等待的一天，是他的真正的生活的起点。他听到，外面胡同有人走动的声响，这些人可能很自由，很幸福，这使他想起了军事学院的那些苍白无味的时日，想起了学习时的那些苦涩的夜晚，还有冬天在冷得要死的大房子里度过的那些不眠之夜，在那里，天天都提心吊胆，担心有朝一日惩罚会落到自己头上。他想起了数着天数过日子的那种刑罚，好像这样的日子永无完结之时。

现在终于成了军官，再也不必啃着书本耗费体力了，再也不必为上级的粗声大嗓胆战心惊了。所有这些终于都已过去。所有那些时日，所有那些让他感到可恨的时日，最终都成了再也不会重复的年月，统统一去不复返了。是的，现在他成了军官，他的钱可能会多起来，妙龄女郎们或许会盯着他看个不够。可是，乔瓦尼·德罗戈发觉，说到底，最好的时日，青春时光可能就这样结束了。德罗戈就这样照着镜子，看到在自己那张脸上现出了勉强的微笑，他本来想要找到的是可爱的面容，最终却一无所获。

这真是不可思议：为什么告别妈妈时无法像通常应有的那样无拘无束地笑出来？为什么甚至不能认真听取对自己的最后嘱咐，只能听到说话的声音，而这说话的声音却又是如此亲切如此可亲呢？为什么在房间里转来转去，没完没了地紧张不安，手表、鞭子和帽子就在应该在的地方，却怎么也找不到呢？要知道，今天肯定不是出发到前线去打仗啊！几十名像他一样的中尉，他的老同学们，都要在这同一个时刻在欢声笑语中离开家乡，好像是去参加什么节日庆祝活动。为什么从嘴里说出来给妈妈听的只是一些空洞的其淡如水的话语而不是让她老人家感到亲切、使她老人家安心的话语呢？这是他第一次离开老家，他在家人的期望中出生在这里，离开的痛苦，每次变动都会引起的担心，告别妈妈时的激动，所有这些都塞满他的心田。但是，在所有这一切之上还有一种挥之不去的想法沉重地压着他，他无法弄清这是一种什么样的想法，只觉得含含糊糊，好像是一种宿命的东西，几乎使他觉得，好像这是一次有去无回之行。

第一段行程由他的朋友弗兰切斯科·韦斯科维骑马陪同。路上别无一人，只能听到马蹄的声音。天刚亮，城市还在沉睡，这里那里的高层楼房中，最高层偶尔有几个窗口的百叶窗打开了，露出疲惫的面庞，冷漠地看着太阳刚刚升起时的光辉。

两个朋友一言不发。德罗戈想象着巴斯蒂亚尼城堡可能是个什么样子，但他没法设想出来。他甚至也不确切地知道它在什么地方，不知道到底有多远。有人说，骑马需要走一整天，另一些人说用不了一天，他问过的人谁都没有真正到过那个地方。

到了城市边沿，韦斯科维开始活跃起来，但说的都是些老生常谈，好像德罗戈只是去散散步。后来，韦斯科维突然说："你看到那座长满绿草的山了吗？对，就是那里。你看到没有，山头有座建筑？"他接着说，"那已经是那个城堡的一部分，一个突出来的菱形要塞。我想起来了，两年前我到过那里，同我叔叔一起去的，我们是到那里去打猎。"

他们已经出了城。这一带是玉米地，夹杂着草地和秋天里的红色树林。太阳照耀下，道路泛着白光，两个人肩并肩行进在这白色的大道上。多年来，乔瓦尼和弗兰切斯科一直就是两个好朋友，他们有共同的爱好，有共同的朋友，他们几乎天天见面。后来，韦斯科维发福了，德罗戈却成了中尉。他现在感到，对方好像与他有了距离。整个顺利优雅的生活再也不属于他了，他的面前将会是一些严重的、不得而知的东西。他觉得，他的马和弗兰切斯科的马步伐已经不同，一匹前蹄踢腾，这是他的马，步伐不那么轻盈欢快，好像是走在一个充满焦虑和辛劳的无底深渊之中，好像连这头牲口也感觉到，生活正在发生变化。

他们来到一个高坡之上。德罗戈转身看着逆光之中的城市，早晨的炊烟从屋顶之上袅袅升起。他远远地看到了自己的家，辨认出了自己房间的那个窗口。也许窗户打开了，女人们正在打扫清理。她们可能拆掉那张单人床，把杂七杂八的东西放进柜子，最后把百叶窗关上插好。很长时间之内可能再也不会有人进入那个房间，除去那些坚忍不拔的灰尘以及晴天时的几缕阳光。就这样，他青年时代的那个小小的世界落入一片黑暗之中。妈妈会这样保存着这个房间，一直到他返回时再住进去，为的是在他长时间离开后，一旦归来住进去之后依然感到自己是个年轻小伙。对了，她肯定幻想着能够维持着这里的幸福欢乐气氛永不消失，能够制止时间前进的步伐，这样在儿子归来时打开家门和窗户一看，所有的一切依然像以前一样没有任何改变。

好朋友韦斯科维在这里同他亲切告别，德罗戈单独一人继续赶路，不久后即来到了山下。他走进山谷入口，阳光依然强烈，山谷通向那个城堡。右边，山头上，可以看到韦斯科维曾指给他看的那个菱形要塞，看起来似乎不会有很长的路要走了。

德罗戈急于抵达目的地，没有停下来吃东西，踢着已经十分疲惫的马走上山脊之间那段很陡的石质山路。遇到的人越来越少。乔瓦尼向一个车夫打听，到那个城堡还要走多长时间。

"城堡？"车夫回答说，"哪个城堡？"

"巴斯蒂亚尼城堡。"乔瓦尼说。

"这一带根本就没有什么城堡，"车夫回答说，"我从来没有听说过那个城堡。"

显然，这个车夫信息不灵通。德罗戈继续赶路。太阳靠山越来越近时，一丝不安渐渐袭上心头。他仔细观察谷地尽头，看能不能找到那个城堡。他想象着，那可能是一个古老的城堡，它的围墙陡峭壁立。走了半天之后，他越来越觉得，弗兰切斯科向他提供的信息是错误的，走了这么长时间，那个菱形要塞早就该在身后了。这时已是傍晚。

请看，在显得越来越大、越来越荒无人烟的山上，乔瓦尼·德罗戈和他的马是多么渺小。他继续赶路，想在天还亮时赶到那个城堡。他走得虽然很快，然而，阴影从山下深沟里升上来，深沟里传来河水的响声，这阴影比他走得更快。突然，阴影从谷口对面来到德罗戈所在的地方，好像是要暂时放慢它的步伐，以免妨碍他的勇气。接着，阴影从悬崖和山岩上滑下来，骑马的德罗戈落入阴影之中。

整个山谷已经笼罩在一片浓重的阴影之中，只有长着些许杂草的山顶尚有一丝阳光，那山顶不知有多高多远。这时，在傍晚十分晴朗的天空映衬下，德罗戈眼前突然出现一座军事建筑，这座建筑显得黢黑庞大，看起来十分古老，非常荒凉。乔瓦尼感到心在剧烈跳动，因为这个城堡一定就是自己要去的那座城堡。但是，从它的围墙到墙壁周围的景色中，透出一股不欢迎和不祥的

5

气息。

他绕着这一建筑转了一圈，没有找到大门。尽管天色已经很暗，却没有一个窗户透出灯光，墙头也没有发现哨兵用的光亮。只有一只蝙蝠在白云之下往返飞翔。德罗戈终于忍不住试着喊叫起来："喂！"他大声喊着，"有人吗？"

这时，墙脚下浓浓的黑影中闪出一个人来，像是一个流浪汉，一个穷人，灰色的胡子，手里拿着一个小口袋。半明不暗之中看不太清楚，只能看到他的眼球泛着白光。德罗戈感激地看着他。

"先生，您找谁？"对方问道。

"我找一个城堡。这个就是吧？"

"这儿早就没有什么城堡了。"那个不知是什么身份的人说，他的声音很和善，"彻底关闭了。大概有十年了，这里就一直没有一个人来过。"

"这样说来，城堡在哪里？"德罗戈突然对那个人发起火来，大声问了这么一句。

"什么样的城堡？或许是那个？"那个不认识的人这样说着，同时抬起手臂，指着一个什么东西。

不远处的悬崖已被黑暗笼罩，悬崖缝隙间一大片高高低低的山尖仍然被落日的红霞照着，在这些山尖之外不知多远的地方，像变戏法一样，乔瓦尼看到一个光秃秃的小山，小山的山头上显出一个整齐的灰黄色方形轮廓，这显然是一个城堡的轮廓。

咳，还远着呐。谁知道还得走几个小时呢，而他的马已经疲惫不堪。德罗戈很有兴致地看着那个城堡，心里想着，对孤零零的山头上这样一个与世隔绝几乎无法抵达的小堡还能指望些什么呢？小堡内隐藏着什么样的秘密？可是，时间不早了，最后一缕阳光已经缓缓抛开远处山尖上黄色的小城堡，沉入弥漫开来的一片夜色之中。

第二章

夜幕降临时，他还在骑马前行。山谷变窄了，城堡已经消失在背后不远处的山头之后。没有一丝光亮，也没有夜间活动的野鸟的声响，只能偶尔听到远处河水流动的声音。

他试着喊了几声，但传回来的回声似乎带着一些不友好的气息。他把马拴在路边一棵树的树干上，它在那里可能能够找到一些野草吃。他坐下来，背靠着一个斜坡，等待进入梦乡，同时想着还有多少路要走，想象着城堡里可能遇到的人，想象着将来的生活，但没有想到任何一个令人高兴的根由。他的马不时在地上踏着前蹄，似乎很不高兴，这也令人感到奇怪。

清晨，他又上路了。他发现，山谷对面的斜坡上同样高度的地方是另外一条山路。过了一会儿，他又看到，那条路上似乎有什么在移动。阳光还没有照到那里，阴影笼罩着低洼的地方，让人分辨不出是什么在移动。不管怎么样，德罗戈加快了步伐。当他来到同一高度时，这才终于看清，那是一个人，一个骑马前行的军官。

终于有了一个同他一样的人，一个友好的人，或许可以同这个人一起大笑，一起开玩笑，一起谈论未来的共同生活，一起谈论狩猎、女人和城市。说到城市，德罗戈现在好像觉得，那已经是被他抛得远远的另外一个世界了。

山谷又变窄了，两条路越来越近。乔瓦尼·德罗戈终于看清，另一个人是一位上尉。他没有敢先向对方喊叫，先喊不太好，可能不会有用，也显得不够尊重人。但他用右手反复挥舞着帽子，向对方打招呼，可对方没有回应。显然，那个人没有发现德罗戈。

"上尉先生！"乔瓦尼忍不住了，终于大喊起来。接着他又喊了一声。

"什么事？"对面传来一句这样的问话。上尉停下来，一本正经地同他打招呼。他问德罗戈，为什么那样喊叫。对方这样询问时没有显出一丝严厉，但可以感觉到，这位上尉有点儿吃惊。

"什么事？"上尉再次询问，这次口气中显出一丝怒意。

乔瓦尼停下脚步，挥着手一口气回答说："没什么！我想向您问好！"

这样的解释很愚蠢，几乎有点儿伤人，因为这会使人觉得是在开玩笑。德罗戈立即对此感到有些后悔。他从来没有陷入如此难堪的境地，所有这一切都是因为，他因感到孤独而无法自制。

"您是什么人？"上尉喊着回问了这么一句。

这是使德罗戈感到害怕的一问。山谷两侧之间的这种古怪的对话因此就呈现出了上级询问下级的味道。这一开头令人不快，因为上尉很可能是那个城堡的人，如果不说肯定是的话。不管是什么情况，他必须回答这句问话。

"中尉德罗戈！"乔瓦尼喊着自我介绍。

上尉不认识他，距离那么远，也不可能听清楚这个姓，但好像已经平静下来，打了一个手势，表示已经明白，然后接着继续前行，那个手势的意思好像也是说，等一会儿两人就可以会合了。半小时之后，山谷狭窄之处出现一座桥，在那里，两条路终于合到一起。

在桥头，两个人会合了。上尉来到德罗戈身边，仍然骑在马上，向他伸出手来。这是一个四十来岁的人，也许还要大一些，没有胡子，满脸绅士派头。他的制服很粗糙，但很整洁。"上尉奥尔蒂斯。"他这样自我介绍。

德罗戈握着他的手，好像感到自己终于进入了军事城堡这个世界。这是第一次与之发生的关系，随后可能会有数不清的另外一些各色各样的关系，这些关系会把他卷进那个世界。

上尉当然继续前进，德罗戈跟在上尉身边，但略为靠后一些，以表示尊重。他做好准备，对方可能会再提起刚才令人尴尬的对话。可是，上尉一言不发，或许是不想说话，也可能是有点儿腼腆，不知从哪里说起。路很陡，阳光暖洋洋的，两匹马走得很慢。

奥尔蒂斯上尉终于开口："刚才因为太远，没有听清楚您的姓名。好像是德罗索？"

乔瓦尼回答说："是德罗戈，最后是戈字，不是索字。德罗戈，乔瓦尼。您，上尉先生，请原谅，我刚才喊的声音太大，请原谅。您明白了吗？"他含含糊糊地补充说，"山谷之中看不清军衔。"

"确实无法看清。"奥尔蒂斯承认了这一点，等于不再计较刚才的不敬，随后还笑了一下。

他们这样骑在马上走了一段，双方都有点尴尬。过了一会儿，奥尔蒂斯终于开口："您这是到哪里去？"

"到巴斯蒂亚尼城堡啊。怎么，不是这条路？"

"是这条路，确实是这条路。"

他们又沉默下来。天很热，四周都是大山，山上草木茂盛，没有一个人影。

奥尔蒂斯开腔了："这么说，您是到城堡去？可能是送什么信息吧？"

"不是，先生。我是去服役，我分配到那里了。"

"是组织分配去的？"

"我想是这样，是组织分配的。这是第一次任命。"

"那就是组织分配的，是这样……很好，确实很好……如果您认为是这样，那我就祝贺您。"

"谢谢，上尉先生。"

两人又一言不发地走了一段。乔瓦尼感到很渴，他看到上尉的马鞍上吊着一个木质行军水壶，听到水在壶里咣当咣当地响着。

只听奥尔蒂斯问道："是两年？"

"对不起，上尉，您是问，是不是两年？"

"我是说两年。一般都是两年后轮换，不是吗？"

"两年？我不知道，没有对我说待多长时间。"

"哦，都知道是两年。你们这些新任命的中尉一般都是两年，然后走人。"

"按规定所有的人都是两年？"

"都是两年。大家都知道，两年等于四年军龄，这对你们来说很重要。不然就没有一个人申请去了。晋升快一些，所以大家愿意去这个城堡，不是吗？"

德罗戈对此一无所知，但为了不显得太傻，尽量回答得含糊一些："是的，好多人……"

奥尔蒂斯不再继续说下去，好像这个话题对他来说无关紧要。不过，坚冰已经打破，所以乔瓦尼试探着问道："在那个城堡，所有的人都是一年顶两年的军龄？"

"所有的人，哪些人？"

"我是说，对另外一些军官也是这样？"

奥尔蒂斯冷笑了一声："是的，所有的！可以想见！毫无疑问，只对尉官。不然，谁还愿意申请去那个地方？"

德罗戈又说："我没有申请。"

"您没有申请？"

"是的，先生，没有申请。我只知道，两天之前，我被分配到那个城堡了。"

"是这样，真奇怪，确实很怪。"

他们又沉默不语了，像是各自想着自己的心事。但奥尔蒂斯又开口了："除非是……"

乔瓦尼好像醒悟过来："是命令，上尉先生，对吧？"

"我是说，除非是没有任何别的人申请，于是他们就命令您去了。"

"很可能是这样，上尉先生。"

"是的，应该是这样，确实如此。"

德罗戈低头看着路上的灰尘，灰尘上是两匹马的影子。它们的头每迈一步摇晃一次。他听到了它们的四个蹄子发出的响声和几只苍蝇的嗡嗡声，其他再无任何响动。漫漫长路看不到尽头。山谷拐弯之时，偶尔可以看到对面高高的陡壁，陡壁几乎是直上直下，小路也弯弯曲曲，之字形攀缘而上。到了高处，极目远望时，对面仍是高山，小路依然在向上攀缘。

德罗戈问道："对不起，上尉先生……"

"请讲，请讲吧。"

"是不是还很远？"

"不太远了，照现在这样的速度，也许再有两个半小时就到了，也可能是三个小时。或许中午我们就可以到了，真的。"

两人又沉默了一会儿。两匹马浑身是汗，上尉的马显得更累，脚步有些不稳。

这次是奥尔蒂斯先开口："从王家学院毕业的，对吧？"

"是的，先生，是王家学院。"

"是这样。请问，马纽斯上校是不是还在那里任教？"

"马纽斯上校？好像不在了，不，我不认识这位上校。"

这时，山谷变窄，阳光之下，山口好像被封住了。侧面偶尔出现一个黝黑的山峡，山峡中冷风嗖嗖吹来。向上看是极其陡峭的锥形大山，可以想象，就是两三天也不可能爬到山顶，因为这大山实在太高了。

奥尔蒂斯又开口了："中尉，请问，博斯科少校还在吗？是不是还在教射击？"

"没有，先生，好像没有。教射击的是齐梅曼，齐梅曼少校。"

"哦，是齐梅曼，是这样。听说过这个人。问题是，已经过去好多年了，从我在的时候到现在……可以肯定，所有的一切都变了。"

现在，两个人都在想着什么。路又来到阳光下，山连着山，山体更加陡峭，有的地方是寸草不生的石壁。

德罗戈说："昨天傍晚我见到它了。"

"见到什么了？您是说城堡？"

"是的，是城堡。"德罗戈回答说。过了一会儿，为了显得有礼貌，他又补充说："城堡应该很大，对吧？我觉得大极了。"

"城堡很大？不，不是，是最小的城堡之一，是个十分陈旧的建筑，从远处看，会给人一种巨大的感觉。"

两人又沉默了一会儿后上尉才说："非常陈旧，可以说完全过时了。"

"可是，是重要城堡之一，不是吗？"

"不，不是。是一个次级城堡。"奥尔蒂斯回答说。看起来好像，

15

他很想说它的坏话，但口气却又很特别，那样子很像一个人很想谈论他儿子的缺点，但非常肯定的是，他内心里觉得，同儿子的很多优点比较起来，这些缺点实在微不足道。

"那是一段已经死亡的国界，"奥尔蒂斯说，"因此，一直没有什么变化。一直就是那样，同一个世纪之前完全一样。"

"什么，死亡的国界？"

"一段无人过问的国界。它的外面是一个大沙漠。"

"大沙漠？"

"名副其实的大沙漠，石头遍地，沙土干燥，人们叫它鞑靼人沙漠。"

德罗戈问道："为什么叫鞑靼人沙漠？跟鞑靼人有什么关系？那里有鞑靼人？"

"古代有，我想是这样。但更应该说又是一个传说。没有一个人能够穿越它，即使在过去的战争中也是这样。"

"这样说来，那个城堡一直毫无用处？"

"毫无用处。"上尉回答说。

路一直在向上爬，树木已经不见了，这里那里只有一些稀稀拉拉的灌木丛，剩下来就是干枯的草地、山岩和坍塌的红土块。

"对不起，上尉先生，城堡附近有村庄吗？"

"噢，附近没有。有一个村庄叫圣罗科，但离城堡有三十公里。"

"那就是说，没有什么好玩的东西。我想是这样。"

"没什么好玩的，没什么可玩，确实是这样。"

空气变得更为凉爽了，山体呈圆形，看来是得爬最后的山巅了。

"上尉先生，那里的生活不是很枯燥吗？"乔瓦尼笑着问道，语气显得很亲切，好像是说，即便如此，他也并不在意。

"一个人到时是会习惯的。"奥尔蒂斯这样回答。他又补充说，口气中暗含着指责的意味，"我就在那里待了差不多十八年。不，不对，是整整十八年。"

"十八年？"乔瓦尼吃惊地说。

"十八年。"上尉回答。

一群乌鸦在他们两人头上飞过，向山谷低处飞去。

"一群乌鸦。"上尉说。

乔瓦尼没有回答，他在想着将要面临的生活。他感到，他好像置身于那个世界之外，置身于那种孤独、那座大山之外。他问道："以前第一次被提拔为军官的人被派到那里去后，是不是有人留了下来？"

"现在，留下的很少了。"奥尔蒂斯回答说。他好像有点儿后悔，后悔说城堡的坏话，因为他发觉对方似乎有点儿把问题夸大了。"几乎一个也没有留下。现在，所有的人都想到好的驻地去。过去，到巴斯蒂亚尼城堡是一种荣誉，现在几乎是一种惩罚。"

乔瓦尼没有说话。对方又开口了："说到底，那是边界上的一个兵营。一般来说，到那里去的人应该是好样的。边界的一个营地总归是边界的营地，确实如此。"

德罗戈一言不发，感到身上好像突然增加了压力。地平线显得开阔了，远处出现了大山和岩壁的轮廓，悬崖上尖尖的石峰伸向蓝天。

"现在，在军队当中，观念也在变。"奥尔蒂斯继续说，"过去，去巴斯蒂亚尼城堡是巨大的荣誉。现在人们说，那是一段已经死亡的国界，可他们没有想过，国界永远是国界，永远不知道……"

一条小溪横过大路，他们停了下来，从马鞍上跳下，让马喝点儿溪水，他们自己也来回走一走，活动活动筋骨。

奥尔蒂斯说："您知道那里确实可以算得上首屈一指的东西是什么吗？"他很有趣地笑着。

"是什么，上尉先生？"

"是吃的，您将会看到，城堡的饭菜多么丰盛。这就是常有人来视察的原因所在。每隔十五天就会有一位将军来视察。"

德罗戈奉承地笑着。他弄不清，奥尔蒂斯是有点儿傻，是在掩饰什么东西，还是就这样说一说，没有什么深层的意思。

"好极了。"乔瓦尼说，"我都有点儿饿了！"

"噢，反正不太远了。您看到那个突出的大石堆没有？在那儿，就在它后面。"

他们又上路了。就在那个突出的大石堆后面，两位军官来到一块略有点儿上坡的台地边，城堡出现在他们眼前，只有几百米的距离。

同前一天傍晚看到的那个城堡相比，这个城堡确实不大。中心要塞在后部，那里隐隐约约好像有一座兵营，兵营的窗户并不太多，从这个中心要塞伸出两座带有垛堞的矮墙，直通两侧一边一个菱形要塞，将它们与中心要塞连接起来。这些墙勉强挡住谷口，谷口宽约五百米，两边则是高高的陡峭悬崖。

右侧，就在大山悬崖下，台地向下凹下去，形成一个马鞍形关口。古老的道路就从关口穿过，直通到矮墙前为止。

城堡一片寂静，完全沉浸于午后的阳光中。阳光普照，没有一丝阴影。浅黄色的矮墙光秃秃地伸展开来，它的正面看不到，因为那面正好朝北。一个烟筒冒出淡淡的炊烟。沿着中心要塞、矮墙和两个菱形要塞的整个外侧，可以看到十几个哨兵，他们背着步枪，有规律地走来走去，每个人负责守卫一小段。他们像摆来摆去的钟摆，显示出时间前进的节奏，但并没有破坏这一带的无限孤寂的魅力。

左右两侧的大山绵延而去，形成一眼望不到头的一串险峻峰峦，表面上看来好像山连着山，中间没有任何中断之处。这些峰峦也是浅黄色，显得干涩枯燥，至少现在是这样。

乔瓦尼不自觉地让马停下脚步，缓慢地转着眼睛，最后停在灰暗的矮墙上，却弄不明白它所蕴含的意味。他想到了监狱，想到了被抛弃的宅第。一丝微风使中心要塞上的旗帜飘起来。此前，这面旗帜下垂着，与旗杆合为一体。隐隐约约传来号声的回声，哨兵们懒散地走着。在大门口的小广场上，三四个人正把一些袋子装上一辆车，由于距离太远，看不清这些人是不是士兵。但是，所有的一切给人的感觉是，这里是一派麻木懒散的气氛，像一潭死水，神秘莫测。

奥尔蒂斯上尉也停下来，观察着那座建筑。

"这就是那座城堡。"他这样说,尽管已经再也没有必要这样解释。

德罗戈想:"现在他会问我觉得这里怎么样。"他对此感到厌烦。上尉这时却一言未发。

巴斯蒂亚尼城堡并不雄伟,墙很矮,也不漂亮,那些塔和碉堡也没有美感,这里绝对没有任何东西可以使其光秃赤裸让人感到一点乐趣,使人想到生活中的某些甜蜜事物。然而,正像前一天晚上在那个山谷中那样,德罗戈现在着迷地看着城堡,一丝难以名状的快感袭上心头。

那后面有些什么?在那座毫无亲切感的建筑物的那一边,在那些垛堞之外的那一边,在那些兵营、火药库的那一边,在挡住视线的所有这些东西的那一边会是个什么样的世界?北边那个到处是石头、一片沙漠、从来没有人去过的王国是个什么样子?德罗戈隐约记得,地图上的边界之外是一大片空旷地带,城市的名称很稀少,但在城堡高处至少应该可以看到一些村庄、草地、房舍吧?要么就只是一片无人居住的荒原?

他突然感到十分孤独,他那迄今为止一直保持的军人的自负气概,在平安无事的驻地,那里有温馨的家,有快乐的朋友,可以在夜里进行小小的冒险,因此一直保持着军人的自负气概,这种气概突然之间消失了。他觉得,那个城堡,那是未知世界之一,他从来不曾认真想过他会属于它们,这倒不是因为他感到它们可恨,而是因为,那些世界与他的日常生活实在相距太远。那是一个必须承担更多责任的世界,除去它可能不是那种严刑峻法所统治的世界之外，那个世界没有任何亮点。

　　咳，还是回家吧。连那个城堡的门边都不要登，立即下山，回到城里，恢复旧的习以为常的生活。这只是德罗戈心里冒出的第一个想法，这对于一个士兵来说有点儿显得没有骨气，这倒也并不太重要，因为这只是一闪而过的念头，如果需要的话，他甚至可以承认自己有过这样的想法，只要放他走人就行。然而，这时，从北方看不清的地平线上，一股白色浓烟突然升起。阳光之下，白烟越过斜坡，不受任何干扰，袅袅向上，直冲蓝天。哨兵们走来走去，一个个活像机器人。德罗戈的马停下脚步，对天嘶鸣。然后，一切又落入无限的寂静之中。

　　乔瓦尼的眼光终于离开城堡，转向身旁的上尉，希望他能说几句让人感到贴心的话语。奥尔蒂斯这时也一动不动，紧紧盯着黄色的矮墙。是的，他在这里生活过十八年，他在思考那些岁月，陷入几乎像是着迷的状态，像是见到了什么惊人的奇迹。他的样子像是在不倦地欣赏这一奇迹，愉快的、同时又有些伤感意味的微笑慢慢在他的脸上浮现出来。

第三章

　　刚一到达，德罗戈就要向马蒂少校报到，他是这里的最高领导的第一助手。值班中尉是个冒失但热情的年轻人，叫卡洛·莫雷尔，他陪着德罗戈穿过城堡心脏部位的长廊去见少校。从进口处的门厅可以看到一个很大的院子，院里空无一人。两人穿过门厅在宽大的长廊里走着，走廊好像没有尽头。走廊的天花板在阴影之中，看不太清楚，偶尔从侧面的小窗透进一小束亮光。

　　只是到了上面一层才看到一个士兵，他的手里拿着一叠纸。墙壁潮湿，空无一物，这里也光线昏暗，一片寂静：所有的一切使人感到，这一切早已被人遗忘，而在世界上的另外一些地方却有鲜艳的鲜花，笑嘻嘻的美女，温馨安逸的家。城堡内的一切好像早已被人遗弃，可是，这是为了谁？是为了什么样的利益？现在他们来到第三层，又是一个与第一层完全一样的走廊。在墙壁后的某个地方远远传来一阵笑声，德罗戈甚至觉得这笑声好像不是实实在在的笑声。

马蒂少校有点儿胖，微笑着，笑意显得有些装腔作势。他的办公室很大，办公桌也很大，上面整整齐齐放着些纸张。这里有一幅国王的肖像，少校的军刀挂在一个专用木桩上。

德罗戈立正做了自我介绍，拿出自己的证件，接着说自己并没有申请到这一城堡来（他心里想的是，如果可能，一定要立即离开这里，调往别的地方）。然而，马蒂打断了他。

"中尉，多年前我就认识您父亲，那可是一位典型的绅士。您肯定愿意为纪念他而做出成绩，争取好名声。如果我没有记错的话，他是高等法庭庭长？"

"不是，少校先生，"德罗戈纠正说，"我父亲是一名大夫。"

"噢，是大夫，对了，是大夫，您看我这记性，我给搞错了。对，是大夫，不错，是大夫。"马蒂一时显得有些尴尬。德罗戈注意到，对方老是把左手放到领口，极力掩盖一片污渍，一片圆圆的污渍，显然是不久前刚刚弄上去的，就在军装的胸口部位。

少校很快又开口了："很高兴在这里见到您。"接着又说："您知道彼得罗三世陛下是怎么说的吗？他说：'巴斯蒂亚尼城堡是我的王冠的哨兵。'我想加上一句：属于这一城堡是莫大的光荣。中尉，难道我说的不对吗？"

他机械地说着这些，好像是多年前就已学会了的一些套话，在一定的场合，必须把这些套话掏出来。

"正是这样，少校先生。"乔瓦尼说，"您讲得非常有理。可是，

24

我愿向您说实话，对我来说太意外了。我的家庭在城里，我更希望，如果可能的话，更希望留在……"

"噢，那就是说，您是想离开这里。刚刚到达就离开，是不是可以这样说？我愿向您说，我很遗憾，非常遗憾。"

"不是说我要这样。我不想讨价还价……我是说……"

"我明白了。"少校叹了一口气，那意思好像是说，这是经常发生的老一套，他知道应该如何同情来者，"我懂了。您原来所想象的城堡是另一副样子，现在您感觉它有点儿可怕。可是，请您老老实实地告诉我，刚刚到来仅仅几分钟，怎么可能做出正确的判断？"

德罗戈说："少校先生，我对城堡并没有一点敌意……我只是想留在城里，或者，至少离城近一些。您说不是吗？我诚心诚意地向您讲了，我看到，您在这些事上是个明白人，我指望您大方……"

"这是当然的，当然是这样！"马蒂大声说，同时短暂地笑了笑，"我们在这里正是为了这个！在这里，我们不希望任何一个人是勉强的，包括最下级的小哨兵。只是，对不起，我觉得，您是个很不错的年轻人……"

少校沉默了一会儿，好像是在想出一个最好的解决办法。就在这时，德罗戈的头向左转了一下，把视线转向那扇朝向内部走廊的窗户，那扇窗子正好开着。他看到了对面的墙壁，像别处一样也是浅黄色的，阳光照在上面，有一些长方形的黑洞，那是几扇窗户。除此之外，可以看到，墙上挂了一只钟，指针显示，现在是两点整。高处的一个平台上，哨兵身背长枪走来走去。在这座建筑物的上方远处，下午阳光的反衬之下，山上的石峰显得十分突兀。他所看到的只是山峰的顶峰，这本身并没有什么特别之处。尽管只是看到了这一悬崖的一部分，可是仅这一眼也使乔瓦尼·德罗戈想到了北边的大地和紧临城堡的那个神秘国度。那边是个什么样子？令人昏昏欲睡的光亮从那边照过来，从冷漠的烟尘中照过来。这时，少校又说话了："中尉，请告诉我，"他问德罗戈，"您是想立即就走呢，还是说等几个月之后再走呢？对于我来说，我再说一遍，这无关紧要……从实质性的观点来说，确实可以理解。"他在最后加了这么一句，以显得不那么不近情理。

"应该马上就走。"乔瓦尼高兴地说道，不费周折使他感到意外，"应该马上就走，我觉得最好是马上就走。"

"那好，那好。"少校这样安慰他，"现在，我愿向您解释，如果您想马上就走，最好是，就说您病了。您到门诊部去观察两天，大夫给您开一个证明。不过，很多人在这个节骨眼上坚持不住……"

"必须说是病了？"德罗戈这样问了一句，他不喜欢这样弄虚作假。

"要说是必须，那也说不上。但这样一来一切就简单了。不然的话，您就得写调离的书面申请，还得把这份申请递交最高司令部，需要最高司令部批复，这至少需要两周的时间。这事首先需要上校处理，他希望避免出现这种情况。这些事肯定使他不快，使他感到伤心，对，就是这个词，伤心，好像他的城堡管理不善。因此，如果我是您的话，如果要我讲实话的话，我就要尽量避免……"

"可是，对不起，少校先生，"德罗戈插话说，"这些情况我根本不知道。如果离开会使我蒙受损失的话，那就是另外一回事了。"

"中尉，想都不要想，您没有弄懂我的意思。不管是哪种情况，您的前程都不会受到影响。这只是，怎么说呢，这只是有那么一点点……当然了，我必须马上告诉您，这事不会使上校先生高兴。不过，如果您下定决心要……"

"不，不是这样。"德罗戈说，"事情如果像您所说的那样的话，也许最好还是让大夫出个证明。"

"除非是……"马蒂讨好地笑着，后半句吞了回去。

"除非是什么？"

"除非是，您在这里待上四个月后不能适应，这是最好的解决办法。"

"四个月？"德罗戈问道。这使他相当失望，在此之后才有可以马上离开的希望。

"是的，四个月。"马蒂再次肯定，"程序十分严格。现在我来给您解释一下：所有的人每年做两次体检，这是正式写明的。下一次体检将在四个月之后进行。我觉得，这对您来说是个极好的机会。如果检查报告是您不得离开，如果您愿意的话，这事由我亲自处理，您可以完全放心。"

"除此之外，"少校停了一下之后继续说，"除此之外，四个月毕竟是四个月，这样打一份人事报告就可以了。您可以放心，上校会同意的。您知道，这对您的前程有什么价值。可是，咱们还是要讲清楚，我们一定要讲清楚，这只是我的建议，您有绝对的自由……"

"是的，先生。"德罗戈说，"我完全明白。"

"这里的工作并不很累，"少校强调说，"几乎可以说，就是简单地站岗巡逻。新菱形要塞那边紧张一些，起初肯定不会让您去。没有什么吃力的事，不必担心，永远不会有什么令人烦恼的情况……"

德罗戈勉强听着马蒂的解释，不知道为什么，他竟被窗外的画面吸引住了，那是那个悬崖的一角，那个悬崖突兀地悬在正面那堵矮墙的上方。一种他自己也难以说明的感觉渗透到心底，也许是一种古怪荒唐的东西，也许是一种不祥的暗示。

与此同时，他也感到十分心安。他仍然想离开，但不像先前那样十分焦急了。对于刚到达时的那种焦虑几乎感到有些害臊。或许他还没有像除他之外的所有的人那样高尚？他现在想，立即离开会被认为是承认自己比不上别人。这样一来，在内心深处，自尊心同他想再过上原来的家庭生活的愿望斗争起来。

"少校先生，"德罗戈开口说，"感谢您的建议，让我想一想，明天再答复。"

"好极了。"马蒂说，显出很满意的样子，"今天晚上怎么办？要不要在餐厅见见上校？还是说等决定之后再说？"

"这个，"乔瓦尼回答说，"我想，没有必要藏起来，再说，反正我得在这里待四个月。"

"这样很好，"少校说，"这样您会感到欢欣鼓舞。您将会看到，这里的人都很热情，所有的军官都是好样的。"

马蒂笑了，德罗戈知道，该告辞了。但在走之前他又问了一句。

"少校先生，"他的声音显然很平静，"我可以看一看北边吗？可以看看墙那边吗？"

"墙那边？我不知道您对风光这么感兴趣。"少校这样回答。

"只看一眼，少校先生，只是出于好奇。我听说，那边有沙漠，我从来没有见过沙漠。"

"不值一看，中尉，那种风光十分枯燥，确实没什么好看的。听我的，别再想它了。"

"不再坚持了，少校先生。"德罗戈说，"我原以为，这并不是什么难事。"

马蒂少校合起他那胖胖的双手，几乎像是在祈求。

"您向我提出的这一要求，"他说，"是唯一一件我确实无法答应的事。到墙头之上，到哨所，只有值岗的军人才能去，需要知道口令。"

"没有一条特殊通道？一名军官也不行？"

"军官也不行。噢，对了，我清楚地知道，在你们城里，这样微不足道的小事好像就是小题大做，好像很可笑。在城市里，口令不是什么秘密，这儿可是另外一回事。"

"可是，少校先生，请原谅，如果我坚持要……"

"您说，中尉，您说。"

"我想说，连一个射击孔、一个观察的窗口也没有？"

"只有一个，唯一的这一个在上校的办公室里，可惜没有任何一个人为了好奇想去那里观景。而且确实不值一看，我再向您说一遍，那边的风光不值一看。哦，如果您决定留下来的话，那边的风光将会使您感到烦透了。"

"谢谢，少校先生。还有命令吗？"他立正告别。

马蒂做了一个友好的手势："中尉，再见！别再想了，那边的风光不值一看，我向您保证，那是让人极感厌烦的风光。"

可是，就在那天傍晚，刚刚下岗的莫雷尔中尉偷偷带着德罗戈登上墙头，为的是让他好好看看。

一条长长的走廊，同矮墙平行，从入口的这一头一直到另一头，仅有不多几盏油灯。时而看到一扇门、一个仓库、一个维修室、一个哨所。两人走了大约一百五十米之后，才来到通往第三个要塞的入口。一个持枪哨兵站在墙头。莫雷尔说是要同格罗塔中尉谈话，后者是带班军官。

就这样，算是符合规定了，他们可以进去了。乔瓦尼来到一个通道的小过厅，灯光下看到，墙上挂着一个小牌子，上面写着站岗士兵的姓名。

"过来，到这边来。"莫雷尔对德罗戈说，"最好快点儿。"

德罗戈紧跟着莫雷尔来到一个很窄的梯子旁，亮光之下看到，梯子靠在要塞的斜坡上。莫雷尔对正在这段墙上走来走去的一个哨兵打了一个手势，意思好像是说，拘泥于形式毫无用处。

乔瓦尼突然之间就来到了外围垛堞前。他的眼前，山谷沉浸在落日的光辉之中，北方的秘密展现在他眼前。

德罗戈看着这一切，脸色有些苍白、僵硬。附近的一个哨兵停下脚步，无边的寂静像是从晚霞的光芒之中沉降下来，笼罩了这里的一切。德罗戈的眼睛死盯着眼前问道："那后面是什么？那个山岩后面是什么？一直到最远处都是这样？"

"我也从来没有见到过。"莫雷尔回答说，"必须到新要塞才能看到，就是那边那个，就在那个锥形山山顶。在那个山顶可以看到前面的那大片荒原。人们说……"说到这里，他突然住口不再说下去。

"人们说？……人们说什么？"德罗戈马上问。他的声音颤抖，夹杂着焦急不安。

"人们说，都是砂石，是一片大沙漠，白色的砂石，像雪一样。"

"都是砂石？仅此而已？"

"人们说是这样，还有一些沼泽。"

"那边最远处呢？再向北，可以清清楚楚地看到一些什么东西吗？"

"通常地面上都是雾。"莫雷尔这样说，显然不再像原来那样热情，那样活跃，"是北方的浓雾，什么也看不清。"

"浓雾！"德罗戈大声说，像是不相信，"不会永远都是大雾吧，总会有几天晴天吧。"

"几乎从来没有晴朗过，冬天也是这样。但也有人说，他们见到过那边的情况。"

"什么，有人说看到过？看到些什么？"

"是些梦境，是梦境。对士兵们所说的，您一定要谨慎。一个说是这样，另一个说是那样。有人说看到一些白色的高塔，要么说是有一座火山，还冒着烟，浓雾就是从那边飘过来的。奥尔蒂斯上尉也肯定地说他看到过，这好像是五年前的事了。听他说，那边有一条长长的黑色地带，可能是树林。"

他们不再说话。德罗戈想，以前曾在什么地方见过那个世界？也许是在梦中？或者是在读过的某个古代神话故事中描写的？他好像觉得，又认出它来，坍塌的低矮石壁，既没有树木也没有绿草的弯曲山谷，陡峭的悬岩，最后是那片空无一人的三角形平地，前面的山岩也没有把它完全挡住。藏在他内心最深处的东西被再次唤醒，他现在无法理解这些都是什么。

现在，德罗戈欣赏着北方的这个世界，欣赏着那片空无一人的荒原，人们说，没有一个人曾经穿越过这片荒原。敌人从来没有到过那里，从来没有发生过战斗，从来没有发生过任何事情。

"就这样吧，"莫雷尔极力装出轻快的口气，"就这样吧，满意吗？"

"哦！……"德罗戈只能这样回答。乱糟糟的想法使他感到内心不安，同时又感到有些说不清道不明的恐惧。

一声号声传来，声音并不太大，也不知道是从哪里传过来的。

"现在最好回去。"莫雷尔建议说。可是，乔瓦尼似乎没有听到，仍在自己的混乱想法中努力寻找着某种东西。傍晚的光亮越来越暗，阴影中刮起的冷风掠过城堡。为了取暖，哨兵又开始走动起来，偶尔看一眼乔瓦尼·德罗戈，看看这个陌生人。

"最好还是快点儿回去吧。"莫雷尔又催了一次，用手挽住他的这位同事。

第四章

德罗戈过去有好多次也是孤零零一人，有几次是在乡下，那时他还是个孩子，感到孤独迷茫，另外几次是在城里的夜间，在犯罪分子活动的城区，天甚至已经黑下来，他就睡在路边。可是，现在情况已经大不相同，旅途的激动已经结束，他的新同事们已经睡下，他坐在自己的房间，灯光之下坐在床沿，痛苦迷茫。现在他才真正懂得什么是孤独了（这是个很难看的房间，满铺着木地板，床很大，别的东西就是一张桌子、一个很不舒服的沙发和一个柜子）。所有的人对他都很客气，在餐厅，为欢迎他还开了一瓶酒。可是现在，没有一个人来过问他，大家已经把他忘得一干二净（床头挂着一个木制十字架，另一边是一份陈旧的宣传画，字体很大，头几个词还可以辨认出来：Humanissimi Viri Francisci

Angloisi virtutibus……[1]）。整整一夜，也许不会有一个人进来向他道一声晚安。整个城堡没有一个人会想到他这个人，不仅只是在城堡之内，很可能全世界都不会有一个人想到德罗戈。每个人都有自己要关心的事，每个人只想着自己，甚至妈妈也是这样，很可能是这样，甚至她这时心里想的也是别的事，她并非只有他这么一个儿子。过去，她整天想的都是乔瓦尼，现在，也该想一想别的儿子了。应该如此，乔瓦尼·德罗戈没有一丝埋怨，可在这时，他是一个人孤零零地坐在床沿，在城堡中的这个房间内（现在他看清楚了，木板墙壁上刻着一把军刀，而且耐心地添加了颜色，大小与真的军刀不相上下，初看之下以为是一把真刀，这是某个军官耐心细致的杰作，不知道这是多少年之前的一位军官留下的）。德罗戈坐在床沿，头微微前倾，背有些弯，目光呆滞沉重，备感孤独，这是一生当中从未有过的孤独。

德罗戈吃力地站起来，打开窗户，看着窗外。窗子朝向庭院，别的什么也看不到。他的目光转向南方，极力想分辨一下他前来城堡时翻越过的那些大山。因为是夜间，他只能白费力气，那些山在低处，可能被要塞正面的围墙挡住了。

只有三个窗口亮着灯，但都在他所在的这一侧，所以看不到窗内的情况。他们的灯光，以及德罗戈的灯光，投射到对面墙上，像是被放大了，其中一个窗口好像有一个人影在动，也许是一个军官正在脱衣服。

---

1 意为"极为仁慈的弗兰奇希·安格洛伊西的善德……"——译者注

他关好窗，脱下衣服，躺到床上，又思考了几分钟。他盯着天花板，天花板也包着一层木板。他忘记带些书来，但今天这个晚上无所谓，因为他感到很困倦。他关了灯。黑暗之中，窗户的长方形轮廓逐渐清晰起来，德罗戈看到，窗外天空的星星在闪闪发光。

德罗戈感到，一股突如其来的睡意将他拉进梦乡。但是，那种睡意并不是那么清晰，像是在做梦，一些人影在他眼前来来往往，甚至开始形成一个有情节的故事。可是，几分钟之后他发觉，自己依然醒着。

他比刚才更加清醒，因为这无边的寂静好像在捶打他。很远很远的地方传来咳嗽的声音，这可能吗？然后是在近处，"噗咂"，这好像是水的闷声闷气的响声，似乎是从墙壁那边传过来的。一个小小的绿色星星（他看到，它好像一动不动）在夜空中进行着它的漫游，很快就要走到窗子的顶点了，过一会儿可能就消失不见了。在黑色的映衬下它又闪亮了一会儿，然后真的消失了。德罗戈还想再追着它走一会儿，所以把头向前移动了一下。就在这时，他听到了第二声水的"噗咂"声，那声音很像是什么东西掉进了水里。会不会再响？他一动不动地等着这水声，等着这从地下、从沼泽、从空无一人的房间传来的声响。死一样的几分钟过去了，那是绝对的寂静，城堡内的这位先生终于感到，那是无可争议的寂静。在德罗戈周围，遥远生活中的那些无法解说的影像再次向他压过来。

"噗咂！"这可恶的声音再次传来。德罗戈坐起来。这意味着，这是一种反复不停的声响，后面的声响并不比前一次的小一些，因此，这不是一滴比一滴小最后慢慢消失的滴水声响。这让人怎么能入睡？德罗戈想起来，他的床边有一根绳子，也许是拉着敲钟的绳子。他试着拉了一下，绳子被拉紧，曲曲折折的建筑物的远方有了反应，那是几乎让人无法听到的叮咚之声。真愚蠢，德罗戈这样想，竟然为这么一点微不足道的小事呼叫别人。来的会是什么人呢？

不多一会儿，房间外的走廊里传来脚步声，脚步声越来越近，有人开始敲门。"请进！"德罗戈这样说了一声。一个士兵手持灯笼站在门口："中尉先生，有什么吩咐？"

"我的上帝，这儿没法睡觉！"德罗戈冷冷地说，口气中含着怒气，"这讨厌的声音是怎么回事？管子漏水了，去把它修好，不然，根本不能睡。有时只要垫一点儿破布就能解决问题。"

"那是蓄水池的声音。"这个士兵马上回答说，好像对这种事早已习以为常，"是蓄水池的声音，中尉先生，毫无办法。"

"蓄水池的声音？"

"是的，先生。"这个士兵解释说，"是蓄水池，就在这堵墙后面。所有的人都在抱怨，但毫无办法。并非只有这里能听得到。冯扎索上尉先生有时也为此大喊大叫，可是，毫无办法。"

"那好吧，那就请走吧。"德罗戈只好这样说。门关上了，脚步声远了，又是无边无涯的寂静，星星在窗口闪着光。现在乔瓦尼想到了那些哨兵，他们就在离他几米远的地方走来走去，没有一刻停息，活像一些机器人。这几十个人夜间不能休息，而他躺在床上，其余的一切沉浸于睡梦之中。德罗戈想，几十个人在站岗，他们为了谁？为的是什么？看来是，在这个城堡里，军事方面的形式主义在丧失理智方面堪称杰作。上百人在看守这个豁口，可这个豁口不曾有一个人穿越。乔瓦尼想，还是走吧，赶快离开吧，前往让人能透得过气来的地方去吧，赶快躲开这神秘的浓雾吧。咳，自己好好的家现在如何，此时，妈妈肯定已经睡下，灯全部都关了。除非是，此刻她并没有想念他，但更有可能的是，夜里她辗转反侧，无法休息，因为她常常为一丁点儿小事着急不安，他对此了如指掌。

蓄水池再次发出声响，又一个星星来到长方形窗子的上沿，它的光仍然能够抵达这个世界，仍然能够抵达城堡的斜坡，仍然能够与哨兵们紧张的眼光相遇。但是，它的光无法照到乔瓦尼·德罗戈，他在期待着能够进入梦乡，一些不祥的想法在折磨着他。

马蒂的那些吹毛求疵是不是在演戏？四个月之后，是不是真的不再放他走？是不是会找一些微不足道但又合乎规定的借口阻止他返回城里？如果不得不留在这里很多年，留在这个房间，睡这样的床，如果是这样的话，这青春年华不是就这样耗费殆尽了吗？多么荒唐的假设，德罗戈这样自言自语，他知道，这些假设是不可能的，然而，他无法赶走它们。刚刚过了一小会儿，它们又来折磨他，在夜间的孤寂笼罩下折磨他。

就这样，他感觉到，在他周围，一张极力要把他扣下来不许离开的黑网正在扩展开来。很有可能，这涉及的并非只是马蒂一个人。无论是马蒂还是那位上校，或者另外一个什么军官，他们对他根本不感兴趣，不管他是走是留，他们肯定都不关心。可是，一股无形的力量在努力，在极力反对他返回城里，或许这股力量就来自他自己的内心，只是他自己并没有发觉。

后来，他看到一个大厅，看到白色的路上有一匹大马，他觉得，好像有人在喊他的名字。于是，他很快进入了梦乡。

第五章

　　两个晚上之后，乔瓦尼·德罗戈第一次来到第三个要塞开始值岗。下午六点，七支警戒分队在院子里站好队，三支前往中心要塞，四支去两侧要塞。还有第八支分队，这一分队前往新要塞，因为要走很远的路，所以已经先期出发。

　　特隆克中士在城堡已经很多年，带领二十八个士兵前往第三要塞，再加上一个号兵，总共是二十九个人。他们都是第二连的，即奥尔蒂斯上尉的那个连队，乔瓦尼也被编入这个连。今天德罗戈带队，所以身佩军刀。

　　七支分队站成一路纵队，按照传统，上校在一个窗口看着这支队伍。中心庭院的黄土地上，这支队伍形成一条黑色长条，看起来很美。

　　围墙之上，微风吹过，碧空如洗，最后的阳光照着围墙的轮廊。这是九月的一个傍晚。副司令尼科洛西中校从司令部大门走出来，双手扶在军刀上。他有点儿瘸，因为很早以前受过伤。这一天由大块头蒙蒂上尉负责视察，他以他那沙哑的嗓音发出了口令，所有的士兵，确实是一个不落的所有士兵应声举起武器，发出响亮的金属声响。然后是一阵寂静。

七个分队的号兵们一个接一个吹起出发号。他们用的是有名的巴斯蒂亚尼城堡银号，红黄相间的丝绸缨穗，每把号都配有一个硕大的徽章。它们发出的声音清脆嘹亮，掠过一动不动的成排刺刀，冲向蓝色的晴空，像钟声一样洪亮，同时又带着颤音。士兵们立正站着，纹丝不动，像一尊尊雕像，他们的脸上显出军人特有的庄严神情。不，他们肯定不认为是去站岗，那是单调枯燥的事，而是带着英勇的目光等待着迎战敌人，看来确实是这样。

最后一声号声在空中回响了很长时间，围墙将号声反射回来，余音缭绕不绝。刺刀对着幽深的蓝天发出寒光，过了一会儿之后才隐没在队列之中，寒光随之消失。上校离开窗口不见了。七支小分队的步伐响起来，分别穿过城堡迷宫一般的小路，奔向各自的岗位。

一个多小时之后，乔瓦尼·德罗戈来到第三要塞的高处平台，这正是他抵达这个城堡第一天晚上向北方观望的那个地方。那天晚上是出于兴趣来到这个地方，像一个过路的游客，现在则成了主人：在这二十四个小时之内，整个这一要塞和这一百米的围墙完全由他独自负责，他就是唯一的主人。在他手下，四名炮兵在小要塞内守护着炮口对着山谷的两门大炮，三名哨兵守

42

卫要塞外围，另外四个哨兵沿右侧围墙布置，每人负责二十五米的一段围墙。

同下岗哨兵的换岗过程是按照严格的规章进行的，由特隆克中士监督，在军事规章方面他可以说是一名专家。他在这个城堡已经待了二十二年，已经再也不想离开，即使在假期也没有离开。没有一个人像他那样了解城堡的每一个角落，军官们常常在夜间遇到他，黑暗之中，他在城堡内转来转去，视察每一个角落，不必使用一点点照明灯光。他值班时，哨兵们不敢有一刻放下手中的步枪，不敢靠在墙上休息，甚至不敢停下脚步，因为只在特殊情况下才容许停下巡逻的脚步。整整一个夜晚特隆克都在瞪着大眼，迈着轻轻的脚步，毫无声响地沿着巡逻路线转悠，把哨兵吓一大跳。"什么人？那边是什么人？"哨兵握紧步枪大声问道。"山洞。"中士回答。"格列高教皇。"哨兵接着回答。

实际上，军官们和士官们值岗时只在自己负责的那段围墙上转悠，并不那么讲究严格的形式，士兵们能够看到他们，同他们对口令显得很可笑。只有在遇上特隆克时，士兵们才严格按规章办事。

特隆克个子不高，很瘦，面相显得有点儿老，头发稀疏。他同其他同事也很少交谈，业余时间一般都是独自一人学习音乐。他对音乐可以说是着了迷，因此，乐队指挥埃斯皮纳上士也许是他仅有的一个朋友。他有一架手风琴，可他几乎从来没有拉过，尽管据说他拉得很不错。他学习和声，有人说，他创作了不少军队进行曲。但是，具体情况人们一无所知。

不过，在他值班的时候，像他休息时习惯的那样哼哼口哨不会有什么危险。他总是那样沿着围墙反复巡逻，认真观察北方的谷地，不知他在寻找什么。现在，他来到德罗戈身边，指着陡峭山脊上通往新要塞的崎岖山路对德罗戈说："那边是换岗下来的一个小分队。"说话时他用右手食指指着那边。在傍晚的昏暗中，德罗戈无法看清那个小分队。中士摇了摇头。

　　"出什么事了？"德罗戈问道。

　　"这样站岗不行。我一直都这样说，真是些疯子。"特隆克这样回答。

　　"可是，究竟发生了什么事？"

　　"这样站岗不行。"特隆克再次重复一遍，"在新要塞，换岗应该提前进行。可是，上校就是不干。"

　　乔瓦尼吃惊地看着对方：特隆克可以批评上校，这可能吗？

　　"上校先生他……"中士的口气严肃认真，而且很自信，这倒并不是为了纠正下面这些话的意思，"从他的角度来说，他当然有道理。可是，没有一个人向他解释这样做的危险。"

　　"危险？"德罗戈问道。他想，从城堡到新要塞，路这么好走，又是这么一个空旷荒凉的地方，会有什么危险呢？

　　"是的，危险。"特隆克回答说，"迟早会有那么一天，天这么黑，会发生一件什么事。"

　　"那应该怎么办？"德罗戈客气地问了一句。对所有这些故事，他的兴趣并不很大。

　　"过去，"中士很高兴有机会显示自己的能力，"过去，新要塞的换岗时间比城堡的换岗时间提前两个小时，换岗时间一直是白天，冬季时仍是白天。然后是，口令的事一直很简单，需要知道进入要塞的口令，需要知道新口令，一个是白天值岗的小分队的口令，一个是回城堡的口令。就这么两个口令就够了。当下岗的小分队回到城堡时，这里还没有换岗，口令依然有效。"

"噢，我懂了。"德罗戈说着，不再紧跟在他身后。

"可是，后来，"特隆克继续说，"他们害怕了。据他们说，那么多知道口令的士兵在边界一带自由活动，这显得有些不够谨慎。他们说，五十来个士兵，而军官只有一个，一名士兵想要叛变的话难道不是很容易吗。"

"噢，是这样。"德罗戈表示赞成。

"于是，他们想，最好口令只让带队的军官知道。因此，现在的情况是，换岗时去换岗的人提前四十五分钟从城堡出发。我们今天就是这样。其他地方的换岗时间统一为六点整。前往新要塞的分队五点一刻从这里出发，抵达时正好是六点整。出城堡不需要口令，因为是当天白天安排出发的值岗小分队。进入新要塞却需要口令，而且是前一天的口令，前一天的口令只有带队军官一个人知道。在新要塞换岗之后，口令即改为今天的口令，这一口令也是只有带队军官一个人知道。这样一直持续二十四小时，直到新的小分队来换岗为止。第二天晚上，士兵们回到城堡时（他们可能六点半才能回到城堡，回去的路是下坡，不像来的时候吃力），口令又变了。于是就需要知道第三个口令。带队军官需要知道总共三个口令，一个是前往换岗的口令，一个是值班时的口令，第三个是回城堡时的口令。搞得如此复杂，为的是，士兵们走在路上的时候对口令一无所知。"

"我要说的是，"特隆克继续说下去，根本不考虑德罗戈是不是关心，"我要说的是，如果口令只有军官一个人知道，我们假设，如果他在路上感到不舒服，士兵们该怎么办？他们总不能强迫他说出口令吧。这样一来，他们甚至连回到出发的地方都不可能了，因为这时口令已经改了。他们为什么不想到这种情况？另外还有，他们只想着保密，可他们没有发现，这样一来就得三个口令，而不是两个，第三个口令，就是第二天回到城堡时需要的那个口令，不是在二十四小时之前就已经发布了吗？不管发生什么事，这个口令都不能改动，不然，值岗的小分队就再也进不了城堡了。"

"可是，"德罗戈反驳说，"在城堡门口，不是可以认得一清二楚吗？完全可以看清，小分队是下岗归来的自己人！"

特隆克居高临下地看着中尉，口气高傲地说："中尉，这是不可能的。城堡有城堡的规定。没有口令，从北方过来的任何一个人都不得进入城堡，不管他是什么人。"

"可是，"德罗戈被如此荒谬的严格规定激怒了，"可是，为新要塞设一个特别口令不是简单极了？那里先换岗，归来的口令只让军官知道，这样不是就可以了吗。这样一来，士兵们依然是什么也不知道。"

"是这样，"这位士官带着几乎是胜利的口气说道，好像他就在这个紧要关头等着对方的反驳似的，"这或许是个很好的解决办法。但是，那样一来规章就得改，需要有专门的法律才能改变

46

规章。规章规定（他一字一顿地说）：'口令二十四小时内有效，从换岗起，到下一次换岗为止。在城堡及其附属建筑内只使用唯一的一个口令。'这里说得清清楚楚，'及其附属建筑内'。讲得再清楚不过了。不允许有任何变通办法。"

"可是，在过去，"德罗戈从一开始就根本没有认真听，"过去新要塞是提前换岗，是吗？"

"当然是！"特隆克喊道。然后又改变了口气："是的，先生。只是最近这两年才是这样。过去，情况非常好。"

这个士官不说话了，德罗戈吃惊地看着他。在城堡待了二十二年后，这个士兵的心里还能留下些什么？特隆克是不是还能知道，在世界上的其他地方还存在着不穿军装的成千上万个像他一样的人？是不是还知道，别的人在城里自由自在地游逛，夜里可以想上床睡觉就上床睡觉或者想去餐馆就去餐馆想去剧场就去剧场？不（德罗戈看着他，心里已经很清楚），别的人，特隆克已经忘得一干二净，对于他来说，除去城堡和他的那些可恨的规章以外，其他任何东西都不再存在。特隆克再也不记得姑娘们如何发出甜美的声音，也不记得花园是什么样，河流是什么样，除去城堡周围那些稀稀拉拉的瘦小灌木丛之外，他不记得别的树木是什么样子。特隆克在观察，这不假，他在观察北方，但不是以德罗戈的心理在观察；他在盯着通向新要塞的小路、河沟和外边的山崖，他在巡视着所有可能存在的通道，但他看不到那些荒凉的悬崖，也看不到那块神秘的三角形平地，也看不到天上的那片白云，在就要黑下来的天空，那片白云在慢慢飘动。

就这样，在黑夜降临之际，德罗戈心头再次被赶快离开的念头占据。为什么不赶快离开？他在责备自己。为什么在马蒂的那些外交辞令和甜言蜜语面前让步？现在，只得耗费四个月的时间去等待，那可是漫长的一百二十天啊，其中一半的时间要在围墙上值岗。他感到，他身处另外一类人中间，身处陌生的土地之上，这是一个艰苦、吃力不讨好的世界。他看了看周围，又看到了特隆克，后者在盯着那些哨兵，一动不动。

第六章

　　现在已经是深夜，德罗戈坐在城堡那个孤寂的房间里，拿出纸张、墨水和笔来，准备写信。

　　"亲爱的妈妈"，刚写了这几个字他就感到，自己好像又回到了童年时代。蜡烛光下，他孤身一人，没有一个人看到他，在这个他不熟悉的城堡里，远离家乡，远离所有亲切美好的事物，他觉得，这是一种欣慰，至少可以使他完全打开心扉的欣慰。

　　确实，对别的人，对那些同事，对那些军官，应该让他们看到自己像个男人，应该同他们欢笑，应该讲一些有关军人、有关女人、展现自负的故事。除去妈妈之外还能向别的什么人讲出真情？今天晚上，德罗戈的真情不是一个优秀战士的真情，是可能与这个令人感到厌恶的城堡也不相称的真情，同伴们对此可能会耻笑。这真情是旅途的疲累，是那阴郁的围墙给人带来的压抑，是明显感觉到的完全的孤寂。

"走了整整两天之后，我终于精疲力尽地抵达城堡，"本来应该这样写给妈妈，"到达之后我才知道，如果我愿意的话，是可以返回城里的。城堡令人窒息，附近没有村庄，没有任何娱乐活动，没有一点欢乐。"本来应该这样向妈妈禀告。

可是，德罗戈想到了妈妈，这时她正在思念着他，她可能会因如下的想法而感到高兴：儿子可能因为同讨人喜欢的朋友们在一起而高高兴兴，但愿是一些……谁知道呢，但愿是些亲切友好的同伴。她肯定认为他很满意，很安心。

"亲爱的妈妈，"他的手这样写着，"前天，经过一路游览之后，我来到城堡。这个城堡大极了……"咳，怎么能让她知道围墙的荒凉、隐隐约约的惩处和放逐的气氛以及那些古怪荒唐的人物呢。只好写道："这里的军官们热烈欢迎我。"接着再写："司令的第一助手对我也很热情，他说，如果我愿意的话，他可以放我回到城里。可是，我……"

或许妈妈这时正在他原先住的房间里转来转去，拉开抽屉，把他的那些旧衣服整整齐齐地放进去，把书籍和书桌整理好。她已经将这些东西整理了好多遍，可是，只有这样整理着她才能感到，他依然在这里，好像晚饭之前他会像平常那样回到家里。他好像听到了她那熟悉的细碎的脚步声，那是不安的脚步，好像总是在为什么人担着心。怎么能再让她伤心呢？如果现在他是在她身边，安静地坐在温馨的灯光下，那么他乔瓦尼似乎可以把所有的一切都讲出来，她还没有来得及伤心一切就已经化解，因为他就在她身边，厄运已经成为过去。可是，现在离得这么远，又是通过信件，这怎么可能呢？坐在她身边，围着壁炉，在那个熟悉的古老房子内宁静的气氛中，于是他或许可以讲那个马蒂少校，他的那些阴险的阿谀奉承，还有特隆克的怪癖！他可能会对她说，他犯傻同意在那里逗留四个月，两人可能都会就此大笑不止。可是，距离如此遥远，怎么办？

"但是，我……"德罗戈写道，"我相信，为了我、为了我的前程，我想最好还是在这里留一段时间……同伴们都很好，值岗很简单，也不很累。"他的房间，蓄水池的声响，半路遇上奥尔蒂斯上尉，北方荒芜的土地，这些又该怎么说呢？值岗时的严格规定，这座光秃秃的要塞，是不是不值得向她解释？不，对妈妈也不能讲究真诚，对她也不应该承认那些令他不安的担心。

在德罗戈家里，在城里，那些钟表一个接一个地以不同的声音响起来，现在已经是晚上十点。餐具柜里，杯子发出轻轻的磕碰声，厨房里传来一阵笑声，街对面有人在弹钢琴。在城堡，通过一个很小的窗户，几乎可以说那只是一条缝隙，在德罗戈坐着的地方，通过这个窗口本来可以看一眼北方的谷地，看一眼那片令人悲伤的土地，但现在看到的只是一片漆黑。他的笔在嚓嚓作响。尽管夜已很深，冷风吹过垛堞，带来一些不清不楚的信息。尽管城堡内一片漆黑，空气潮湿，令人讨厌，但乔瓦尼·德罗戈还是写道："总的来说，我很高兴，我一切都好。"

从晚上九点到第二天早上，每隔半小时，关口右侧尽头的第四个要塞都要敲一次钟，围墙到那里就结束了。那是一个小钟，钟一敲响，最靠近它的哨兵就向附近的同伴喊叫，这个同伴再对着另一个士兵喊叫，这样的喊声一直延续到围墙另一面的尽头，一个要塞传往一个要塞，穿过城堡，再沿着整个防御工事传过去，夜间，喊声清晰可闻："注意警戒，注意警戒！"喊叫的时候，哨兵们只是应付差事，没有一点激情，只是机械地重复着，声音很怪。

乔瓦尼·德罗戈躺在那张大床上，没有脱衣服，一股懒散的感觉弥漫全身，这种感觉越来越强烈。这时他听到，从远处断断续续传来喊声："注意……注意……注意……"这声音好像只向他一个人传来。一会儿之后，声音越来越响，音量达到最高峰之后慢慢向另一个方向飘去，最后渐渐消失，再也听不见了。过了两分钟，这样的声音又响起来，像回声一样从左侧的第一个小碉堡传过来。德罗戈听到，这种喊声又向他传来，缓慢，单调，"注意……注意……注意……"。哨兵们的这种单调重复的喊声，只是传到他附近时才勉强听出喊的是什么内容。可是，"注意警戒"的喊声很快就同某种埋怨的声调混合起来，在最后一个哨兵喊完之后，在悬崖下彻底消失了。

乔瓦尼听到，这样的喊声从一个方向传来，总共是四次，然后又从最后那个小碉堡返回来，也是四次，最后传到它出发的地方之后就再也听不到了。这种喊声第五次响起时，德罗戈只能听到一种隐隐约约的回声，这使他心头一震。他想起来，值勤的军官睡觉不是好事。规章规定可以睡，但条件是不能脱衣服。可是，城堡中几乎所有的年轻军官整夜都不睡，为的是显得有精神，值得骄傲。他们整夜不睡，阅读，抽烟，也相互串门，其实串门是不容许的，或者一起打牌。特隆克，就是乔瓦尼向之打听消息的第一个人，曾设法让他明白，醒着不睡是一个好习惯。

乔瓦尼·德罗戈躺在大床上，油灯的灯光照不到他身上，他在想象着自己的生活，想着想着，突然被睡意征服。可是，恰恰就从这一夜开始，——唉，如果他知道的话，也许他不再想睡，恰恰就从这一夜开始，对他来说，时间流逝的不可逆转的进程开始了。

一直到这一时刻为止，他的第一个无忧无虑的青年时期一直进展顺利，那是一条在一个孩子看来永无尽头的大道，在这条路上，时光的步伐又慢又轻，所以谁也不知道时光的步伐是从哪里开始的。他在消消停停地走着，好奇地观察着周围，绝对没有必要加快步伐，没有任何人在后面催赶，也没有任何人在前面等待，伙伴们也过着无忧无虑的日子，常常停下脚步嬉笑玩闹。大人们在家门口同他打招呼，祝他运气好，带着会心的笑意指明方向。就这样，他的心开始为豪迈的、但又幼稚的愿望而跳动，想要尝尝不久后某种惊人事件发生的前夕是什么滋味。这样的事件还没有看到，确实没有看到，但是，那是肯定无疑的，绝对可以肯定，总有一天肯定会发生。

是不是还很遥远？不，不远了，只要过了下面那条河就到了，只要越过那座绿色的山冈就是了。要么是，或许已经到了？我们要寻找的东西或许就是这些树木、这些白色的房子？有那么一瞬间，他的印象是，这确实就是，他想停下脚步。然后好像又听说，更好的东西还在前面，于是又平静地继续前进了。

　　就这样，在满怀信心的期待中继续前行，时日漫长平静，太阳当空高照，似乎永远不想落下山冈。

　　然而，突然之间，几乎是本能地转身向后，突然看到，在我们身后，一个大门突然之间关闭了，返回的道路被堵死了。于是就会感到，有些事已经改变，太阳好像不再是一动不动，而是在快速运动。咳，还没有来得及停下来仔细看它，它就已经落向地平线了。于是就会发现，浓云不再是停留在蓝天天际一角，而是在争先恐后你追我赶地逃跑，连它们也急不可耐。于是就会明白，时间在飞快流逝，大路有一天终将结束。

　　在一个特定时刻，我们身后的沉重大门会关闭，并以闪电般的速度快速闩牢，使人来不及返回。可是，就在这一时刻，乔瓦尼·德罗戈却睡着了，对此一无所知，他在梦中微笑着，像孩子们那样面带微笑。

　　需要过好多天，德罗戈才有可能明白已经发生的事。只有到那时，他好像才大梦初醒。那时，他将满怀疑惑地看着四周，然后才听到身后追赶上来的脚步声，才看到比他早醒悟过来的人们正在加速奔跑，正在超过他提前赶往终点。他将听到时间前进的步伐，这步伐贪婪地控制着生活的节奏。窗口出现的不再是面带微笑的人，而是毫无表情的冷酷面孔。如果他问还有多少路要走，他们依然是指着地平线表示还要努力，但他们没有任何善意和高兴的表情。就在此时，同伴们超过他不见了身影，有的人气喘吁吁地落在后面，还有一个在前面逃走了，在地平线上只剩了一个小小的黑点。

人们会说，过了那条河还有十公里，然后就到终点了。可是，实际上却永远没有完结之时，日子也显得越来越短，同路的伙伴也越来越少，窗口出现的是苍白冷漠的面孔，不停地摇头。

直到只剩下德罗戈一个人时，地平线上出现了一湾大海，海湾呈铅灰色，静静的，一动不动。他已经很累，大路两旁住家的窗户几乎都已经关上，很少的几个人用令人沮丧的手势回答他，那意思好像是说，好事已经错过，好事就在已经走过的路上很远的地方，他曾在好事面前经过，却并不知道。嗨，太晚了，已经无法返回。他的身后，无边的孤寂紧紧追着他，幻想推着他，可是，在这空无一人的白色大路上，那幻想依然不见踪影。

乔瓦尼·德罗戈睡着了，在第三个要塞内睡着了。他在做梦，在微笑。在这样的夜间，极为幸福快乐的世界的图像最后几次出现在他眼前。如果他能看到自己，那就太糟糕了，那就好像，有那么一天，路在那里结束了，他站在铅灰色的大海边上，在灰蒙蒙的天空下，到处都是一片灰色，周围既没有一所房子，也没有一个人，没有一棵树，甚至也没有一棵小草，一片混沌时代的景象。

第七章

　　那个大行李箱终于从城里寄到，里面装着德罗戈的中尉服。除去其他衣服之外，其中有一件崭新的披风，非常高雅漂亮。他将披风披到肩上，对着房间里的那个小镜子一寸一寸地审视着。他觉得，这是与他的这个世界建立起活生生的联系的桥梁，他心满意足地想到，所有的人都会盯着它，布料是那么漂亮，打的褶是那么恰到好处，这不免使他感到自豪。

　　德罗戈想，不能在城堡值岗时磨损这件披风，不能在值岗时的夜间，在潮湿的围墙上把它弄坏。第一次在那上边穿它也不吉利，那几乎就是承认，他没有更好的机会用来显示。但是，没有机会穿着它转几圈也不免令人失望。尽管天并不太冷，他还是想穿上它，至少到团部裁缝那里走一趟，也许在他那里还能买一种普通一点儿的披风。

因此，他离开房间，向台阶走去，边走边观察自己的身影，那里的光线还亮，他能仔细观赏。然而，当他慢慢下到城堡的中心位置时，披风似乎在某种程度上丧失了它原先的高雅。另外，德罗戈还发觉，他无法很自在地穿着它走动，他觉得那是一个古怪的东西，有点儿太引人注目。

因此，他希望台阶和走廊空无一人。终于遇到一位上尉，上尉回答他的问好，却并没有多看他一眼。遇到的几个士兵也没有转过身来看他。

他走下一个螺旋形的狭窄楼梯，是在一堵墙边特意做的一个楼梯，他的脚步声上下翻飞，好像还有别的人在走动。在墙上的白色霉菌上，披风的珍贵花边抖动着，摆动着。

德罗戈就这样来到地面。裁缝普罗斯多奇莫的缝纫房就在一间地下室旁边。白天，一线光亮从上面一个小小的窗户射下来，可现在是傍晚，这里已经点上了灯。

"中尉先生，晚上好。"团部裁缝普罗斯多奇莫一看到德罗戈进来，就同他打招呼。房间很大，只有一部分被灯光照亮，桌子旁边，一个老头在写着什么，三个年轻助手在台子旁边忙碌。四周挂着几十件上衣、军大衣和披风，那样子很不吉利，很像吊着一些上吊鬼。

"晚上好。"德罗戈回答问候，"我想要一件披风，一件不必花很多钱的披风。我想，能用四个月就行。"

"让我看看。"裁缝带着不信任的微笑这样说。说着拉住德罗戈的披风一角，向有光线的地方拉过去。他的军衔仅仅是上士，

58

但是，作为裁缝，他好像有权同军衔比他高的人套近乎。"料子真不错，确实不错……您肯定花了不少钱，我想是这样。在下边，在城里，那可不是开玩笑的。"说着他递了一个眼神，那是专业人士的复杂眼神，一边又摇摇头，充满血的红脸也跟着在抖动，"可是，真可惜……"

"可惜什么？"

"可惜领子太低，没有一点军人气概。"

"现在就流行这样的。"德罗戈拿出了上司的架势。

"流行款式需要低领，"裁缝说，"可是，对于我们军人来说，不能把流行的时装扯进来。时装有它自己的规则，可我们的规则是：'披风的领口要瘦，系带处造型，高仅七厘米。'您也许以为，中尉先生，您也许以为，我是个不高明的裁缝，在这么阴暗的一个角落看到我，或许会以为是这样。"

"为什么？"德罗戈说，"不，根本不是这样。"

"您也许以为，我是个不高明的裁缝。可是，很多军官尊重我，就是在城里，那些了不起的军官们也是这样。我在这儿，绝——对——只——是——临——时——的。"他在说最后一句的几个词时一字一顿，好像是说，这几个词具有极其重要的意义。

德罗戈不知如何回答。

"总有那么一天我会离开，我在等待着这一天。"普罗斯多奇莫继续说，"如果不是为了上校先生，他再三挽留我……可是，你们别人，你们有什么好笑的？"

在黑暗之中，确实听到三个年轻助手在极力克制，忍住不笑出声来。现在他们低下头来，很夸张地显示自己在努力工作。那个老头仍然在写，只顾自己的一摊，好像与这边根本没有关系。

"有什么好笑的？"普罗斯多奇莫重复着，"你们都是那种十分机灵的人，总有一天你们会明白。"

"是的，"德罗戈说，"有什么好笑的？"

"都是些傻瓜，"裁缝说，"最好不要理他们。"

这时，一阵脚步声从楼梯上传来，紧接着，一个士兵来到这里。是楼上派人来叫普罗斯多奇莫，服装库的上士叫他去一趟。"对不起，中尉先生，"裁缝说，"是公务。过两分钟我就回来。"他跟着士兵上楼去了。

德罗戈坐下来等着。主人一走，三个助手就停下手里的活。那个老头也终于抬起头来，眼光离开了他的纸张。他站起身来，一瘸一拐地来到乔瓦尼身边。

"您听到了吧？"他的口气很古怪，同时指着走出去的裁缝，"您听到了吧？中尉先生，您知道他从什么年代就来到这个城堡了吗？"

"这个，这个我怎么知道……"

"十五年了，中尉先生，可恶的十五年。还在讲他的那一套老故事：在这里只是临时的，他等着，总有一天会……"

有人在助手们的台子边咕哝。这应该是他们习惯嘲笑的事。对此，老头看也不看。

"与此相反，他永远也走不了。"老头说，"他，这里的司令，就是那位上校先生，还有其他好多人，都会留在这儿，断了那口气也走不了，这是一种病。您要小心，中尉先生，您是新来的，您刚到，您要小心，趁还来得及……"

"小心什么？"

"一有可能马上离开，不要染上他们的怪癖。"

德罗戈说："我在这儿只待四个月，我根本不想留在这儿。"

老头说："即便是这样您也要小心，中尉先生。菲利莫雷上校已经着手了，着手准备迎接重大事件。他开始这样说了，这一点我记得清清楚楚，他说将会是十八年。他讲的正是'重大事件'。这是他的原话。已经开始让人们记住，这个城堡极为重要，比其他所有城堡都重要。在城里，对此一无所知。"

他讲得很慢，一个词一个词地讲出来，好把没有声音的瞬间填满。

"已经开始让人们记住，这个城堡极其重要，记住将要发生什么大事。"

德罗戈笑着说："会发生什么事呢？一场战争？"

"谁知道呢，也可能是 场战争。"

"从沙漠那边打过来的一场战争？"

"从沙漠那边，可能是这样。"老头肯定说。

"可是，是什么人？是什么人会打过来？"

"您认为我能知道些什么？任何人都不会来的，人们知道这一点。可是，司令，上校先生算过卦，说那边还有鞑靼人，说一支古老军队的余部还在流窜。"

昏暗中只听到三个助手在傻乎乎地小声偷笑。

"他们还在这里，还在等待。"老头继续说，"您看看上校先生，看看斯蒂乔内上尉先生，看看奥尔蒂斯上尉先生，还有那位中校先生。每年都是，将会发生什么事，始终如此，直到他们退伍为止。"老头突然停下来，头向一边歪着，好像是在窃听。"我觉得好像有脚步声。"他这样说，实际上没有听到任何响动。

"我什么也没有听到。"德罗戈说。

"普罗斯多奇莫也是这样。"老头接着说，"只不过是个上士，团部的裁缝，可他也同他们搅和到一块儿了。他也在等着，已经十五年了……可是，中尉先生，您不相信我说的，我能看得出来。您不说话，您在想，这些都是谎言。"老头几乎是在恳求，"您要小心，我对您说，您还是听听劝解吧，您最终也会落个留下来走不了的下场，只要看看您的眼睛就可以看出来。"

德罗戈一言不发，他觉得，一名军官不应该同这样一个可怜的人过分交心。

"可是，您……"他说，"您怎么办？"

"您问我？"老头说，"我是他的兄弟，我在这里同他一起干活。"

"他的兄弟？您是他哥哥？"

"是，"老头笑了，"是他哥哥。过去我也是军人，后来，我的一条腿断了，成了现在这个样子。"

在安静的地下室里，德罗戈感觉到，自己的心脏跳得很厉害。这就是说，这个老头也躲在这个地下室里打着自己的算盘？这个默默无闻的不起眼的人物也在期待着非凡的运气？乔瓦尼看着他的眼睛，老头轻轻摇摇头，显得心情十分阴郁，那意思好像是说，是的，确实别无他法。好像是说，是的，我们就是这样，永无出头之日。

或许是因为台阶上某个地方的一个门打开了，一些声音传过来，那是人的声音，从墙外传来，从远处传来，但不知道那是些什么人。一会儿突然不响了，留下一片寂静，不多一会儿之后又响起来，传过去，返回来，节奏缓慢，很像这个城堡的那种节奏。

现在，德罗戈终于明白了。他盯着那些挂着的军服的影子，它们在昏暗的灯光下摆来摆去。他想，就在此时，上校悄悄站在他的办公室里，打开了朝北的窗子。可以肯定，在这一如此悲伤的时刻，像秋夜一样的萧瑟时刻，城堡的司令在望着北方，望着黑黢黢的山谷。

他们的运气，他们的奇遇，他们创造奇迹的时刻，会从北方的沙漠中到来，这样的时刻至少每个人应该遇上一次。为了这种模模糊糊的可能性，随着时间的飞逝，这种可能性看来越来越不确定。为了它，这里的人们在这么一个地方消磨着他们一生中最好的时光。

他们与普通生活已经格格不入，已经无法享受普通人的欢乐，已经无法忍受普普通通的命运。他们肩并肩地生活在这里，怀着同一个希望，但从来没有明讲出来，因为他们对它并不十分清楚，或者仅仅是因为，他们是军人，他们的心灵之中还有那么一点点羞耻感。

也许特隆克也是这样，这很有可能。他逐条死抠条文，机械地死搬军纪，一丝不苟地死讲责任，他在幻想着，这样做就足够了。如果有人对他说，就这样一直到死，彻底地完全一成不变，他也许会醒悟过来。他也可能会说，这不可能。某种不同的事应该会到来，某种真正值得的东西会到来。可以这样说，现在，尽管这件事已经结束，还是耐心地等待吧。

德罗戈知道，他已了解了他们的简单秘密。他松了一口气，想道，他是局外人，是个纯粹的观众。再过四个月，谢天谢地，他或许就可以永远离开这些人了。老碉堡隐隐约约的魅力可笑地化为乌有了。他这样想着。可是，这个老头为什么依然不阴不阳地盯着他？为什么德罗戈感到很想吹吹口哨，很想喝一杯，很想到野外走一走？或许是他要向自己表明他确实自由确实可以放心了？

第八章

德罗戈终于有了新朋友，他们是，中尉卡洛·莫雷尔、彼得罗·安古斯蒂纳、弗兰切斯科·格罗塔和马克斯·拉戈里奥。他们同他一起坐在食堂里，这时的食堂再也没有别人。只剩下一个杂役，站在远处的门口，身靠门框。四周墙上挂着历届上校的肖像，光线不足，肖像显得影影绰绰。桌上是晚餐后的一片狼藉，餐巾上有八个黑色的瓶子。

可能是因为喝了几杯，而且又是晚上，大家都有点儿激动。他们不再说话时才听到，外面在下雨。

他们在为马克斯·拉戈里奥伯爵饯行，他在这个城堡待了两年，明天将要告别这个地方。

拉戈里奥说："安古斯蒂纳，如果你也要走的话，我一定等你。"他依然是通常那种玩笑口吻，但可以听得出来，他是认真的。

安古斯蒂纳也已经在这里服役两年，但他不想离开。他脸色苍白，像通常那样，一脸漠然，好像对这几个人根本不感兴趣，似乎是偶然路过才坐下来的。

"安古斯蒂纳，"拉戈里奥又大声说，几乎是在喊叫，显然他已经有一点醉意，"如果你也走的话，我等着你，我可以等你三天。"

安古斯蒂纳中尉没有回答，只是轻轻笑笑，表示能够容忍对方。他的军装呈现为蓝色，因为阳光照射过多已经褪色，由于一种好像是不经意的讲究而同另外几个人有些格格不入。

拉戈里奥转过身来，看着莫雷尔、格罗塔和德罗戈："你们也给他解释解释。"说着，他把右手放到安古斯蒂纳肩头，"回到城里对他有好处。"

"对我有好处？"安古斯蒂纳好像觉得这很奇怪。

"在城里，你会感到舒服得很，就是这么回事。另外，我想，所有的人都很舒服。"

"我在这儿就舒服极了。"安古斯蒂纳冷冰冰地说，"我不需要别人照顾。"

"我不是说要别人照顾你。我是说，那样对你有好处。"

拉戈里奥这样说。这时从院子里传来雨声。安古斯蒂纳用两个手指捋着他的胡子，可以看得出来，他有点儿不耐烦。

拉戈里奥又开腔了："你的妈妈，你的亲戚，你都不想……你想想看，当你妈妈……"

"我妈妈能够自己照料自己。"安古斯蒂纳带着一丝痛苦回答说。

拉戈里奥懂他的意思，于是换了一个话题。"安古斯蒂纳，你说说看，你想一想，后天，见到克劳迪娜时怎么回答？她已经有两年没见到你了……"

"克劳迪娜……"安古斯蒂纳带着不情愿的口气说，"可是，哪个克劳迪娜？我记不起来了。"

"是的，你记不起来了！今天晚上，什么都不能跟你谈，就是这么回事。这并不是什么秘密，不是吗？你们天天见面。"

"噢，对了，"安古斯蒂纳为了显得有礼貌这样说，"现在我想起来。对，克劳迪娜，你瞧，她很可能连我这个人是不是存在都记不起来了……"

"咳，去你的吧，我们都知道，她们都为你而发狂。现在，你就别再假装谦虚了！"格罗塔大声说，安古斯蒂纳不转眼地盯着他。可以看得出来，他被这平淡的谈话深深地打动了。

大家都不说话了。外面，夜色中，秋雨下个不停，哨兵在来回走动。雨水落到上面的平台，然后倾泻到地面，再沿着围墙流下去。夜已深，安古斯蒂纳轻轻咳了一声。如此优雅的年轻人竟然发出这么难听的声音，确实有点儿怪。然而，他极力抑制着自己，每咳一次都把头低下来，几乎就是要显出，他实在无法克制，说到底，这不是他自身的事，平心而论，是他不得不忍受的麻烦。就这样，咳嗽成了他的奇特习惯，成了别人模仿取乐的一种习惯。

又是一阵静默，个个心事重重。德罗戈感到，必须打破这种沉默。

"请问，拉戈里奥，"他这样问道，"明天几点出发？"

"我想，十点左右。我想早点儿走，可是，还得同上校告别。"

"上校早晨五点钟起床，春夏秋冬都是五点，他肯定不会让你浪费时间。"

拉戈里奥笑了："可是，我可不愿意五点就起床。至少最后一个早晨我想舒舒服服消消停停的，谁也别在我屁股后面催促。"

"大概后天就可以到家了。"莫雷尔羡慕地说。

拉戈里奥说："我觉得，好像不大可能。我敢说，到不了。"

"为什么不可能？"

"两天才能回到城里，"（停了一会儿）"一直是这样，这次也是。"

安古斯蒂纳脸色苍白，这时，他再也不去捋他的胡子，而是死死盯着正前方，前方一片漆黑。大厅里，当恐惧感从那老旧的墙壁间弥漫出来时，夜间的不祥之感越来越沉重，当动物骄傲地在沉睡的人们头顶扇动它们的翅膀时，不幸在快乐地飞翔。墙上那些上校肖像的痴呆目光中也显出一些非凡事业的征兆。外面，雨依然在下。

"你是不是可以设想一下？"拉戈里奥毫不同情地对安古斯蒂纳说，"后天晚上，就是这个时刻，说不定我就到孔萨尔维镇了，大世界，音乐，漂亮女人。"他重复着过去开过的玩笑。

"多高的品位。"安古斯蒂纳轻蔑地回了一句。

"要不，"拉戈里奥继续说，他打算去的目的地更好了，目的依然是说服这位朋友，"要不，这样吧，也许我去找特隆一家人，找你的那些舅舅们，都是些讨人喜欢的人。贾科莫可能会说：'来点儿高雅的游戏。'"

"呵，品位真不错。"安古斯蒂纳说。

"不管怎么说，"拉戈里奥继续说，"后天我就可以去玩了，可你还得去站岗。我将在城里散步（他为自己的想法笑了），来到你眼前的将是查岗的上尉。'平安无事，只是哨兵马蒂尼有点儿不舒服。'夜里两点钟，下士会把你叫醒：'中尉先生，该查岗了。'你将在两点醒来。你可以报复他，就在半夜两点这同一时刻。我可是同罗莎莉娅上床了……"

拉戈里奥平常就是这样，不知不觉就显得很残忍，大家对此已经习以为常。可是，听了他的话之后，同伴们想起了远方的城市，高楼大厦，雄伟的教堂，高耸的圆穹，河滨的浪漫大道。他们想，这时，城里应该是一层薄雾，街灯发出昏暗的黄光；这时，空旷的街上只有一些恋人的黑影，剧院橱窗前马车夫在叫喊，另外还传来小提琴的声音、一阵笑声和女人说话的声音（是从富裕人家昏暗的大门洞里传过来的），在迷宫一样的一片屋顶之间，一些高得不可想象的窗口还亮着灯。这是诱人的城市景象，是年轻人怀着梦想想象的城市景象，是他们对自己的未来还一无所知时想象的城市景象。

现在，大家都看着安古斯蒂纳的脸，同时又不让他发觉。他的脸上带着无法掩饰的疲惫神情。他们知道，大家来到这里不是为了祝贺就要离开的拉戈里奥，实际上是为了同安古斯蒂纳道别，因为只有他可能留在这里。在拉戈里奥离开之后，一个接一个都要轮到，其他的人也将离开，比如格罗塔，比如莫雷尔，在他们之前是乔瓦尼·德罗戈，因为他只在这里待四个月。安古斯蒂纳则相反，他可能会留下来，人们不懂其间的原因，但大家清清楚楚地知道他可能会留下来。尽管人们隐隐约约地感觉到，这一次他也是听从了他那野心勃勃的生活方式，但大家再也无法制止他。说到底，看来这是一种荒唐的怪癖。

为什么可恶的假绅士安古斯蒂纳现在还在笑？为什么这个像是病了的家伙不跑去整理行李，不准备抬腿走人？为什么他却在那里盯着昏暗的前方？他在想些什么？是什么样的秘而不宣的自豪情结吸引他留在这个城堡？那么他也是为了那件事？拉戈里奥，你是他的朋友，你好好看看他，趁还来得及，你要让他的那副面孔永远留在你心里，就像今天晚上这样，还有他那尖尖的鼻子、含混的目光、勉强的微笑，也许有一天你将会明白他为什么不跟着你一起离开，将会明白在他那不动声色的心里藏着的秘密。

第二天早上，拉戈里奥要离开了。勤务兵牵着两匹马在城堡门口等着他。天空布满乌云，但没有下雨。

拉戈里奥面带笑容。他从自己的房间走出来，走到露天之后，既没有再看房间一眼，也没有回头望望城堡。他身后的围墙显得昏暗可憎，哨兵站在大门口一动不动，大地之上没有一个活物。城堡旁一个小房内传来有节奏的榔头敲击声。

安古斯蒂纳来同这位伙伴告别，他摸了摸马鬃。"是一匹好马，一直都不错。"他说。拉戈里奥就要走了，回到他的城市去，去过他的轻松欢乐的日子了。可他自己还留在这里，他以不可捉摸的目光看着这个仍在马匹前忙碌的同伴，勉强笑了笑。

"我觉得，只要没有可能离开，"拉戈里奥说，"我就觉得这个城堡使我着迷。"

"你到家后去我家看看，"安古斯蒂纳说，但没有看对方，"告诉我妈妈，就说我在这里很好。"

"这你就放心吧。"拉戈里奥这样回答，停了一下之后又说，"昨天晚上对不起了，知道吗？我们确实不一样，你心里所想的，我真的永远也弄不明白。你的想法好像是发疯，我不懂，但也许你是对的。"

"关于这些，我们就想也不要想它了。"安古斯蒂纳说，他的右半身靠在马身上，眼睛盯着地面，"瞧你说的，我怎么会生气呢。"

他们确实是两个不同的男人，他们喜欢的东西不同，智商不同，文化教养也不相同。可他们总在一起，而且安古斯蒂纳还显得高人一等，这使人们感到奇怪。尽管有很多朋友，但是，在这些朋友当中，拉戈里奥是唯一一个真正能够从内心里理解安古斯蒂纳的人，只有他能够算是一个同伴。拉戈里奥几乎为自己在这位朋友之前离开这里而感到不好意思，好像这是不得人心的炫耀，因而有点儿不知所措。

"如果你见到克劳迪娜，"安古斯蒂纳仍然不动声色地说，"请代我问好……不，还是算了吧，最好你什么也不要说。"

"好吧。可是，如果见到她，她肯定会问我。她清清楚楚地知道你在这里。"

安古斯蒂纳沉默不语。

"好了，"拉戈里奥同勤务兵一起整理好了行装，"最好还是走吧，不然就太晚了。再见吧。"

他同这位朋友握手道别，然后以优雅的姿势跨上马背。

"再见吧，拉戈里奥。"安古斯蒂纳大声说，"一路顺风！"

拉戈里奥直挺挺地坐在马背上，看着他的朋友。他并不聪明，但是，他好像隐隐约约听到一个声音在他耳边说，也许他们再也不会相见了。

他踢了一下马，马抬腿出发了。就在这时，安古斯蒂纳轻轻举了一下右手，好像是一个手势，意思好像是在招呼他的朋友，要他再等一下，还有最后一件事要托付。拉戈里奥用余光看到了这一手势，在二十来米远的地方停了下来。"什么事？"他问，"想要什么东西？"

然而，安古斯蒂纳放下手，又显出原先那种无所谓的样子。"没什么，没什么。"他这样回答，"为什么？"

"哦，我觉得好像你要……"拉戈里奥迟疑着说。说完向前走去。只见他穿过那片平地，在马背上一颠一簸地向远方走去。

第九章

城堡的平台一片雪白，南面的谷地和北面的沙漠也是这样。大雪覆盖了各个碉堡，在地面平铺开来，围墙的垛堞很像镜框，雪片从屋檐掉下，发出轻轻的响声。雪块偶尔从悬崖崩塌下来，没有任何可以解释的原因，雪团带着隆隆的响声向谷地滚去，卷起一团团雾一样的白烟。

这不是第一场雪，而是第三场或第四场，这表明，很多时日已经过去。"我觉得，好像昨天刚刚来到城堡。"德罗戈说。事实确实如此。好像那就是昨天的事。可是，时间在前进，以它的不变的节奏在飞逝，对所有的人它都一视同仁，既不为某些快乐幸福的人放慢步调，也不为不幸的人加快步伐。

就这样，又是三个月迈着不紧不慢的步子过去了。圣诞节很快就要到了，新年也很快就到，这使一些人多少怀抱着一些稀奇古怪的想望。乔瓦尼·德罗戈已经在准备离开。现在尚需走走形式，进行一次体检，就像马蒂少校答应的那样，然后或许就可以走人了。他仍然在重复着老调：这是好事，城里的好日子在等着他，那是愉快的时日，或许是幸福的时日，尽管过去的日子并不快乐。

一月十日，他来到大夫办公室，大夫的办公室在城堡最上面一层。大夫叫费尔迪南多·罗维纳，五十多岁，面部肌肉松弛，聪明能干的样子，只是显得有点儿疲累。这位大夫没有穿军装，只穿了一件法官穿的那种深色长袍。他坐在桌边，桌上有很多书和纸张。可是，德罗戈刚刚走进来之后就已经明白，这位大夫无所事事，只是一动不动地坐在那里，想些谁也不知道的什么事。

窗口朝向庭院，院里传来有节奏的脚步声，因为已经是傍晚，正是换岗时间。从窗口看出去，可以看到对面的一段墙，天空没有一丝云彩。两个人打过招呼，德罗戈很快就发现，大夫对他的情况已经了解得一清二楚。

"乌鸦做窝筑巢，燕子远走高飞。"罗维纳开着玩笑，同时从抽屉里拿出一张纸，上面是印好的表格。

"大夫，您也许不知道，我是因为搞错了才来的。"德罗戈回答说。

"所有的人，我的孩子，所有的人都是因为搞错了才来的。"大夫以狡黠的暗示口气说，"所有的人或多或少差不多都是这样，就是那些留下来的也是如此。"

德罗戈不太明白，只能轻轻地笑着。

"好了，不再埋怨您了！你们做得对，你们这些年轻人，不

74

应该在这个地方发霉。"罗维纳继续说，"下边，就是城里，那里有很多好机会。我也想过好多次，如果我能……"

"为什么？"德罗戈问道，"没有可能调走？"

大夫挥挥手，好像听到了什么奇谈怪论。

"设法调走？"他意味深长地笑起来，"在这里待了二十五年之后调走？太晚喽，孩子，应该早做打算。"

他本来想，德罗戈可能会继续反驳他，可是，中尉没有再说话，所以，他只好回到正题：他要乔瓦尼坐下来，告诉他姓名，他把姓名填写到表格中的正确位置。

"好了，"大夫最后说，"您心脏有些毛病，对吧？您的身体无法忍受这里的海拔高度，对吧？咱们就这样写？"

"就这样写吧。"德罗戈表示同意，"在这些事上，您是最好的裁判。"

"要不要再开个处方，写上需要休养一段时间？我们终于处理好了。"大夫以友好的口气这样说。

"十分感谢。"德罗戈说，"我不想过分夸大。"

"随您的便。那就不写休养的事了。我，像你们那样的年龄时，我可没有这样的顾虑。"

乔瓦尼没有坐下来，他来到窗口，时不时看看下面，看看站在雪地里的那些士兵。太阳刚刚落山，围墙四周的一切沉浸在一片蓝色的昏暗中。

"在你们这些人当中，一大半待了三四个月之后就想离开。"大夫说，口气中显出一丝痛苦。这时，他也沉入昏暗之中，甚

75

至不知他怎么能在这样的昏暗之中书写。"如果能够回到过去的话，我也会像你们一样……可是经过所有这一切之后，只能遗憾终生。"

德罗戈听着，并不感兴趣，只是像刚才那样专注地盯着窗外。他好像看到了院子的围墙，灰黄色的围墙伸向水晶一样的天空，显得十分高大。围墙之上，更高的地方是一些孤零零的塔楼、覆盖着白雪的曲折高墙、碉堡和岗楼，过去，他从来没注意到这些建筑。西方，一片光亮仍然照耀着这些建筑，它们显得如此神秘，如此辉煌，像是在掩盖着一种无法理解的生活。德罗戈从来不曾发现，这个城堡是如此复杂，如此庞大。他看到一个窗子（要么是一个射击孔？）面对山谷，它的高度简直令人难以想象。那里应该有一些人，一些他还不认识的人，也许也是一些像他一样的军官，他也可以成为他们的朋友。他看到，在碉堡与碉堡之间有一些深渊的轮廓，另外还看到屋顶之间的一些小小的吊桥，围墙上一些关着门的古怪门洞，一些陈旧的防护栅栏，一些因年久而变形的长长的墙角。

他看到，在昏暗的院子里，在灯笼火把之间，一些极为高大自豪的士兵拔出了刺刀。在白雪的映衬之下，士兵们像一支黑色队列，一动不动，像一排铁钉钉在那里。士兵们显得非常漂亮，像一排石雕。这时，号声响起，嘹亮的号声在生动明亮的空中飘摇，直插入人们的心底。

"一个接一个，你们都会离开，"昏暗之中，罗维纳嘟囔着，"最后只剩下我们这些老家伙。今年……"

院子里，号声依然嘹亮，那是人和金属发出的嘹亮的声音，激励着人们的英雄激情。号声停了，在大夫的办公室里也留下一片难以描述的气氛。现在，周围一片寂静，静得甚至可以听到远处传来脚踩冰冷的雪地的声响。上校亲自来看望哨兵，三声响亮悦耳的号声划破静谧的天穹。

"你们当中还有谁？"大夫仍在抱怨，"安古斯蒂纳中尉，就剩他了。还有那个莫雷尔，我敢打赌，再过一年，他也要回城治疗。我敢打赌，最后他也会声称病得不轻……"

"莫雷尔？"德罗戈再也不能不回答，以表示他在听对方说话，"莫雷尔病了？"他这样问，因为没有听清对方最后那几个词。

"噢，不是这样，"大夫说，"我只是说，比方说是这样。"

尽管窗子关着，依然可以听到上校的清晰的脚步声。黄昏时刻，一排整齐的刺刀闪着银色的寒光。从很远很远的地方传来号声的回声，这是前一次号声的回声，可能是从错综复杂的围墙之间返回的。

大夫不再说话。他站起来说："好了，这是证明。现在我去让司令签字。"他把那张纸折起来，装进一个纸袋，然后从衣帽架上取下大衣和一顶皮帽。"中尉，您是不是也来？"他问道，"您在看什么？"

上岗的哨兵们放下举着的武器，分头向城堡的各个岗位走去。雪地上，他们的步伐发出沉闷的响声，高处传来军乐声。然后，说来好像不大可能似的，已经被夜色包裹的围墙似乎慢慢向天穹升起，围墙的最远处被一团团的雪团覆盖着，那里开始升起苍鹰一样的白云，白云升向星空，在星空中慢慢飘动。

德罗戈想起他的城市，那是一幅模模糊糊的图像，雨中喧闹的街道，石膏雕像，潮湿的营房，凄凉的钟声，难看疲惫的面庞，漫长的下午，满是灰尘的天花板。

可是，这里却是山间的黑夜，城堡上空飞奔的阴云像是神秘莫测的预兆。德罗戈似乎感到，北方，围墙外模模糊糊的北方，自己的好运就要从那里奔来。

"大夫，大夫，"德罗戈几乎是结结巴巴地说，"我没有病。"

"我知道您没有病。"大夫回答，"您以为如何？"

"我的身体很好。"德罗戈再次说，几乎辨认不出这竟然是自己的声音，"我的身体很好，我想留下。"

"留在城堡？您再也不想走了？出了什么事？"

"我也说不上来。"乔瓦尼说，"可是，我不能离开这里。"

"啊！"罗维纳叫了一声，来到他身边，"如果您不是开玩笑的话，我确实感到高兴。"

"不，我不是开玩笑。"德罗戈说。他感到，这声赞扬变成了一种古怪的怜悯，很快又感到，好运似乎即将来临。"大夫，把那张纸扔掉吧。"

第十章

　　事情好像本来就该是这样，好像很早以前就已经定了，也就是说，早在很久很久以前的那一天，一切就已经确定下来，就是德罗戈同奥尔蒂斯第一次来到那个台地的那一天，就是那个晴朗的下午这一城堡出现在他们眼前的那一天。

　　德罗戈决定留下来不走了，他被一种愿望控制，但又不仅仅是因为这一点：雄心壮志确实很大，但仅此好像还不足以让他做出这一决定。现在，他相信自己做了一件高尚的事，他确实感到惊讶，他发现自己原来比自己所认为的还要高尚。只是再过很多个月之后，只是在那时回头思考过去的这些时日时，那时他才能够认识到，很多不幸的事同这个城堡联系在一起。

　　尽管有可能吹响军号，尽管有可能听到军歌，尽管有可能从北方传来令人不安的消息，如果仅仅是这些，德罗戈可能仍然会决定离开。可是，懒洋洋的习惯、军人的自负、对天天看到的围墙的好感已经在他内心驻足。四个月的时间已经足可使他适应值岗的单调乏味。

德罗戈对值岗已经习惯，头几次值岗时，那好像是无法忍受的负担。渐渐地，那些规定、那些说话的方式、上司的怪癖、各个要塞的地形、哨兵的位置、可以避风的角落、号声的含义，如此等等，他已经滚瓜烂熟，了如指掌。带队站岗的高高在上使他有一种满足感，其间还可以利用士兵和士官们越来越增长的尊重。甚至特隆克也发现，德罗戈是个严肃认真、一丝不苟的人，对他也几乎可以说是很亲切了。

跟同事们在一起也已经成了习惯，他对他们已经完全了解，甚至一些最细微的吞吞吐吐他也能听得出来。晚上，他们一起谈论城里的事，因为距离遥远，这些事更让他们兴味盎然。对饭菜丰盛的舒服的餐厅和军官们休息的壁炉也已经习惯，那个壁炉日夜都在冒着火苗，令人感到亲切。还有那个勤务兵的殷勤，那是一个叫杰罗米诺的家伙，他也了解了他的那些特殊的愿望。

他也习惯了偶尔同莫雷尔一起去不太远的一个村庄转一转。他们骑着马一转就是两个多小时。他们穿过一个小山谷（他已经记住这条小路）经过一家小旅店，在这里终于可以见到一些新面孔，那里有诱人的美味，可以听到姑娘们清脆的笑声，同这些姑娘们也可以谈情说爱。

他也已经习惯，下午休息时骑着马无拘无束地跑上跑下，看看城堡后面究竟是什么样，可以这样同同伴们比赛勇气。也习惯了耐心地下棋，从傍晚一直下到深夜，这时往往是德罗戈获胜。（但是，奥尔蒂斯上尉对他说："始终是这样，新来的一开始总是能胜。所有的人都遇到过这种情况，他们以为自己果然不错，可是，只是个时间问题。别人也会学会我们这一套，总有那么一天，再也无计可施了。"）

德罗戈对那个房间也已经习惯了，习惯了夜间安静地阅读和天花板上的裂纹，裂纹就在床的正上方，很像一个土耳其人的脑袋。也习惯了蓄水池的响声，随着时间的推移，他甚至感到这响声很有些友好的意味了。也习惯了他的身子在床垫上压出的那个坑和那套被褥，一开始那几天，那套被褥很让人感到不舒服，现在则让人感到甜蜜。还有那几步路他也已经习惯，那是固定的几步路，即在睡觉之前起身去熄灭油灯或者把书放回桌上需要走的那几步路。他已经知道，早上刮胡子时，在那个镜子前怎么坐才能让灯光正好照到脸上，知道怎么把水壶的水倒进脸盆而不会洒到外边，知道把钥匙稍微向下弯一些才能把抽屉那个不听话的锁打开。

他也习惯了下雨时那扇门发出的响声，习惯了从窗口透进来的月光照到的那个小点以及它随着时间缓慢移动的步伐，另外还有他下面那个房间内走动的声音，每天半夜一点半，这声音会准时响起，那是尼科洛西中校早先受伤的右腿发出的响声，不知为什么，这位中校一定会在这时醒来，打断德罗戈的美梦。

所有这些事已经成了他所熟悉的事，不去管它们的话会使他感到不快。然而，德罗戈不知道，也没有怀疑，他想要离开的话需要大费周折，他不知道也没有怀疑，城堡的生活在一天接一天地吞噬着他的时光，这里度过的每一天都完全一样，没有变化，但过得飞快。昨天和前天完全一样，他没有办法把过去的这些时日相互区分开来。三天前或二十天前发生的一件事，他感觉好像都是很久很久以前的事。就这样，时光不知不觉间在飞快消逝。

现在，一个晴朗而寒冷的夜间，他站在第四要塞的斜坡上，自负傲慢，无忧无虑。由于天冷，哨兵们不停地来回走动，在冰冷的雪地上发出飒飒的响声。月亮很大，照得整个世界一片雪白。要塞、悬崖、北方布满石头的谷地，都沉浸在这美妙的白光之中，甚至遥远的北方那停滞不动的雾气也在闪光。

下面，要塞内值班军官办公室里，灯光摇曳，影子也在跟着轻轻摇动。德罗戈刚才正在写一封信，刚刚开了一个头，他应该给玛丽亚写一封回信。玛丽亚是他的朋友韦斯科维的妹妹，说不定有一天会成为他的新娘。可是，只写了两行就写不下去了，连自己也不知道这是为什么。他离开桌子，来到屋顶凝视着远方。

他所处的位置正是这个要塞最低的地方，最高也就同关口所在的高度不相上下。这里的围墙上原来有一个大门，是两个国家间的交通要道。用铁皮包裹的巨大门扇很久以来就再也没有打开过，前往新要塞的哨兵每天进出时走的是旁边的一个小门，那个小门的宽度只容一个人通过，哨兵日夜守卫。

德罗戈这是第一次到第四要塞值岗。刚一来到露天，就看到了右侧附近的悬崖，悬崖完全被冰雪覆盖，在月光下闪闪发亮。

一阵风吹拂，小朵白云在天空掠过，德罗戈的披风也在随风飘动。这是一件新披风，在他看来，它意味着好多好多东西。

他一动不动，盯着悬崖的陡壁，盯着难以捉摸的北方。披风随风猛烈舞动，像一面旗子。德罗戈笔直地站在平台边上，披风威风凛凛地随风舞动，这使他感到，这个夜晚是如此令人骄傲，如此具有英雄气概。特隆克来到他身边，他穿着一件肥大的军大衣，臃肿的样子甚至都不如一个士兵精干。

"你说，特隆克，"乔瓦尼假装很不安地问道，"这是我的错觉呢，还是今天夜里的月亮真的比平时大呢？"

"中尉先生，我不认为是这样。"特隆克说，"在这个城堡，人们总是有这样的印象。"

他们说话的声音很大，好像周围的空气像玻璃一样透明清澈。特隆克看到中尉没有什么话再对他说，便沿着平台边缘向远处走去，去进行他那没完没了的必要的视察。

德罗戈只剩孤零零一人，他确实感到高兴，他尝到了留下的决心所带来的骄傲，也尝到了放弃肯定无疑的个人的细小好事而争取遥远而又不确定的大众的大好事的苦涩滋味（或许内心依然保存着令他欣慰的想法，总会有机会及时离开）。

预感到——或者只是希望？——将要发生辉煌的重大事件使他决定留下来，但这也可能只是推迟一段时间，一切都还没有确定。他的面前还有很长的时间可以动用，生活中的所有好事似乎都在等着他。有什么必要匆忙决断？他曾预料，女人们——那些可爱但又古怪的人——也将是他的确定无疑的欢乐要素，那是正常的生活明确答应要给予他的东西。

将来的时间多么漫长啊！他觉得，即使是一年好像也长得很，美好的年代刚刚开始，好像是一年又一年地连缀成了一条长链，长得根本不可能看到尾，那是还没有触动过的宝贝，它是如此之大，大得甚至使人感到苦闷。

没有一个人对他说过："德罗戈，你要注意！"生活对他来说好像永无完结之日，充满幻想，尽管青春年华已经开始凋谢。然而，德罗戈对时间并不了解。哪怕在他面前青春年华还有几百年，就像众神那样，那也不过是一种不值得一提的小事。可是，他只拥有简单而又平常的生活，一种人类所拥有的短暂的青春年华，那是可怜的礼物，只用几根手指就可以数得过来，还没等他明白过来就会转眼消失不见了。

他想，今后还有多少时间啊。据说有些人——他听人说——到了一定时刻就会开始等着死亡（说起来真太怪了），这样的事确实有，也确实很荒唐，这肯定不会涉及他。想着想着，德罗戈笑起来。由于天很冷，他开始走动起来。

围墙在这里随着豁口的斜坡向下延伸，形成一串像阶梯一样的平台和眺望台。他的下面，在白雪的映衬下显得黑极了。月光下，德罗戈看到前面的另一拨哨兵，他们在雪地上走来走去，发出有节奏的嚓嚓的响声。

最近的一个平台在他下边，距他也就十来米，那里应该比别的地方暖和一些。一个人靠在墙上，动也不动，可能是睡着了。可是，德罗戈却听到，那个人正在低声哼着小调。

那是一个歌词回环连缀的小调（德罗戈分辨不清具体是什么词），曲调很单调，来回反复，好像永远不会完结。站岗时不许说话，唱歌就更是严格禁止了。乔瓦尼本来应该惩罚那个哨兵，但他对这个哨兵产生了同情心，因为他想到，夜里，天这么冷，又是这么孤单。于是，他走下一小段台阶，台阶通往那个哨兵所在的地方，然后轻轻咳嗽了一声，好让那个哨兵发觉。

哨兵转过头，像是要看这位军官如何来纠正他，可是，哼唱的声音并没有中止。德罗戈怒从中来：难道这些士兵以为可以取笑他？应该让对方尝尝他的厉害。

哨兵马上看到了德罗戈的怒容，由于很久以来就形成的默契，士兵和带班的军官之间一般是不会询问口令的，尽管如此，他还是一丝不苟。他举起枪来，以城堡内很少听到的口气大声问："那边是什么人？什么人？"

德罗戈立即停下脚步，有点儿不知所措。他们相距不到五米，月光下，他清清楚楚地看到了那个士兵的脸，看到他的嘴闭着。可是，那个小调并没有停止。这歌声是从哪里传来的？

他在想着这件怪事，那个士兵却一直在等着他的回答。乔瓦尼机械地讲了口令："圣迹！""紫露草！"士兵回答，说着把枪放回脚边。

现在，一切又沉浸于一片无边的寂静之中，在这样的寂静中，刚才听到的那种飘飘摇摇的哼唱声似乎更大了。

德罗戈终于知道是怎么回事了，感到一股寒气在他的脊背流过。原来那是水的声音，远处的一个瀑布倾泻而下，流向附近一个悬崖顶端。风吹着长长的水流，回声交错，神秘莫测，再加上水流冲刷石块的声音，形成像人低声哼唱的效果，好像有人在低吟浅唱。这就是我们日常生活的词语，那是一长串词语，需要我们去理解，我们却永远不可能弄明白。

因此，那不是那个士兵在哼唱，那不是有人感到寒冷、感到是在被惩处、感受到了爱意而在哼唱，而是怀着敌意的大山在作怪。德罗戈想，这一错误真是可悲，或许所有的一切都是如此，我们以为周围的人们都和我们自己完全一样，可是，事实却是，周围存在的仅仅是冷漠，是用古怪的语言歌唱的石头。我们就要向一位朋友打招呼时，抬起的手又无力地放了下来，不再微笑，因为我们发现，我们孑然一身，完全处于孤寂寥落之中。

风吹着他那件漂亮的军官披风，蓝色的影子在雪地上舞动，像一面旗子在随风飘扬。哨兵站着一动不动。月亮在缓慢移动，一刻不停，去迎接黎明的到来。乔瓦尼·德罗戈感到，他的心在胸口咚咚跳动。

第十一章

　　差不多两年之后的一个夜晚，乔瓦尼·德罗戈睡在城堡内他那间卧室里。二十二个月过去了，没有带来任何新东西，他依然在耐心等待，好像生活一定会对他宽宏大量。二十二个月，那是漫长的时日，其间可能会发生很多事：这样的时日之内可能会有人组成了新的家庭，生了孩子，孩子们已经开始学说话；一座很大的房舍可能建成了，以前那里还是一片草地；一个漂亮女人可能变老了，再也没有一个人想娶她；一场疾病——也可能是慢性病——可能在酝酿（而本人却一无所知地活着），在慢慢吞噬着人的躯体，有一段时间表面上好像已经痊愈，不知不觉间却从体内再次发作，吞噬了任何好转的希望，再过了一段时间之后，死者已被埋葬，也被人们永久遗忘；儿子可能重新可以欢笑，晚上又去同姑娘们逛马路，甚至没有发觉，这马路就在公墓的栅栏旁。

德罗戈的生活则像一潭死水，没有变化起伏。同样的日子，同样的事物，一遍一遍翻来覆去地重复，没有向前迈出一步。时间的长河从城堡上空流过，使围墙出现了裂缝，将灰尘和碎小石块冲到低处，将台阶和铁链磨光。然而，在德罗戈面前流过时却没有造成任何变化，它还不可能将他裹挟起来一起流逝。

　　这一夜也将同过去的所有夜晚完全一样，如果德罗戈真的一夜没有做梦的话。他梦到，他回到了童年时代，夜间站在一个窗口前。

　　在房子缩进去的地方望过去，可以看到月光下一座极为豪华的大厦的正面。幼小的德罗戈的注意力完全被一个窄而高的窗户吸引，窗框用大理石装饰，十分精致。月光穿过玻璃射进来，照到一个桌上，桌上铺着绒毯，上面有一个花瓶和一些象牙雕刻的塑像。可以看清楚的这几件很少的东西使他想到，黑暗之中，后面应该是一个很大的大厅，那里的气氛应该很温馨，这可能是很多大厅中的第一个，这些大厅中应该有很多宝贝。整个大厦在沉睡，那是绝对的、让人羡慕的沉睡，这可以使人明白，什么样的地方才是富人、幸福的人居住的地方。"多么高兴啊，"德罗戈想，"能生活在那样的大宅第中，几个小时地转来转去，在各个大厅里总是可以发现新宝贝，那该是多么高兴啊。"

　　在他所在的那个窗户和那座辉煌的大厦——相互距离不过二十来米——之间，一些影影绰绰的人开始活动起来，像是一些仙女，她们挥舞着薄纱，在月光下闪着亮光。

　　梦境中出现的这些人在现实生活中从来不曾见过，这些人并没有使德罗戈吃惊。她们在空中盘旋，慢慢旋来转去，反复掠过那扇细长的窗口。

由于她们的天性，她们当然只出现在那座大厦附近，但是，对德罗戈她们不屑一顾，从来不靠近他的家，这使他感到受了侮辱。这样说来，难道连仙女们也躲着普通孩子而只惠顾那些对她们甚至根本不看一眼只顾在暖和的丝绸被窝中酣睡的幸福富有的人？

"嘭……嘭……"德罗戈轻轻敲了几下，想吸引那些仙女，但他心里清清楚楚地知道，这样做毫无用处。那些仙女们没有一个听到他的敲击声，没有一个靠近他，哪怕只往窗前移动一米。

可是，在那些奇妙的人当中，有一个人伸出一只手一样的东西，爬到了对面窗上，小心地敲击着窗玻璃，像是要呼叫什么人。

过了不多一会儿，一个很小很小的人——在那座辉煌大厦的高窗对比之下，这个人显得尤其小——出现在窗玻璃前。德罗戈辨认出来，这个人就是安古斯蒂纳，不过，他现在也是一个孩子。

安古斯蒂纳面色极其苍白，穿着一件丝绒衣服，领口镶着白边，这一静谧安详的小夜曲好像一点也没有让他感到满意。

德罗戈想，不为别的，只出于礼貌，这位同伴也应该邀他同这些幻影一起玩乐。可是，事实并非如此。安古斯蒂纳好像根本就没有发现他的这位朋友。德罗戈叫他："安古斯蒂纳！安古斯蒂纳！"就是在这时，安古斯蒂纳也没有把目光转向他这边。

但是，这位同伴懒洋洋地打开窗户，向窗前的一个精灵俯下身，显得很亲密的样子，像是要同它讲一件什么事。那个精灵做了一个手势，德罗戈转身顺着这一手势所指的方向望过去，就在一片住房前，突然看到一个大广场，广场上空无一人。在广场上空，离地面十几米的空中，另外一些精灵组成一支小小的队伍在移动，它们肩上抬着一顶轿子。

从外表看，它们一模一样。轿子中露出一些薄纱和轻羽。安古斯蒂纳依然一脸不屑一顾和厌烦的神情，看着那顶轿子向他靠近。显然，那顶轿子是为他准备的。

不公平使德罗戈感到伤心。为什么所有的一切都是安古斯蒂纳的，没有一样东西是为了他？再忍耐一下吧。可是，安古斯蒂纳依然是那么高傲，那么不可一世。德罗戈看了看其他窗子，看看是不是有什么人或许站在他一边，但一个人也没有看到。

那顶轿子终于停下来，就在那扇窗前荡来荡去，所有的精灵突然匍匐在它四周，形成一个颤动的圆环。大家都向安古斯蒂纳围过去，它们不再那么恭恭敬敬，而是像要刨根究底、几乎可以说是不怀好意地弄个明明白白。轿子无人理睬，自己停在空中，像是由几根看不见的绳子吊着。

德罗戈突然之间不再嫉妒，他终于明白这是怎么回事。他看到，安古斯蒂纳直直地站在窗前，他的眼睛盯着那顶轿子。是的，仙女们的那些使者是来找他的，就在这个夜间，它们来找他，但不知是为什么样的使馆传递信息的！因为路途遥远，所以需要有一顶轿子，黎明之前可能无法返回，甚至第二天夜里也一样，甚至第三天夜里也是这样，可能永远也无法返回。大厦里的那些大厅可能在等待着自己的主人，可那是白费工夫，一个女人的双手小心地关上匆忙离开时没有关好的窗子，其他所有的窗子也可能都已关好，将哭声和悲戚声关在窗外的黑暗之中。

那些精灵现在显得可爱起来，因为它们不是来同月光逗着玩的，这些天真的孩子们，这些精灵不是来自花香四溢的公园，而是来自深渊。

另外一些孩子可能在哭泣，可能在喊妈妈，而安古斯蒂纳一点儿也不怕，他在逍遥自在地同这些精灵闲谈，好像在商定一些必须确定的方式方法。它们紧紧围在窗口，像一圈挤在一起的泡沫，一个紧挨一个，都在争着同那个孩子说话，那个孩子则不断地点着头好像是说：好吧，好吧，所有的一切我完全同意。最后，第一个来到窗口的精灵做了一个威严的手势，它可能是它们的头领。安古斯蒂纳仍然带着那种厌烦的神情离开了窗口（他好像变了，显得轻松一些了，像那些精灵一样），坐进那顶轿子，两条腿伸开，那样子很像一位尊贵的君主。那群精灵扇动着羽毛散开来，像有魔力一般的轿子轻轻动了一下向远处飘去。

现在，它们又组成一支队伍，外表很像飘在房舍之间的一个半圆，以便升向空中，向月亮飘去。在画半圆的过程中，那顶轿子也来到德罗戈的窗前，离窗子只有几米远的距离。德罗戈挥动双手，大声喊着："安古斯蒂纳！安古斯蒂纳！"这成为最后的告别。

这位死去的朋友最后终于把头转向乔瓦尼，盯着他看了一会儿。德罗戈看到，对方一脸严肃，对于一个如此之小的孩子来说，那种神情也许可以说是严肃得太过分了。但是,安古斯蒂纳的脸上慢慢现出会心的微笑,好像德罗戈和他可以知道很多事,而那些精灵则对这些事并不知情。又好像是很想同他开玩笑,这是最后一个机会,可以借此机会表明,他安古斯蒂纳不需要任何人的同情,好像是说,以为随便一件什么事就会使他吃惊十分愚蠢。

安古斯蒂纳坐在轿子上被抬走了,他的目光离开德罗戈,头转向前方,转向那支队伍,显出好奇、好玩、疑惑的神情,意思好像是说,这是第一次玩这个东西,他并不想玩,可是出于礼貌他无法拒绝。

就这样,在这样一个夜里,他远去了,高贵地走了,那几乎可以说是超越人的尊严的高贵。没有回头望一眼他的大厦,没有回头望一眼下面的广场,没有回头望一眼那些住房或者这座城市,这可是他生活的城市。那支队伍像蛇一样在空中缓慢飘动,越飘越高,变成一条含混不清的细线,一绺模模糊糊的毛发,最后什么也看不到了。

窗子依然开着,月光依然照在桌上,依然照着那个花瓶和那些象牙雕刻的塑像,这些东西仍然处在睡梦之中。另一间房间里,在摇曳的烛光下,躺在床上的或许是一个小小的躯体,这个躯体已经没有生的气息,他的脸很像安古斯蒂纳;身上穿的应该是丝绒服装,领子上镶着很大的白边,苍白的嘴唇带着微笑。

第十二章

　　第二天早上，乔瓦尼·德罗戈带队到新要塞站岗。这个要塞离得较远，从城堡到那里要走三刻钟。要塞在一座锥形峭壁顶端，正对着鞑靼人沙漠。这是最重要的一个卫戍部位，孤零零地位于峭壁的最高处，如果有什么威胁靠近，这里必须发出警报。

　　傍晚，德罗戈带着七十来名士兵从城堡出发了，需要的士兵确实很多，因为光哨位就有十个，另外还有两个炮岗。这是他第一次踏上关口之外的土地，实际上已经身处边境之外了。

　　乔瓦尼想到了带队值岗的责任，但他首先想到的是有关安古斯蒂纳的那个梦。这个梦在他内心深处留下了挥之不去的回响。他觉得，这个梦必然同未来的某些事有些隐隐约约的关系，虽然他根本不相信迷信的说法。

　　他们来到新要塞，换了岗，下岗的人走了。德罗戈来到平台，越过一堆堆的砂石观察着远方。城堡就在很远的地方，像一堵很长的围墙，一堵简单的围墙，围墙之后什么也没有。哨兵不见踪影，因为离得太远。只能偶尔看到旗子，这些旗子被风吹着飘扬起来时才能看到。

在这二十四小时当中，在这个孤零零的要塞，唯一的指挥官就是德罗戈。不管出什么事都不可能要求帮助。就是敌人来到眼前，这个要塞也必须独立作战。在这二十四小时内，在这些围墙之间，就是国王本人也比不上他德罗戈。

在等待着夜色降临之际，乔瓦尼一直在观察着北方的荒原。在城堡上，通过前面那些山峰之间的缝隙，只能看到这一荒原的一块小三角。现在却可以看到它的全貌，一直到地平线的最远处，那里是一片雾气，平常总是这样雾气腾腾。这是一种特殊的沙漠，到处是石块，这里那里点缀着一些灌木丛，植物叶子上布满灰尘。右边很远很远的地方是一条黑色的长条，很可能是一片树林，两边则是连绵不断的山峰。山脊之上是看不到头的长墙，长墙沿山脊而建，十分陡峭，也十分壮观，由于秋季的第一场雪，长墙上一片雪白。然而，过去没有一个人认真观察过这一切。现在，所有的人，德罗戈和他的士兵，都不自觉地盯着北方，盯着空旷荒凉的沙漠，这沙漠既无生气，也没有什么神秘之感。

也许是由于想到这个要塞完全由他一个人单独指挥，也许是由于看到了那片无人居住的荒漠，也许是由于想到了有关安古斯蒂纳的那个梦，此时，德罗戈感到，随着夜色的加深，一种无名的不安正在他的四周扩展开来。

这是十月的一个傍晚，天气阴晴不定，不知从哪里反射过来的淡红色的光亮东一片西一块地洒在地上，然后被黄昏后的铅黑色渐渐吞没。

像通常一样，每到傍晚，德罗戈心里就有一种诗意般的激动。这是希望的时刻，他又思考起他那英雄般的幻想，那是他在长期以来多次值岗时形成的幻想，每一天都要增加一些细节，使之越来越完美。总之，他想的是一场他参与的希望渺茫的战斗，在他指挥之下的人员很少，敌人的人数却很多。好像是，那天晚上新要塞被上千名鞑靼人包围。他抵抗了一天又一天，几乎所有的同伴都牺牲了，要么是受了伤。他也被一颗子弹击中，伤得不轻，但也不是十分严重，他还能坚持着继续指挥。突然，子弹就要打光了，他头上缠着绷带，正要带着最后几个人突围，就在此时，增援的人终于赶到，敌人溃不成军，掉头逃跑。他一下晕过去，手里还紧紧攥着鲜血染红的指挥刀。可是，他好像听到有人在喊他的姓名："德罗戈中尉，德罗戈中尉。"那人一边喊着一边摇动他的身体，想把他唤醒。他极力想睁开眼。德罗戈慢慢睁开了眼，原来是国王，国王亲自向他俯下身来，并且对他说，他是好样的。

这是希望的时刻，他思考着他那英雄般的幻想故事，这故事或许永远都不可能实现，但有助于鼓励他活下去。有时，事情没有这么令人高兴，不是仅有他一个人是英雄，不是受了伤，也不是国王对他说他是好样的。总之，只是一场简简单单的战斗就足够了，是唯一的一场战斗，但是是一场真正的战斗，身穿威武的军装进行的一场战斗，是可以笑着扑向目瞪口呆的敌人的战斗。

或许是这样一场战斗，在这场战斗之后，一生都会因为它而心满意足。

然而，这一天晚上，很难让他感到自己是一个英雄。黑暗已经将整个世界包裹，北方的荒原已看不出是什么颜色，但并不是一片宁静，似乎掩藏着什么可悲的东西。

已经是晚上八点，天上阴云密布，这时，在靠右边一点的平地上，就在要塞下边，德罗戈好像看到一个黑影在移动。"一定是因为我太累而眼花了，"他想，"我因为太累眼花了，才看成一个黑影，要好好看看。"过去有一次也发生过这样的情况，那还是年轻的时候，是在半夜里起来学习的时候。

他试着把眼闭一会儿，然后再睁开，看看周围的东西，看看那个水桶，那应该是用来冲洗这个平台的，看看围墙上唯一的一个铁钩子，看看一个小板凳，这应该是他之前的军官们让人搬过来用以小憩的。只是在这样过了几分钟之后，他才转过身去看下面，看刚才发现有黑影的地方。不错，那个黑影仍在那里，仍然在慢慢移动。

"特隆克！"德罗戈激动地喊道。

"中尉先生，什么事？"一个声音马上回答，声音就从身边传来，吓了他一跳。

"噢，您在这儿？"他说，吸了一口气，"特隆克，我不想搞错，可是，我好像……我好像看到，下面有什么东西在移动。"

"是的，先生，"特隆克平静地回答说，"已经好几分钟了，我在对它进行观察。"

"什么？"德罗戈说，"您也看到了？您看到什么了？"

"就是那片移动的东西，中尉先生。"

德罗戈感到热血沸腾。他想，现在该发生的事终于来了，完全忘记了他的那些有关战斗的幻想。他想，看来恰恰是让我给遇上了，现在，出麻烦了。

"啊，您也看到了？"他又这样问了一遍，荒唐地希望对方做出否定的回答。

"是的，先生。"特隆克肯定说，"已经十分钟了。我到下边看了看擦洗大炮的情况，然后回到这儿，看到了那个黑影。"

两个人都不说话了，特隆克也觉得这是一件怪事，一件令人不安的事。

"特隆克，您认为是什么？"

"我也不知道。移动得太慢了。"

"什么太慢了？"

"是的，我原想，可能是芦苇毛絮。"

"毛絮？什么毛絮？"

"下面有一片芦苇荡。"特隆克向右边指了指，可是毫无用处，因为黑暗之中什么也看不到，"这种植物在这个季节会长出深色的毛絮。有时，风会把毛絮吹下来，毛絮很轻，会随风飘扬，很像一小片一小片的乌云……可是，不可能是这些毛絮。"停了一下之后他又补充说，"毛絮应该飘得很快。"

"这么说来可能是什么呢？"

"说不清，"特隆克说，"如果是人的话那就太怪了。人应该从另一个方向来。另外，一直在移动，真不可思议。"

"警报！警报！"这时，附近的一个哨兵喊起来，接着是另外一个哨兵的喊声，然后又是一个。他们也发现了那个黑影。要塞内一些不值班的士兵也马上发现了这一情况。大家都来到护墙前边，既好奇又有些害怕。

"你没有看到？"一个人说，"你看，就在这下面。现在停住不动了。"

"可能是雾，"另一个说，"浓雾有时候会有些不太浓的地方，像一些洞，透过这些洞可以看到雾后面的东西。看起来好像是有人在移动，实际却是浓雾中间的漏洞。"

"好了，好了，现在我看清了，"只听有人说，"那个黑影一直就在那里，是一块黑色岩石，就是这么回事。"

"什么岩石！你没看到还在动吗？你眼睛瞎了？"

"是一块岩石，我敢说是岩石。我一直在看着它，是一块黑色岩石，像个修女。"

有人笑起来。"走开，离开这儿，马上进去。"特隆克前来干预，以免这么多人议论更使中尉感到紧张。士兵们不情愿地进去了，这里又安静下来。

"特隆克，"德罗戈突然感到无法单独决断，于是说，"您觉得是不是该发警报？"

"您是说向城堡发警报？中尉先生，您是说开一枪？"

"我也说不上来。您认为是不是需要发警报？"

特隆克摇摇头："我想再等一等，看清楚再说。要是开枪的话，会在城堡里边引起骚动。过后如果什么事也没有，那又怎么办？"

"是这样。"德罗戈表示接受对方的意见。

"另外，"特隆克又补充说，"也不符合规章，规章说，只有在受到威胁时才能发警报，一字不差，是'受到威胁，出现武装部队等情况以及可疑人员出现于距离围墙边界不到百米等情况时'，规章就是这样讲的。"

"是这样，"乔瓦尼表示同意，"那个东西在百米以外，对吧？"

"我觉得也是这样。"特隆克说，"另外，怎么能说是一个人呢？"

"那么，您说那是什么？是幽灵？"德罗戈含含糊糊地说，他有点儿生气。

特隆克没有回答。

夜色漫无边际，德罗戈和特隆克靠在护墙旁，眼睛死死盯着下面，盯着鞑靼人沙漠开始的地方。那个神秘的黑影一动不动，好像正在睡觉。渐渐地，乔瓦尼开始觉得，那边确实什么也没有，仅仅是一块黑色岩石，很像一个修女。他也想到，可能是自己的眼睛看花了，原因可能是有些累，别无其他，可能是愚蠢的错觉。此时他甚至隐隐约约有那么一丝痛苦，好像命运的决定性时刻正在向我们靠近，但并没有触动到我们，它的隆隆响声就已经渐渐远去，只留下我们孤零零地站在原地，站在一大片干树叶旁，正在为错失这个可怕但莫大的机会而惋惜。

可是，过了一会儿，随着夜色加深，一丝恐惧的气息又从黑黢黢的谷底传上来。随着夜色加深，德罗戈越发感到自己的渺小和孤单。特隆克同他不一样，很难作为他的一个朋友。咳，要是

99

身旁是自己的同学，哪怕只是一个，情况就大不一样了，如果是那样的话，德罗戈甚至还想开开玩笑，以等待黎明的到来，而不至于心生遭受惩处之感。

一团团的浓雾在荒原上空翻滚涌动，很像黑色海洋中的一些白花花的群岛，其中的一个就在要塞脚下，一种神秘莫测的东西可能就掩藏在这个岛上。空气湿漉漉的，德罗戈感到，披风紧紧贴着脊背，显得很重。

这真是名副其实的漫漫长夜。德罗戈已不再抱希望，希望天空显出亮色。一阵冷风吹过，意味着黎明并不太远，这漫漫长夜很快就要结束。就在此时，一阵睡意突然袭来。德罗戈站在那里，靠着平台的护墙，脑袋不自觉地低了下去，他只容许自己这样低头两次之后便突然警觉起来，赶紧抬起头来。最后，头还是无力地低了下去，眼皮沉得抬不起来。新的一天即将开始。

德罗戈突然醒来，因为有人捅了捅他的手臂。他从梦境中醒来，亮光使他吃了一惊。一个人在说话，是特隆克的声音："中尉先生，是一匹马。"

于是，德罗戈又想到了现实生活，城堡，新要塞，那个神秘的黑影。他立即看了看下面，急于了解情况，胆怯地希望只会看到些石块、灌木丛，别无其他，只会看到那片荒原，别无其他，荒原依然像通常那样，荒凉，空旷。

那个声音再次重复："中尉先生，是一匹马。"德罗戈也看到了，说不清是个什么东西，一动不动，就在悬崖下面。

那是一匹马，马不太高大，而是较矮，较壮实，腿较细，鬃毛很长，所以样子很美，但美得有些古怪。马的外形很怪，但更怪的首先是它的颜色，全身黑色，黑里透光，夹杂的斑点像一幅风景画。

马从哪里来？是谁的马？很多年来，除去一些乌鸦和蛇以外再也没有任何人冒险来过这个地方。现在，居然出现了一匹马，很快就可以明白，这不是一匹野马，而是挑选出来的一匹马，是一匹真正的军马（也许只有那四条腿显得有些太细）。

真是一件怪事，一件令人不安的怪事。德罗戈、特隆克以及哨兵们——也许还有那些在下面一层的射击孔里观察的士兵们——都在目不转睛地盯着这匹马。这匹马打破了常规，使北方的古老传说重新复活，那些有关鞑靼人的传说重新复活，一场又一场的战斗重新复活，弥漫于整个沙漠上空的就是，这匹马为什么不合逻辑地跑到了这个地方。

仅仅这匹马本身并不是什么大事，但由此可以知道，在它之后应该会出现另外一些事情。它的鞍子整整齐齐，像是刚才还有人骑在上面。因此，必然会有什么故事悬而未解，一直到昨天还显得荒唐、可笑，甚至是迷信的事情，会成为千真万确的事情。德罗戈有一种感觉，好像神秘的敌人就在那里，那些鞑靼人就在那里，他们就埋伏在那些灌木丛当中，在那些岩石间隙之间，紧咬着牙关，一动不动，一声不响。他们在等待，等到黑暗降临之时发动攻击。另外一些人会随后而到，危险的大队人马正在慢慢蠕动，正在从北方的浓雾中涌出来。他们没有音乐，没有歌声，没有闪着光的刀剑，没有威风凛凛的大旗。他们的武器看不清楚，因为没有在阳光下闪闪发光，他们的马也经过训练，并不嘶鸣。

可是，这只是一匹矮马——这是新要塞里的初步想法，一匹从敌人那里逃出来的矮马，它跑得太快，暴露了敌人。很可能他们并没有发觉它已逃走，因为它是在夜间逃离军营的。

就这样，这匹马带来了珍贵的信息。可是，它比敌人的大队人马提前了多少？一直到晚上，德罗戈都不能向城堡的司令报警，可是，鞑靼人可能会悄悄靠近。

那么，立即报警？特隆克说，不应该报警，因为说到底也只不过是一匹马。这匹马已经来到要塞脚下，这一事实意味着，它是单独来到这里的，也许，它的主人可能是一个猎人，不小心单人匹马来到沙漠，这个猎人突然死了，或者病了，孤零零的这匹马到处游走求生，可能感觉到城堡这边有人的气息，此时或许在等着给它提供草料呢。

这一事实确实不能不让人认真怀疑，一支军队是不是正在靠近。什么原因能使一匹马逃离军营来到一个如此不友好的地方呢？另外，特隆克还说，他听人们说，鞑靼人的马几乎都是白色的，城堡的大厅里也挂着一幅很古老的画，从中也可以看到，鞑靼人骑的都是白色骏马。可是，这却是一匹黑得像炭一样的黑马。

就这样，德罗戈经过长时间的迟疑不决之后，最后还是决定，等到晚上再说。这时，天气晴朗起来，太阳照着大地，让士兵们的心里也感觉到暖和起来。乔瓦尼也因阳光明媚而感到轻松一些了。关于鞑靼人的想象也逐渐淡漠了，一切恢复正常。那匹马只不过是一匹马而已，关于它的出现可以找到很多原因去解释，这些原因都同敌人的入侵没有任何关系。于是，他忘记了夜里的恐惧，突然感到自己愿意去冒险，想到他的好运就在眼前，这是一种福气，它有可能使他超越其他人，所以感到心里美滋滋的。

德罗戈为看到了值岗过程中的细微信息而感到心满意足，好像这向特隆克和那些士兵们表明，这匹马的出现尽管很怪很让人担心，但并没有使他心慌意乱，他处理这件事时很有军人气概。

说实在的，那些士兵一点儿都不害怕，他们拿那匹突然冒出来的马取笑，要是能把它抓到，作为战利品带回城堡，他们就高兴死了。一个士兵甚至要求中士容许去把马抓来，后者只瞪了这个士兵一眼，那意思好像是说，值岗的事是不容许开玩笑的。

在下面一层，就是安置了两门大炮的那一层，一名炮手看到那匹马时激动极了。这名炮手叫朱塞佩·拉扎里，一个不久前刚刚服役的新兵。他说，那匹马是他的，他一眼就能认出它来，绝对没错，绝对不会错，可能是到城堡外饮马时不小心让它给跑掉了。

"是的，是菲奥科，是我的马，它叫菲奥科！"他大喊着，好像那确实是他的财产，确实被人给偷跑了。

特隆克来到下面，立即制止了那个炮手的喊叫，他严厉地对拉扎里说明，他的马逃出去是绝对不可能的，因为要去北方的谷地必须翻越城堡的围墙或者翻过那些大山。

拉扎里回答说，他听人说，有一个小道，是一条很方便的小道，沿这条小道可以穿越悬崖。这是一条很久以前的道路，没有一个人还记得起它。确实，在城堡内有过这么一个很有意思的传说，那是众多传说中的一个。可是，那应该是胡说八道，因为从

103

来没有一个人发现过这一秘密通道的踪迹。城堡的左边和右边，多少公里之内都是荒秃秃的大山，根本没有任何通道。

可是，这说服不了那个炮手，必须把那匹马弄回来关在要塞内的想法顽固地扎进他的心底，那匹马让他无法恢复平静。要把它弄回来的话，半个小时就够了，连去带回只要半个小时。

就这样，时光在消逝，太阳继续它那向西移动的行程，哨兵们准时换岗。这时，沙漠显得更加荒凉，那匹矮马依然在原来的地方，更显得一动不动了，好像在睡觉，或者在寻找几根小草充饥。德罗戈的眼光望得更远，但没有看到任何新东西，仍然是那些光秃秃的岩石、灌木丛和遥远的北方的雾气。北方的天色在缓慢地变化，意味着傍晚即将来临。

一支小分队前来换岗。在晚霞的照耀下，德罗戈和他的士兵离开要塞，踏着砂石返回城堡。他们来到围墙前，德罗戈分别回答了自己的口令和士兵门的口令，大门开启，下岗的小分队来到一个小庭院，特隆克开始点名，德罗戈则去向司令报告有关那匹神秘的马的情况。

像规定的那样，德罗戈先去找负责视察的上尉，然后同他一起到上校那里。通常，有什么情况向那位第一助手少校报告就可以了，但这次可能是严重问题，不该丧失这个机会。

就在此时，流言很快传遍了整个城堡。在最远的分队中，已经有人说什么鞑靼人的大队人马已经驻扎到悬崖脚下。上校得到报告后只是说："必须设法把这匹马抓来，如果有马鞍的话，就可以知道它是从哪里来的。"

可是，已经无法可想，因为那个叫朱塞佩·拉扎里的士兵换岗返回城堡时躲到一块大石头后面，没有一个人发现他躲了起来。然后他独自一人来到那些砂石之间，追上了那匹矮马，正赶着它返回城堡。他吃惊地发现，那匹马并不是他的马。可是，现在已经别无他法可施。

只是到进城堡时才有人发现，拉扎里不见了。如果此事让特隆克知晓，拉扎里肯定至少要被关两个月的禁闭。现在，必须得设法救救他。因此，中士点名时，叫到拉扎里的时候，有人替他回答："到！"

几分钟之后，队伍已经解散，这时人们才想起来，拉扎里不知道口令。现在不是关禁闭的问题，而是性命的问题了。如果他来到围墙前，这里的人向他开枪，那可就闯下大祸了。于是，两三个同伴来找特隆克，以便想个挽救的办法。

可是，为时已晚。拉扎里牵着那匹马已经来到围墙跟前。特隆克正在来回巡逻，在路上他好像有些什么隐隐约约的预感。点过名之后，这位中士似乎感到有些不安，可是，他搞不清这不安是由于什么原因，只是本能地觉得有些什么事不大对头。他回顾了一整天的情况，一直到返回城堡之前并没有什么可疑的地方，在此之后，他好像就觉得有些不大对头了。对了，是在点名的时候，好像点名时有些不正常，正如通常那样，点名的时候会发生一些这类小事，这次他并没有发觉。

这时，一个哨兵就在大门上方站岗。半明半暗之中，他看到砂石之间好像有两个人走过来，距离大约有二百米。不必担心，他想，可能是自己的幻觉：在空旷无人的地方，长时间的等待之后，就是在大白天，最后也会发现一些人形的东西在灌木丛和砂石之间晃动，好像有人在侦察，前去查看之后却发现，连一个人影都没有，这种情况并不少见。

为了缓解一下紧张情绪，这个哨兵看了看四周，同附近的一个同伴打了一下招呼，这个同伴就在他的右边，距离大约三十米。他正了正紧扣在额头上的大帽子，然后转向左面，正好看到特隆克中士一动不动地站在那里，严肃地盯着他。

这个哨兵清醒起来，仍旧盯着正前方。他看到，那两个黑影并非梦中所见，而是真真切切。现在已经很近，不过七十来米。已经可以看清，是一个士兵和一匹马。于是，他端起枪，准备抠动扳机，尽管训练时这一动作已经反复多遍，可是，现在做起来依然是那么生硬。接着，他喊起来："什么人？那边是什么人？"

拉扎里是个服役不久的士兵，想也没有想到，没有口令绝对不能回去。他也没有想到，不经容许擅自离队会受到惩罚。可是，谁知道呢，或许由于他把马给牵了回来，上校会原谅他。那可不仅仅只是一匹漂亮的马，而是一匹可以奉献给将军用的骏马。

距离只有四十米了。马的铁蹄踏着石块，发出响声。这时已经是夜间，远处传来号声。"什么人？那边是什么人？"哨兵又重复了一遍，接着又喊了一次，然后就不得不开枪了。

听到第一次喊时，拉扎里就突然感到有些不舒服。他觉得这实在太怪，他自己亲自来到这里，听到一名同伴用这样的口气问他是什么人，这不是太怪了吗？可是，在听到第二次问"什么人"

时，他放下心来，因为他辨认出来，喊话的是自己的一个朋友，而且就是同一个连队的朋友，人们都亲切地叫他莫雷托。

"是我，我是拉扎里！"他喊着回答，"快叫哨所头头给我开门！我带回一匹马！你没看到他们把我给关到外面了！"

哨兵一动不动，端着的枪也一动不动，他在消磨时间，以便尽可能晚一点第三次喊出"那边是什么人"。或许拉扎里自己会发现这是多么危险，或许他会后退，或许他等到明天，然后再加入那些到新要塞站岗的小分队的队伍之中。可是，这个哨兵知道，特隆克站在那里，就在几米远的地方，严肃地盯着他。

特隆克没说一句话。他一会儿看看哨兵，一会儿又看看拉扎里，由于拉扎里的这一过错，他可能会受到惩罚。他的目光是什么意思？

拉扎里和那匹马距大门已不到三十米，再等下去似乎就太轻率了，拉扎里越是靠近，就越是容易被击中。

"什么人？那边是什么人？"哨兵第三次喊叫，声音中似乎也包含着私人之间的、不符合规章的警告，意思就是："快返回去，趁还来得及，难道你想被杀死不成？"

拉扎里终于明白，一下子想起了城堡的严格规定，茫然不知所措。不知为什么，这时，他非但没有逃跑，反而放开手中的马缰，独自走了过来，尖声大叫："是我，我是拉扎里！你没有看到是我吗？莫雷托，哦，莫雷托！是我啊！你端着枪干什么？莫雷托，难道你疯了？"

可是，这时的哨兵已经不再是莫雷托，他现在只是一个脸色铁青的士兵。他慢慢举起枪，瞄准他的朋友。他把枪举到肩头，用眼睛的余光斜视着中士，默默企求他做一个算了不再追究的手势。然而，特隆克依然一动不动，依然严肃地盯着他。

拉扎里没有转身，在石块之间踉踉跄跄后退了几步。"是我，我是拉扎里！"他大声喊叫，"你没看见是我吗？莫雷托，千万别开枪！"

可是，哨兵已经不再是莫雷托，不再是那个所有室友都无拘无束地同他开玩笑的莫雷托，他现在只是城堡的一名哨兵，只是穿着深蓝色呢子军装、斜挎子弹袋的哨兵，在夜间，绝对与其他哨兵没有任何不同。他是一名普普通通的哨兵，他在瞄准，现在，他扣动扳机。他的耳朵里响起一声轰鸣，像是听到了特隆克嘶哑的声音："瞄准！"而特隆克实际上连一口气都没出。

步枪微微闪了闪光，冒出一小股烟，枪声一开始也并不很响亮，但随后四面八方的回声使这一声响好像很大，回声在围墙之间传来传去，在空中响了很久，最后像一阵雷鸣一样轰隆隆响着消失于远方。

现在，任务已经完成，那名哨兵放下长枪，把头伸出护墙，看着下面，希望自己并没有击中对方。黑暗中，他觉得，拉扎里似乎没有倒下。

是的，拉扎里没有倒下，仍然站着，他让那匹马靠近自己。然后，在枪声过后留下的寂静中听到了他的声音，那是大失所望的声音："咳，莫雷托，你把我给杀了！"

这是拉扎里的最后一句话，说完，他的身体软软地向前扑下去。特隆克的脸色依然让人摸不清，依然没有动。就在此时，战争的不安气氛在城堡内的角角落落传播开来。

第十三章

那个值得永远记住的夜间就是这样开始的，阵阵冷风吹过，灯笼在风中摇摆，号声依旧，走廊的脚步声依旧，云从北方飘来，在山顶盘旋，形成一条一缕，但并不停下盘旋的脚步，似乎有什么非常重要的东西在呼唤着这些云团。

只要一声枪声，只要一支步枪发出小小的一声枪响，城堡就会一下醒来。多年来，这里老是这样一片寂静，这样的寂静持续的时间实在太长了——人们一直在盯着北方，想从那里听到战事突然爆发的声响。现在，一支步枪终于开枪——以它那规定好的发射药的剂量，以它的三十二克重的子弹，终于发出了它的声响，人们你看看我，我看看你，好像这就是那期待的东西的信号。

当然，在这个晚上，除去几名士兵以外，所有的人都没有提到就在所有人的心里的那个名词。军官们宁愿不说，因为这正是希望所在。正是为了对付鞑靼人，他们筑起了城堡外的围墙，他们耗费了自己的大部分青春年华；正是为了对付鞑靼人，哨兵们没日没夜地走来走去，活像机器人。有人每天早上醒来就因这一希望而增加了信心，有人将这一希望深深保存于心底，有人甚至不知道还有没有这样的希望，以为这一希望已经消失殆尽。但是，没有一个人敢公开说出来，好像那是一种凶兆，首先是，这好像就是把心底的真实想法暴露无遗了，军人羞于这样做。

到现在为止只死了一名士兵和一匹马，那匹马还不知道是从哪里来的。在朝北的那个大门门口，就是发生那件不幸事件的那个大门口，站岗的小分队中出现了不小的骚动。尽管并不符合规定，可是特隆克也在这里。他心绪不宁，想到自己可能会受到惩处。责任在他，他应该预防拉扎里悄悄溜走，回来点名时，他应该马上发现不是这个士兵在回答。

现在，马蒂少校也来到这里，他急于要让人知道他的权威和权力。他的脸色很怪，这让人很难看出他是怎么想的，甚至给人一种印象，好像他在微笑。显然，对这件事他已全面了解。他向正在这个要塞值班的蒙塔纳中尉下了命令，去把那个士兵的尸体拉回来。

蒙塔纳是个很呆板的军官，是这个城堡内最老的中尉。不过，在这里，如果不是他有一个大钻戒，如果不是下象棋下得很好的话，人们甚至不知道这里有他这么一个人。他的戒指上那颗钻石大极了。在棋盘上，很少有人能赢他。可是，在马蒂少校面前，他战战兢兢，名副其实地战战兢兢，像处理一具尸体这样的差使，他都不知所措。

幸运的是，马蒂少校发现，特隆克中士站在一个角落，于是，少校喊道："特隆克，您现在没什么事做，您带人去处理一下！"

他这样说时口气非常平静，好像特隆克是随便一个士官，好像特隆克本人与这一事故根本没有任何关系。由于马蒂无法找到一个人直接进行训斥，最后竟气得脸色发白，怒气冲冲，一句话也说不出来。他倒希望使用更强硬的手段，这就是，进行调查，让那些铁面无私的调查者去调查，写出书面材料，这样可以把最微细的不足之处无限放大，这样几乎总是能够使责任人受到惩处。

特隆克眼睛眨也不眨一下地回答："是的，先生。"然后急忙来到大门后的那个小庭院。在灯笼指引之下，一小队人马很快离开城堡。带队的是特隆克，后面跟着四个抬着担架的士兵，为了预防万一，另外四个士兵拿着武器。最后是马蒂少校本人，他披一件褪了色的斗篷，斜挎军刀，向砂石地走去。

他们来到拉扎里跟前，他依然像被打死时那样趴在那里，手臂伸向前方。斜挎在肩上的步枪跌倒时插在两块石头之间，枪托朝上直直地立着，看到这种情况让人觉得真是奇怪。拉扎里跌倒时一只手受了伤，在他的身体完全僵硬之前，这个伤口还来得及渗出一些鲜血，在一块白色的石头上留下一片血迹。那匹神秘的马已经不见踪影。

特隆克向死者俯下身，伸手去搬他的肩膀，但是，他突然退缩回来，好像突然发现，这样做不符合规章。"你们把他抬起来。"他向士兵们下了命令，声音很低，很难听，"先得把他的枪取下来。"

一个士兵低下身去想要解步枪背带，他把灯笼放在一块石头上，那块石头正好就在死者身旁。拉扎里没有来得及完全合上双眼，眼白之间映射出灯笼的亮光。

"特隆克。"这时，马蒂少校喊了一声。他在灯光之外，无法看清他的脸色。

"请下令，少校先生。"特隆克回答，同时打了个立正，士兵们也停下来。

"事情是在什么地方发生的？他是在哪里逃走的？"少校问道。他的声音拉得很长，好像谈论此事让他感到很好奇但又很厌烦。"在泉水那边？就是有大石头的那个地方？"

"是的，先生，就在那些石头那里。"特隆克这样回答，没有再说什么。

"他逃开时没有一个人看到？"

"是的，先生，没有一个人看到。"

"在泉水旁，是吗？是不是天很暗？"

"是的，先生，相当暗。"

特隆克立正站着等了一会儿，因为马蒂不再说话，这才做了一个手势，让士兵们继续干活。一个士兵试图把步枪背带解下来，可是，搭扣很结实，他用力去解。在向外拉时，这个士兵感觉到了被杀者的体重，那重量似乎与尸体的大小不成比例，重得像铅块。

步枪已被取下，两个士兵小心翼翼地将尸体翻过来，使死者

114

的脸朝天。现在可以完全看到他的脸了，他的嘴闭着，没有表情，双眼半开半闭，一动不动，只有这双眼映射着灯笼的亮光。士兵们知道，他已经死了。

"正好是前额？"马蒂问道。人们很快发现一小块塌陷的地方，就在鼻子正上方。

"您说什么？"特隆克不明白问话的意思。

"我说的是：正好击中前额？"马蒂说，口气很不耐烦，因为他不得不再重复一遍。

特隆克提起灯笼，将拉扎里的脸完全照亮。他也看到了那小块塌陷，不自觉地伸出一个手指，好像是要去摸一摸这小块塌陷。但他立即缩了回来，显出恐惧的神情。

"我想是这样，少校先生，这里，前额正中。"（如果对方很感兴趣，为什么他不亲自看看这个死者？为什么他提了这么多愚蠢的问题？）

士兵们发现了特隆克的尴尬，专心去干他们的活，两个人抬着死者的腿，另外两个人抬着手臂，将尸体抬了起来，死者的头就那样让它耷拉下去，可怕地在后边摇晃着。死者的嘴尽管已经僵死，这时好像又张开了。

"是谁开的枪？"马蒂仍然在问，仍然一动不动地站在黑暗之中。

可是，特隆克这时顾不上听马蒂说话，仅仅关注那个死者。"把他的头抬起来。"他压抑着愤怒下令说，好像死者就是他自己。然后才发现马蒂在说话，立即又打了个立正。

"请原谅,少校先生,我刚才正在……"

"我刚才说,"马蒂少校一字一句地说,好像是为了让对方明白,如果他现在还没有失去耐心的话,这应该完全归功于这名死者,"我刚才说,是谁开的枪?"

"他叫什么来着,你们知道吗?"特隆克低声问那几个士兵。

"是马尔泰利。"其中一个说,"乔瓦尼·马尔泰利。"

"是乔瓦尼·马尔泰利。"特隆克大声回答。

"马尔泰利。"少校自言自语。(他又听到这个名字了,应该是因射击优秀而得奖的人之一。他亲自领导射击学校,优秀射手的名字他都记得。)"或许就是那个叫莫雷托的吧?"

"对了,先生,就是他。"特隆克立正回答,"我相信,大家都叫他莫雷托。您知道吗,少校先生,同伴们都……"

他这样说,几乎是为了请求原谅,几乎是为了表明,马尔泰利没有任何责任,如果大家以莫雷托来称呼他,这不是他的责任,没有理由惩罚他。

可是,少校这时根本没有想到要惩罚他,脑子里连想都不曾想到这一点。"啊,好个莫雷托!"他这样大声喊着,丝毫没有掩饰他的某种高兴意味。

中士冷冷地看着他,最后终于明白了。"对了,是这样。"他想,"奖励他,这个坏蛋,因为他能干净利落地杀人。不偏不倚,正中靶心,不是吗?"

不偏不倚,正中靶心,很有把握。马蒂想的正是这个。(他还想,莫雷托开枪的时候,天已经很暗了。好样的,他教出来的所有这些射手都是好样的。)

特隆克这时恨起对方来。"是的，是这样。你就大大方方地说出来吧，你很高兴。"他想，"拉扎里死了，你在乎吗？对你的莫雷托去说吧，说他是个好样的，给他一个大奖！"

确实如此，少校绝对是心安理得，他高兴地大声说："嘿，是的，莫雷托绝不会失手。"他大声叫着，好像是说："奸猾的拉扎里，他以为莫雷托瞄不准，他以为能安然脱险。嘿，拉扎里怎么样？这样一来他就知道，这是些什么样的射手了。还有，特隆克会怎么想？他或许也希望，莫雷托会失手。（过几天之后一切就会妥妥帖帖。）""是的，是这样。"少校仍在重复，完全忘记了，在他面前横陈着一具尸体，"莫雷托，确实是个出色的射手！"

他终于不说话了，于是中士可以转过身来看看，看他们怎么把那具尸体放到担架上。尸体这时已经放好，还给他盖了一条军毯，露出来的只有两只手。这是两只农民的大手，好像还有点儿生命迹象，还有点儿热血的颜色。

特隆克点头示意，士兵们抬起担架。"少校先生，可以走了吗？"他这样问道。

"还想等什么人？"马蒂生硬地回答。现在，他真的感到很吃惊，感觉到了特隆克的恨意。他想让对方知道，他更恨对方，以上司的不屑恨他。

"出发。"特隆克命令。他应该说齐步走，可是，他觉得那是一种亵渎。只是到了现在，他才看着城堡的围墙，上面是那些哨兵，灯笼的光亮隐隐约约地照着这些哨兵。在围墙后面，在一个寝室里，有拉扎里的行军床和他的一个小箱子，里面放着他从家里带来的东西：一个圣像，两穗玉米，一个火镰，几条彩色手绢和四个银扣子，那是节日服装上用的扣子，是他爷爷留下来的，到城堡来之后一直未能用上。

他的枕头上或许还留着他枕过的痕迹，还像两天前他醒来时那样清清楚楚。另外或许还有一个小墨水瓶——特隆克心里这样想，他一个人孤零零地想着时也是那么仔细——还有一小瓶墨水和一支笔。所有这些都将装进一个袋子，寄回他家，另外再加上上校的一封信。其他东西，因为是政府发的，自然会发给另外一名士兵，其中包括洗换的上衣。但是，漂亮的军装不包括在内，步枪也不包括在内。步枪和军装将同他一起埋葬，因为这是这个城堡的古老规定。

第十四章

　　早晨，天刚刚透亮，从新要塞看过去，在北方的荒原上可以看到一小条黑带。一片小小的黑带在移动，这不可能是错觉。第一个看到它的是哨兵安德罗尼科，然后是哨兵彼得里，接着是下士巴塔，后者一开始觉得可笑，后来连马德尔纳中尉也看到了，他今天带队在新要塞站岗。

　　一条小小的黑带在蠕动，正在穿越荒无人烟的荒原，这好像是不祥之兆，就是到了夜间，不祥的预感也会在城堡内传播。那是在差不多六点钟的时候，哨兵安德罗尼科第一个发出警觉的呼喊。有什么东西正从北面向这边移动，这是在人们的记忆中从未发生过的事。光线较亮之时，在白色沙漠的映衬下，正在移动的那队人显得更加清楚。

　　几分钟之后，像很久很久以来一直坚持的习惯那样，裁缝普罗斯多奇莫每天早上都要到城堡顶上看一眼（很早以前他是怀着希望来到城堡顶上的，后来就只剩不安，现在仅仅是一种习惯了）。根据习惯，顶上的哨兵们容许他通过，他来到巡逻小道，同值班的下士聊上几句，然后回到下层自己的缝纫房。

这天早上，他又来到这里，向那一小块看得见的三角形沙漠张望，他觉得，自己好像已经死了，他觉得这只是梦境。在梦中，总是会有些荒唐事，有些混乱事，永远不可能摆脱那种含混的感觉，好像所有的一切都是假的，好像到了一个美妙的时刻必将会醒来。在梦中，事情永远不会是清清楚楚的，不会是实实在在的，像那片荒无人烟的荒原那样，那里正有一队神秘的人在向这边靠近。

这是一件很怪的事，很像他年轻时的胡思乱想，普罗斯多奇莫甚至不可能认为那是真的，他觉得自己已经死了。

他觉得自己已经死了，觉得上帝饶恕了他。他想，自己是在另一个世界，那个世界表面上与我们的世界完全一样，只是所有的好事都会按照正当的希望得以实现，人们得到满足之后心安理得，不像在这边这样，最好的时日也会被一些事毒害。

普罗斯多奇莫觉得自己已经死了，他一动不动，觉得自己再也不会走动了，像一个死人那样再也不会动了。可是，就在此时，好像有什么神秘的东西使他突然醒过来。实际并非什么神秘东西，而是一个中士，这个中士很尊敬地捅了捅他的手臂："上士，"中士对他说，"出什么事了？您不舒服？"

只是到了此时，普罗斯多奇莫才清醒过来。

很像是在梦中，但比梦境清楚。从北方的王国过来一些神秘的人。时间过得很快，眼睛死死地盯着那一不寻常的图景，太阳在红色的地平线上已经十分耀眼，那些身份不明的人一步一步地向这边靠近，现在已经很近，尽管接近的速度很慢。有人说，那些人有的步行，有的骑马，一个接着一个排成长长的一队，其中还有人打着一面旗子。有的人这样说，另有一些人自欺欺人地说是看清楚了，所有人的心里都想着，他们发现了步兵和骑兵，军旗猎猎，成排成行。实际上，可以分辨清楚的只不过是一条细细的黑带在慢慢移动。

"是鞑靼人。"哨兵安德罗尼科大胆声明，好像是由于冒冒失失地开了一个玩笑，他的脸色煞白，像个死人。半小时之后，马德尔纳中尉下令新要塞放一响空炮，以示警告。按照规章，看到外国武装部队接近时，应该这样放空炮警示。

很多年以来，这里就没有听见过这样的炮声了。围墙上引起一阵小小的骚动。隆隆的炮声缓慢掠过晴空，不祥地在悬崖之间回荡。马德尔纳中尉转身看着平淡无惊的城堡轮廓，希望那里能出现一些激动不安的迹象。可是，炮声并没有引起惊慌，因为身份不明的人就在那块三角形地带向这边靠近，中心城堡也可以看到那个三角地带，所有的人都已经知道这一情况。甚至在最远处的山洞中，在悬崖之下左侧防卫线最远端的山洞中，那个正在值班看守存放灯笼和工具的地下仓库的值勤人员也已经知道这一情况。因为他在地下山洞中，外面的情况根本看不到，尽管如此，他也知道了这一情况。他巴不得时间飞逝，他的班赶快结束，好亲自到巡逻小道上看一眼。

一切依然与以前一模一样，哨兵们仍在他们的岗位上，仍在指定的范围内走来走去，文书依然在抄写那些报告，笔在纸上沙沙作响，那支笔依然以通常的节奏到墨水瓶里蘸墨水。可是，身份不明的人正在从北方向这边靠近，可以想见，这些人就是敌人。在马厩里，人们在用梳子梳马鬃，厨房的烟筒炊烟袅袅，三个士兵在扫院子。但是，一种强烈的庄严意识在传播，一种深深的不安在传播，好像一个伟大的时刻就要到来，任何东西都不能制止它的脚步。

军官和士兵个个都深深地吸着清晨的新鲜空气，以使自己从内心里感觉到青春的气息。炮手们摩拳擦掌，准备好他们的大炮，相互开着玩笑，同时像驯服的牲口一样勤勤恳恳地干着手上的活，互相会心地看一眼，那意思就是，经过这么长时间之后，或许这些部件不能再用了，或许过去的清洗工作做得不够认真，现在必须改正修复，因为过一会儿决定性的时刻就要到来。传令兵从来没有这样快地在楼梯上跑上跑下，军装从来没有这么整洁，刺刀从来没有这么闪闪发亮，号声从来没有这么独具战斗气息。这就是说，等待没有白费，过去的年代没有白白耗费，在所有这一切之后，古老的城堡或许有用场了。

现在，人们就等那声特殊的军号声了，就等"一级戒备"的军号声了，那可是士兵们从来不曾真正听到的军号声。练习这种军号时都是在城堡外进行，在一个隐蔽的小谷地进行，以免号声传到城堡，引起误解，号兵们在炎热的夏日午后练着这一大家都明白的号声，那只不过是出于热情（没有一个人真的认为会用得上）。现在，他们后悔当初没有认真学习，那是一个长长的琶音，提高到最高的高度时，很可能会跑调。

只有城堡司令有权下令吹响这一号声，大家都想到了他：士兵们在等着他前来视察，从围墙的这头视察到那头，他们似乎已经看到，他脸上带着自豪的笑意走了过来，满意地注视着每一个人。对他来说，这应该是一个好日子，难道他不是也在等待这一机会中耗费了自己的年华？

然而，这位菲利莫雷上校先生却待在自己的办公室里，从窗口望着北方，望着沙漠上的那块小小的三角形，那是悬崖之间露出的一片沙漠，他看到了由小黑点组成的条条黑影。黑点在移动，像一些蚂蚁在慢慢蠕动，而且是在向他这边移动，向城堡方向移动，好像真的是一些士兵在运动。

每过一会儿就有一个军官走进来，要么是尼科洛西中校，要么是视察的上尉，要么是值班的军官。他们焦急地等待他下命令，以各种各样的借口来到他的办公室，向他禀报一些无关紧要的小事，什么到城里运生活用品的车回来了，什么修炉子的工作今天早上开始了，什么十几个士兵的假期到期了，什么中心城堡平台上的望远镜准备好了，上校先生要不要使用，如此等等。

他们报告这样一些事项，踢着脚后跟立正，他们不知道为什么上校站在那里一言不发，为什么不下命令，大家肯定都在等着这一命令。他依然没有加岗，也没有向只有一个人站岗的军需品库增派人员，也没有下决心发布"一级戒备"的命令。

他不动神色，神秘莫测，只是冷冷地看着那些身份不明的人靠近，既不难过，也不高兴，好像这一切都与他无关。

更为可喜的是，这是十月的一天，天气非常好，阳光明媚，空气清新，对于展开一场战斗来说，这是再好不过的天气。城堡顶上的旗帜随风飘扬，庭院里的黄色土地泛着亮光，士兵们在那里走来走去，留下明显的身影。这可是再好不过的一天了，上校先生。

但是，司令明确地让人们明白，他希望单独一人留在这里。当办公室里再也没有另外一个人时，他从写字台走到窗前，又从窗前走到写字台旁，不知道应该如何下这个决心。他莫名其妙地去修整自己的灰色胡子，发出长长的叹息，确实很像那些老年人，仅仅是在体质上很像老年人。

现在，身份不明的人形成的那条小小的黑带已经看不到了，从窗口看出去能够看到的那个三角形沙漠地带消失了，这表明，他们已经来到跟前，越来越接近边界了。再过三四个小时大概就到山脚下了。

可是，上校先生仍然莫名其妙地用他的手绢擦他的眼镜镜片，在翻阅堆在桌上的报告：需要他签字的当天日程表，一份请假报告，大夫的日报表，购买鞍具账目表，等等。

上校先生，您还在等什么？太阳已经很高，甚至刚才进来过的马蒂少校也无法掩饰自己的焦虑，甚至他也不相信不会有什么事。您至少应该让哨兵们看到您，应该到围墙上去走一小圈。前往新要塞视察的福尔泽上尉说，那些身份不明的人已经可以一个一个分辨出来，都全副武装，肩上扛着步枪，不能再耽误时间了。

但是，菲利莫雷却想再等一等。那些身份不明的人确实是士兵，这一点他并不否认，可是，总共多少人？有人说是二百人，又有人说二百五十人，还有人对他说，这只是前哨部队，大部队至少有两千人。可是，大部队还没有看到，也可能根本就没有大部队。

大部队还没有看到，上校先生，这只是因为北边有雾。今天早上，雾很大，一直弥漫到我们这边，寒冷的北风将雾吹到了下边，所以现在还覆盖着荒原上的广大地区。那两百人毫无意义，如果他们后面没有一支武装部队的话。中午之前，另外那些人肯定会露头。有一个哨兵甚至说，不久前他看到，大雾边上有什么东西在动。

然而，司令仍在踱来踱去，从窗前走到写字台前，再从写字台走到窗前，快速翻着那些报告。为什么这些身份不明的人要袭击这个城堡？他这样想。会不会是正常演习，看看沙漠到底有多么困难？鞑靼人的时代已经成为过去，他们只不过是遥远的传说。另外还有什么人想袭击边境？在整个这件事上总有某些事不能令人信服。

不是鞑靼人，不是他们，上校先生。可是，是士兵，这一点肯定无疑。很多年来就对北方这个国家非常仇恨，这对任何人来说都不是什么秘密，已经不止一次谈到过战争了。是士兵，这一点毫无疑问。有骑马的，还有步行的，说不定炮兵很快也会露面。到不了晚上，就会抓紧时间发动进攻，这不是夸张。城堡的围墙

125

太陈旧，步枪太陈旧，大炮太陈旧，所有的一切绝对都已落伍，只有士兵们的心除外。不要太自信，上校先生。

自信！咳，他希望自己不能太自信，他已为此浪费了这么多的青春年华。他的时日已经不多，如果这次再不顺利，一切可能就完了。并不是害怕才使他迟疑不决，不是怕死，这一点他连想都不曾想过。

事实是，就在生命的最后阶段，菲利莫雷突然看到幸运来到眼前，带着银色盔甲和染着血迹的剑来到眼前，他（几乎对此早已再也不去想了）看到这种幸运就要到来，很奇怪的是，它很像一个朋友的脸。所以，实际情况是，菲利莫雷不敢向前，不敢去接近这张脸，不敢回答它的微笑，上当受骗的次数太多了，现在，再不能上当了。

城堡里的其他人，城堡内的军官们很快迎了上去，他们兴高采烈。与他不同，他们是很有信心地迎上去的，他们像以前尝试的那样已经预先闻到了强烈的、刺鼻的战斗气息。同他们相反，上校依然在等待。只要这好事不是伸手可及，他就不会有所动作，好像中了邪一般。或许只要有一点动作，哪怕只是想要打个招呼的简单表示，只是暗示自己的一点点愿望，那张脸就会化为乌有。

因此，他只是摇头，表示否定，认为这次不会是好运气。这个不信这次运气的人看看周围，看看身后，他觉得身后好像有另外一些人，好像幸运真正寻找的是另外那些人。可是，身后一个人也没有，他不得不承认，这令人羡慕的好运气就是对着他来的。

天刚刚亮时，在泛白的沙漠上出现那个神秘的黑带时，有那么一刻，他的内心突然感到很高兴，兴奋得有点儿让人喘不过气来。后来，那个手持染着血迹的剑、身穿银色盔甲的人在走动，显得有些模模糊糊，但依然向他走来。可是，事实上他不能再靠近他，不能再缩小那段很小但又是无限的距离。

原因在于，菲利莫雷等待的时间实在太久了，人到了一定年龄的时候，抱着希望过日子就会感到很累，就再也找不到二十岁时的那种信念了。他在等待中白白耗费的时光实在太多，他的双眼读的日程表实在太多，太多的早上他的双眼看到的仅仅是那片可恶的荒无人烟的沙漠。

现在，出现了身份不明的人，他的明确的感觉是，肯定出了什么错（不然就太好了），肯定是出了什么大错。

这时，写字台对面墙上挂钟的指针在继续前进，表明时间在不断消耗着人的生命，上校消瘦的手指——这是多年耗损的结果——仍在夹着手绢擦他的眼镜片，尽管并无这个必要。

挂钟的指针差不多指向十点半时，马蒂少校来到房间，他提醒司令，军官事务报告会的时间到了。菲利莫雷忘了这件事，他有点儿吃惊，也很不高兴：他不能不讲一讲身份不明的人出现于荒原这件事，他再也不能将做出决定的时间向后拖延，他不得不正式肯定那是敌人，要不就开个玩笑，要不就采取中间路线，下令采取安全措施，同时又显示出有些怀疑，那意思就是说，不要冲昏了头脑。但是，无论如何必须做出决定，让他难受的正是这一点。他宁愿继续等待下去，绝对一动不动，就这样与命运对抗下去，直至好运真的落到自己头上。

马蒂少校脸上带着暧昧的微笑对他说："看来，这次我们终于等到了！"菲利莫雷上校没有回答。少校又说："现在，已经看到，又增加了一些人，一共是三队。这里也可以看得到。"上校盯着他的眼，突然有那么一刻好像他挺喜欢这个下级。"您是说，还会增加？"

"这里也可以看得到，上校先生，人已经够多的了。"

他们来到窗口，在可以看得到的北方那个三角形地带，又有几条黑色的细带在移动，现在已经不像早晨那样只是一条，而是并排三条，看不清末尾在什么地方。

战争，是战争，上校这样想。他极力想赶走这一想法，好像那是一种不应该有的愿望，但他的努力只是白费力气。马蒂的话使他的希望又复活了，现在，他感到极为亢奋。

上校就这样心绪不宁，急急忙忙来到会议室，面对站成一排的所有军官（值岗的除外）。在一片蓝色军装的映衬之下，军官们个个脸色发白，上校则在努力辨认这些军官。不管是年轻的面容，还是憔悴的相貌，所有的容貌表达的都是同一个东西，一双双冒着火的眼睛在渴望，在祈求他正式宣布，敌人来了。军官们个个笔挺地立正站着，个个都盯着他，那意思显然就是，我们决不能受骗上当。

会议室极为安静，听到的仅仅是军官们深深呼吸的声音。上校知道，他不得不讲话了。就在这时，他感到，一种新的、无法遏制的想法涌上心头。令人惊奇的是，菲利莫雷并不知道其间的原因，他突然觉得，可以肯定，这些身份不明的人确实就是敌人，确实就是前来越界偷袭的。他也不知道这一变化究竟是如何发生的，因为就在刚才他还能够克制住，绝不信以为真。他感到，好像是被面前这些人的紧张情绪震慑住了，他知道，他现在必须明确地发表意见。"各位将官，"他应该说，"我们多年等待的这一时刻终于来到了。"应该这样说，或者是一些类似的话，军官们感激地听着他的这些话，这可是权威的许诺，许诺将给予他们荣光。

他就要按这种思路发表讲话了，但是，在他的心底深处，一个相反的声音挥之不去。"上校，这是不可能的。"这个声音说，"您要小心，一直到您还有时间处置为止。其间有个错误（不然的话那就太美妙了），您一定要注意，因为表面之下隐藏着一个绝大的错误。"

他激动不已，可是，这个敌对的声音时不时地冒出来。然而，为时已晚，迟疑不决已经使他显得很尴尬。

上校向前走了一步，像通常开始发表讲话时那样，将头抬起，军官们看到，他的脸突然红了：是的，上校像一个孩子一样红了脸，因为他就要供认他一生当中都在小心谨慎地保守着的一个秘密。

他的脸微微发红，像一个孩子，嘴唇就要张开讲第一句话了，这时，那个反对的声音又从心底冒出来。菲利莫雷突然打了个激灵，又把没出口的话咽了下去。他好像听到了匆忙的脚步声正从楼梯上走来，几乎就要来到他们正在开会的这个会议室了。军官们没有一个人听到这些脚步声，因为他们的注意力完全集中在司令身上，所以谁也没有发觉，而菲利莫雷的耳朵多年来已经训练有术，能够分辨出城堡内所有细微的声响。

脚步声越来越近，毫无疑问，脚步很急。一个声音传来，那是一个不熟悉的声音，是一个苍白无力的声音，是检察机构的那种官腔。好像可以说，这一声音直接从荒原那个世界传来。这一声音已经很近，军官们也听到了，用一句不好听的话说，这声音使他们的心受了伤，至于这是为什么，谁也说不上来。最后，门开了，一个佩带龙骑枪的军官走进来，大家不认识他，只见他风尘仆仆，十分疲累。

他打了个立正。"费尔南德斯中尉，"他说，"来自第七龙骑枪团。从城里来，向您转交参谋长阁下的这封信。"他的左臂弯成弓形，左手优雅地托着他那顶高高的帽子，走近上校，将那封铅封的信递给他。

菲利莫雷握着他的手。"谢谢，中尉。"上校说，"看来，您跑得很急。现在，同事桑蒂陪您去休息一下。"上校没有让人看出他的任何不安，向他看到的第一个人桑蒂中尉做了个手势，示意他尽地主之谊，招待好客人。两个军官走了出去，门又关上了。"请容许我，对吧？"菲利莫雷轻轻笑着说，同时扬起那封信，意思是说，他想先看看这封信。他小心地打开铅封，撕去信封的一个小边，从信封里抽出两页纸来，信纸上写满了字。

菲利莫雷读信时，军官们看着他，极力想从他脸上看出一些反应来。可是，什么也没有看出来。他的样子好像是在晚餐之后浏览一份报纸，像冬日里坐在壁炉旁懒洋洋地翻阅一份报纸。只有一点，那就是，在这位司令干巴巴的脸上，原来的红色消失不见了。

上校好像读完了，他把信纸折好，重新装进信封，将信封放进口袋，抬起头来，示意他要发表讲话。空气中弥漫着一种气息，好像发生了什么事，刚才那种诱人的魅力被彻底驱散了。

"各位将官，"他开始讲话，从声音听起来好像很吃力的样子，"今天上午，如果我没有搞错的话，士兵们中间出现了一定的激愤情绪，在你们中间也是这样，如果我没有搞错的话，原因是，在所谓的鞑靼人沙漠看到了一些部队。"

在一片安静之中，他的话吃力地传开来。一只苍蝇在大厅里飞来飞去，发出嗡嗡的响声。

"那是，"他继续说，"那是北方那个国家的部队，任务是勘定边界线，就像我们在好多年之前所做的那样。因此，他们将不会到城堡这边来，他们很可能分成小组开展活动，分散到各个山上。参谋长阁下的这封信就是正式通告我这一情况的。"

菲利莫雷一边讲着，一边在长长地喘息，这既不是不安也不是痛苦，只是从体内发出的喘息，像老年人那样喘个不停。他的声音就像这样的老年人，这个老年人好像突然之间不得不讲话，那声音又低又没有底气。他的目光也是这样，眼底黄灰，晦暗无神。

对此菲利莫雷上校一开始就感觉到了。不可能是敌人，他知道得清清楚楚：他不是为获得荣光而生的，他多次傻乎乎地幻想能够光宗耀祖，这样幻想的次数实在太多了。为什么——他曾愤怒地质问——为什么还要受骗上当呢？如果从一开始就感觉到了

131

这一点，那就应该随它去吧。

"正如大家所知道的那样，"他继续极为冷淡地说，为的是不至于显得过分痛苦，"边界的界桩和其他标记是我们很多年之前设立的。但是，正如参谋长阁下通告我的，有一段边界还没有最后勘定。到时我会派一位上尉和一名士官带一些人去完成这项工作。那是一片山区，有两三道平行的山岭。不必多说，当然是尽可能地向外一些更好，要尽可能地确保北部悬崖边界的安全。如果大家能够明白我的意思，那就是说，这在战略上是非常重要的，因为在那上面，战争永远不可能展开，也没有可能进行演习……"由于找不到思路，他停了一会儿，"演习的可能性……我讲到哪儿了？"

"您刚才说，尽可能地向外一些……"马蒂提醒说，显出懊悔的样子，这种样子难免让人对之有些怀疑。

"噢，对了，我是说，必须尽可能向外一些。很可惜，事情并不那么简单，我们已经落后于北方的那些人。无论如何……好了，过一会儿再说吧。"他转向尼科洛西中校，结束了谈话。

他沉默下来，显得很累。在他讲话时，他在军官们的脸上看到，失望的情绪在蔓延。他看出，他们是些急于参与战斗的勇士，现在他们的面部又像驻地的军官们那样平淡冷漠了。可是，他们还年轻，他想，他们还来得及。

"好了，"上校继续说，"现在，很抱歉，我不得不发表我的一点涉及你们当中的好多人的看法。我不止一次看到，换岗的时候，有的小分队回到院内，却不见它的带队军官。这些军官显然

132

是认为，他们可以晚一些归来……"

　　那只苍蝇在大厅里飞来飞去，旗子在房顶猛烈随风飘扬，上校在大谈纪律和规章。在北方的荒原上，武装部队在前进，那不再是渴望战斗的敌人，而只是一些像他们自己一样清清白白的士兵，他们不是来灭绝一切，而是来完成勘界工作的，他们的步枪不上子弹，匕首没有开刃。下面，北方的荒原上，只是外表像部队的那支没有敌意的部队四下里分散开来。城堡内，又成了一潭死水，又恢复了从前的那种节奏。

第十五章

　　派去勘察那段未定边界的小分队第二天一早就出发了，带队的是大块头蒙蒂上尉，他的助手是安古斯蒂纳中尉和一个中士。当天的口令和随后四天的口令分别告诉给了这三个人。所有这三个人都丧亡不大可能，但不管出现什么情况，活下来的士兵中年岁最大的一个有权翻开死亡或者晕厥的上级的军装，可以在他的军装内面的一个小口袋里翻找，把密封口令的小口袋掏出来，那里边有返回城堡的秘密口令。

　　太阳出来时，四十来个人全副武装出了城堡围墙，向北方进发。蒙蒂上尉穿的是一双带钉子的大皮鞋，同士兵们的皮鞋差不多。只有安古斯蒂纳穿的是皮靴，出发之前，上尉很有趣地看着这双皮靴，但什么也没说。

　　这支人马在砂石之间向下走了一百多米，然后向右转，向同一高度的一个石壁间的狭小隘口走去，在山区，这样的隘口很多。

走了大约半小时后，上尉说："穿这样的靴子，"他指着安古斯蒂纳的皮靴说，"一定会很累。"

安古斯蒂纳什么也没说。

"我并不想制止您，"过了一会儿上尉再次开口说，"可这将会使您受罪，等着瞧吧。"

安古斯蒂纳回答说："现在太晚了，上尉先生，如果像您说的那样，您可以早告诉我。"

"反正就是这么回事。"蒙蒂再次重申，"我了解您，安古斯蒂纳，即使我说了，您也照样会穿的。"

蒙蒂对这个人无法容忍。"你将会吃尽苦头，"他想，"过一会儿我将让你看个明白。"他下令全速前进，就是到了很陡的斜坡也不许减速，他知道，安古斯蒂纳的身体并不很壮实。他们已经快到峭壁脚下，现在的砂石很碎，双脚陷进砂石之间，走起来很吃力。

上尉说："平常这里的风大极了，就从那个风口吹过来……可是，今天相当不错。"

安古斯蒂纳中尉一言不发。

"真幸运，今天连太阳也没有。"蒙蒂又说，"今天真是太幸运了。"

"可是，您曾来过这里？"安古斯蒂纳问道。

蒙蒂回答说："很久以前，不得不寻找一个士兵，一个逃……"

他停下不说了，因为在一个灰色的峭壁上，就在他们头顶，传来塌方的声音。只听巨大的石块从悬崖上隆隆响着崩塌下来，带着一团团灰尘漫无边际地向深渊倾泻而下。隆隆的响声在峭壁间反复回荡。在那个峭壁的中心部位，那片神秘的塌方持续了好几分钟，然后才落进几条深沟，没有再向低处继续崩落。士兵们来到几块巨石下，只有两三块石块落到这里。

所有的人都沉默不语，在这样的坍塌面前，大家好像感到了敌意的存在。蒙蒂怀着挑衅的意味看着安古斯蒂纳，希望后者暴露出害怕的神情，但一点也没有看出来。中尉倒是显得很热的样子，因为已经走了这么一段路。他的雅致的军装好像有点儿散乱了。

"你这副嘴脸，将会让你吃尽苦头，你这个摆臭架子的家伙。"蒙蒂这样想，"过一会儿我将让你看个明白。"很快又上路了，而且行军的速度更快了。蒙蒂不时回头偷看一眼，看看安古斯蒂纳怎么样。确实，像他希望和预料的那样，可以看得出来，皮靴开始折磨这个家伙的脚。安古斯蒂纳不时放慢脚步，要么就是，脸上露出痛苦的神情。这些可以从他的前进速度，从他脸上的严峻吃力的神情看出来。

上尉说："我觉得，我今天甚至可以走六个小时。如果没有这些士兵的话……今天真不错。"（他怀着明显的恶意这样说。）"怎么样，中尉？"

"对不起，上尉，"安古斯蒂纳说，"您说什么来着？"

"没说什么。"上尉回答，脸上带着坏笑，"我问，您感觉如何。"

"噢，还可以。谢谢。"安古斯蒂纳闪烁其词地回答。停了一下之后，为了掩饰向上走时的大喘气，又补充说，"可惜……"

"可惜什么？"蒙蒂问，希望对方回答说，可惜很累。

"可惜不能经常到这一带，这里简直太美了。"他微笑着，以他那冷漠的口气说。

蒙蒂的步伐更快了。然而，安古斯蒂纳仍然紧跟不舍，由于过于用力，他的脸色苍白，汗从帽檐下淌出，流得满脸都是，湿淋淋的上衣似乎也贴到了脊背上，令人感到很难受。可是，他仍然一言不发，努力追赶，一步不落。

他们已经来到悬崖之下，周围都是灰色的陡壁，个个直插云霄。山谷向上延伸，不知通向多高的地方。

日常生活中常见的各种景象似乎都不再露面，全部让位于大山之间的死寂和荒凉。安古斯蒂纳被景色吸引，不断抬眼望望悬在他们头顶上方的山顶。

"再走一段我们就休息。"蒙蒂说，一直不转眼地盯着对方，"那个地点还看不到。可是，说实话，并不太累，不是吗？如果感到吃不消了，最好赶快说出来，尽管有可能不能及时赶到。"

"走吧，咱们走吧。"安古斯蒂纳这样回答，那样子好像他是上级。

"知道吗？我刚才这样说是因为，所有的人都有可能感到吃不消，仅仅是因为这个，我才说……"

安古斯蒂纳脸色苍白，汗水从帽檐流出来，流得满脸都是，上衣已经完全湿透。但是，他咬紧牙关，毫不退让，宁死也不认输。他尽量不让上尉看到，偷偷抬眼认真看了看山谷的顶端，极力寻找结束这次疲累之行的终点。

这时，太阳已经很高，照着最高处的山尖，但是，丝毫没有秋日上午的凉爽气息。一层薄雾慢慢在天空扩散开来，含着单调沉闷不祥的意味。

现在，那双皮靴确实开始硌得他钻心地痛，皮子在撕咬脚脖子部位，从皮肤疼痛的程度来看，肯定已经磨破出血了。

有那么一段，砂石少了，山谷通向一块高地，高地上几根小草半死不活，四周是围成桶形的陡壁。无论从哪面看，都是错综复杂的塔形山峰、裂隙和大墙一样的山脊，其高度很难估计。

尽管很不情愿，蒙蒂上尉还是命令休息，好让士兵们吃午饭。安古斯蒂纳坐在一块大石头上，还是那么规规矩矩，尽管风吹冷汗让他直发抖。他和上尉吃的是一点面包、一块肉、一点奶酪和一瓶葡萄酒。

安古斯蒂纳感到有点儿冷，他看着上尉和那些士兵。要是有人打开披风套穿上披风的话，他就可以效仿了。可是，士兵们好像并没有感到很累，依然相互开着玩笑。上尉狼吞虎咽，吃一口看一眼他们头上的陡峭大山。

"现在，"他说，"现在我知道从哪里可以上去了。"他指了指近处的一个通向可恶的山顶的陡壁，"必须从这里直接上去。相当陡，不是吗？中尉，您认为怎么样？"

安古斯蒂纳看着那个陡壁，要登上靠近边界的那个山顶，确实必须从这个陡壁爬上去，至少不必再从某一个隘口绕过去了。可是，这需要很长时间，现在需要的是快，因为北方的人们更为有利，因为他们先出发，而且他们那边的道路更好走。必须从这个陡壁直接爬上去。

"从这里？"安古斯蒂纳问道，说着抬起头观察了一下那个直上直下的陡壁。他发现，左边百米左右的那条道路好走得多。

"直接从这里上，肯定是这样。"上尉再次肯定，"您认为怎么样？"

安古斯蒂纳说："一切在于，要比他们先抵达。"

上尉反感地盯着他。"很好。"他说，"现在我们来玩一小把。"

他从口袋里掏出一副纸牌，摊到一块方形石块上，石块上铺着他的披风，他要请安古斯蒂纳玩一把。接着又说："那些云雾，您以某种眼光看它们，可是，无须害怕，那不是坏天气的那种云雾……"他笑了笑，不知道他为什么这样笑，那样子好像是，他开了一个很开心的玩笑。

他们就这样玩起来。安古斯蒂纳感到，风吹得把他冻成冰块了。而上尉则坐在两块大石块之间，那两块石头正好挡住了吹过来的风。安古斯蒂纳的脊背正对着风，他想："这次我可要病了。"

"嘿，您这样可就大错特错了！"蒙蒂上尉大声喊着，名副其实地突然喊叫着，"我的天哪，您就这样给我一张大尖！可是，亲爱的中尉，您的脑袋哪儿去了？您老是看上面，手上的牌连看都不看。"

"不，不对。"安古斯蒂纳回答，"是我给搞错了！"他极力想笑，但没有笑出来。

"说实话，"蒙蒂怀着胜利的神情说，"说实话，那个使您很

140

难受，我敢说，出发的时候我就对您讲过。"

"什么那个？"

"就是您的皮靴，亲爱的中尉，那种皮靴不是用来像这样行军的。说实话，它使您很难受。"

"它是给我带来了麻烦。"安古斯蒂纳承认，但带着不屑一谈的口气，为的是表明，谈论它使他很反感，"它给我带来了麻烦，确实如此。"

"呵呵！"上尉高兴地笑着，"我早就知道！咳，在砂石路上穿皮靴，肯定不好受。"

"看牌，我出王。"安古斯蒂纳冷冷地警告，"您不出牌？"

"好了，好了，我错了。"上尉说，依然那么高兴，"呵呵！皮靴！"

在这样的石壁上，安古斯蒂纳中尉穿一双皮靴确实很麻烦。鞋底没有钉子，因此很滑，而蒙蒂上尉和士兵们穿着皮鞋可以脚踏实地，稳稳当当。安古斯蒂纳之所以落后还不仅仅因为这一点，另外还有好多事需要他照顾。虽然他已经很累，满身冷汗也使他感到很难受，但是，在如此陡的山脊上，他还是能紧紧跟在上尉身后。

刚才从下面看时，这大山显得很陡很难爬，真爬起来却比当时想象的要容易一些，爬的速度也比预想的要快。到处是小洞、裂缝、突出的石块和数不清的突出来的支撑点，可以方便地攀缘蹬踏。本来就并非很灵巧的上尉吃力地攀登着，不断跳过来蹦过去，而且时不时看一眼下面，希望安古斯蒂纳彻底崩溃。然而，安古斯蒂纳很能坚持，尽量快地攀住最突出最可靠的地方，他对自己能够如此敏捷地攀爬也感到吃惊，尽管感到已经筋疲力尽。

慢慢地，在他们脚下，深渊越来越深，最终的顶点似乎显得越来越远，似乎被陡峭的黄色山脊遮了个严严实实。天色越来越暗，傍晚即将来临，尽管一层灰色的云盖过来，无法估计太阳的高度。这时开始感觉到了凉意。冷风从谷底刮上来，山隙之间可以听到它的呼呼的吼声。

"上尉先生！"这时，只听殿后的中士在下面的一个什么地方喊着。

蒙蒂停了下来，安古斯蒂纳也停了下来，所有的士兵直到最后一个也都停了下来。"出什么事了？"上尉问道，好像另外有什么令人担心的事让他感到不安。

"他们已经攀登到顶上了，北方的人已经登上去了！"中士喊道。

"你疯了！你从哪里看到的？"蒙蒂说。

"从左边，就是那个豁口，那个像鼻子一样的山崖的左边！"

确实不错，在灰色天空映衬下，三个小黑影显得很突出，可以看得出来，三个黑影在移动。显然，他们已经占领山顶下面的那一地段，他们很可能会抢先抵达山顶。

"天哪。"上尉说了这么一句，愤怒地看着下面，那意思几乎就是说，迟到应该由士兵们负责。接着他对安古斯蒂纳说："至少我们应该占领山顶，少说废话，要不然，在上校那里我们可就要倒霉了！"

"必须设法使他们在那里停一会儿。"安古斯蒂纳说，"从那个豁口到山顶要不了一个小时。如果他们不停一会儿的话，我们肯定就会比他们晚到。"

　　上尉于是说道："或许，最好我带四个士兵先走，人少走得快一些。您消消停停地跟上来，要么这样，您要是感到很累的话，就在这里等着。"

　　安古斯蒂纳心里想，这个狗杂种，这就是他的想法，想把我扔到后边，他自己一个人去充英雄好汉。

　　"是的，先生，服从命令。"他这样回答，"可我愿一起上去，停在这里不动会冻坏的。"

　　上尉带着四个走得最快的士兵出发了，像一个尖刀小分队。安古斯蒂纳负责指挥剩下来的人员，别想再能紧紧跟在蒙蒂身后了。他手下的人很多，由于行军，离离拉拉一字排开，长长的队伍看不到尾，甚至好多人完全不见了人影。

　　安古斯蒂纳看到，上尉带领的那个小分队在上面消失不见了，消失到了灰色的山崖之间。有一阵，他还听到了小分队使山石滚落下来的声响，像小小的坍方，之后连这样的声音也听不到了。他们自己的声音也消失在遥远的地方，再也无法听到。

　　而且，这时的天色也暗下来。周围的悬崖，山谷对面的暗淡陡壁，幽深的谷底，都抹上了一层铅灰色。小小的乌鸦在菱形的天空飞过，留下一阵哇哇的叫声，好像在互相警告危险即将来临。

　　"中尉先生，"紧跟在安古斯蒂纳身后的一个士兵说，"过一会儿会下雨。"

安古斯蒂纳停下来看了他一会儿，没有说一句话。皮靴现在并不再折磨他，但他开始感觉到了极度的疲累，每攀登一米都需要付出巨大的努力。幸运的是，这一带的石崖不再那么陡峭，比前面的要好走一些。安古斯蒂纳想，不知道上尉走到什么地方了，也许已经到了山顶，也许已经竖起旗帜，安置好了界牌，或许已经开始下撤。

他看了看上面，发现山顶并不太远了。只是不知道，从哪里可以攀上去，他靠着的那个崖壁很陡，也很滑。

安古斯蒂纳终于来到一个突出的大石头上，离蒙蒂上尉只有几米的距离。他爬到一名士兵肩头，试图攀上一个小小的陡壁，最高也不过十二三米，但从外表看来好像根本没法攀上去。显然，蒙蒂在那里已经有好几分钟了。中尉反复试了好多次，却没有成功。

安古斯蒂纳手忙脚乱地试了三四次，想找到一个踏脚的坑凹，好像就要找到了，却听他骂了一句，他又掉到那个士兵的肩头，那个士兵使出吃奶的力气坚持着，身子却在摇晃。最后，安古斯蒂纳还是放弃了，从士兵肩头跳回那个突出的大石块上。

蒙蒂因为太累喘着粗气，满脸不高兴地看着安古斯蒂纳。"就在下边等着吧，中尉。"他说，"这个地方肯定谁都过不去。如果可能，我带两个士兵过去就足够了。最好您就在下边等着。现在天已经黑了，这时候从这里下去是一件让人担心的事。"

"您对我说过，上尉先生，"安古斯蒂纳没有一点点激情地说，"您对我说过，随我的便：要么等着，要么跟着您走。"

"好吧。"上尉说,"现在必须找到一条路,就这么几米的距离,上去就是山顶。"

"什么?那后面就是山顶?"中尉问道,口气中含着难以形容的讥讽意味。蒙蒂对这种口气甚至懒得去怀疑。

"连十二米都不到。"上尉骂骂咧咧地说,"我的天哪,我要看一看能不能过去。只要……"

他的话被上面传来的一声傲气的喊声打断,在那段峭壁之上的山顶边缘露出两个人的脑袋,两个人都笑嘻嘻的,显得很高兴。"晚上好,先生们。"其中一个喊着,也许是一名军官,"你们好好看一看,你们从这边上不来,必须从山顶绕过来!"

两个脑袋缩了回去,只能听到一些人议论纷纷的声音。

蒙蒂怒气冲天,脸色铁青。现在已经没什么办法了,北方人已经连山顶都占领了。上尉坐在那块突出的大石块上,对他的士兵连看也不看,士兵们仍然在从下面向上攀爬。

正在此时,下起雪来,雪片很大,纷纷扬扬,像是已经到了深冬。很快,那块突出的大石头已经一片雪白,快得几乎令人不可思议,同时亮光也突然消失不见了。现在已经是夜间,任何人都没有认真想到它的降临。

士兵们没有一个人显出一丝警觉的神情,他们将卷着的披风解开,将它盖到身上。

"我的天哪,你们在干什么?"上尉突然大喊,"马上穿好披风!你们莫不是想在这里过夜吧?现在必须立即下撤。"

这时安古斯蒂纳说:"上尉先生,如果允许我说的话,只要上面那些人在山顶……"

"什么？您想说什么？"上尉怒气冲冲地问道。

"我觉得，不能后撤，只要那些北方人在山顶，我们就不能后撤。他们先抵达，我们现在在这里没有任何办法，但是，我们要保住面子！"

上尉没有回答他，在那块大石头上来回走了一会儿，然后说："可是，现在他们也撤走了，这样的天气，山顶上，比这里还要更糟。"

"先生们！"上面有一个人在大声喊叫，与此同时四五个人从上面的峭壁边缘伸出脑袋来，"不必客气，抓住这些绳子，爬上来吧，天这么黑，小心别摔下悬崖！"

说着，两条绳子从上面甩了下来，好让城堡内的这些人抓着攀上那个短短的陡壁。

"谢谢，"蒙蒂以戏弄人的口气说，"谢谢你们的好意。可是，我们的事还是我们自己解决吧！"

"随你们的便。"上面的人说，"反正绳子就留在那儿，要是用得上你们就用吧。"

随后，很长一段时间没有任何动静，听到的只是飒飒的雪声和士兵们的几声咳嗽。现在几乎什么也看不见了，只能隐隐约约分辨出峭壁附近的几个山头，一只灯笼的反射红光从那里传过来。

从城堡来的这些士兵把披风穿好，也点起一些灯，其中一人将灯递给上尉，以备不时之需。

"上尉先生。"安古斯蒂纳说，那声音显得很累。

146

"什么事？"

"上尉先生，玩一把，您觉得怎么样？"

"玩什么，见鬼去吧！"蒙蒂回答。他清楚地知道，今天夜里肯定撤不下去了。

安古斯蒂纳并不是开玩笑，他让一个士兵从上尉口袋里掏出纸牌。他把自己的披风的一角放到一块石头上，把灯笼放到旁边，然后开始洗牌。

"上尉先生，"安古斯蒂纳又说，"请听我一句，尽管您肯定不愿听。"

蒙蒂这时明白中尉想要说什么了：北方那些人可能在嘲笑他们，面对这些北方人，别无他法。这时，士兵们躲藏在峭壁下，将所有能够利用的凹陷的地方都利用起来，有的在开着玩笑，有的笑着，边笑边吃东西。两个军官开始在雪地里玩起纸牌来。他们头上是笔直的峭壁，脚下是黑洞洞的悬崖。

"大衣，给你们大衣！"卜面有人以嘲笑的口气大声喊叫。

蒙蒂没有抬头，安古斯蒂纳也没有抬头，继续玩他们的纸牌。但是，上尉心情很坏，愤怒地将纸牌摔到那件披风上。安古斯蒂纳想开玩笑，但没有用处。他说："好极了，两个尖……这个我吃掉了……要说实话，您把这张梅花给忘了……"他时不时地笑着，显然，这是发自内心的笑意。

只听上面的人们又有了动静，接着是松动的石头滚落的声响，看来他们要开拔了。

"祝你们好运！"先前的那个声音再次向他们喊着，"你们可要走好……别忘了那两条绳子！"

蒙蒂没有回答，安古斯蒂纳也没有回答。他们仍在专心玩他们的牌，没有任何回答的表示。

上面，灯笼的反光消失了，显然，北方人正在撤离。在雪中，纸牌湿漉漉地粘连在一起，费了很大力气才洗均匀。

"不玩了！"上尉把自己手里的牌摔到披风上，"真倒霉，不玩了！"

他退到悬崖下，用披风把身子裹住。"托尼！"他叫着一个士兵的名字，"把我的袋子拿过来，给我找点儿水喝。"

"他们还能看到我们。"安古斯蒂纳说，"他们在山顶上还能看到我们！"因为他知道蒙蒂非常生气，所以一个人自己玩起来，假装着是他们两个在继续玩。

中尉故意弄出玩纸牌的嘈杂声音，左手拿着自己的牌，把右手的牌甩到那角披风上，同时假装着把另一叠牌抓起来。在密密麻麻的雪片之间，山顶上的那些外来者肯定看不出是中尉单独一个人在玩牌。

中尉感觉到，一阵强烈的寒风钻进了他的五脏六腑。他觉得，或许他再也不能动了，甚至连躺倒的力气也没有了。他觉得，从记事以来，从来都没有感到这么难受。山顶上，正在撤离的那些人的灯笼仍晃来晃去，他们还能看到他。（在一座辉煌大厦的一个窗口，有一个很小的人影，那就是安古斯蒂纳，他还是个孩子，脸色苍白，这脸色给人印象深刻。他穿着一件优雅的丝绒衣服，领口镶着白边。他懒洋洋地打开窗子，向浮动在窗前的那些精灵俯下身，好像要向它们表示亲昵，要向他它们说一件事。）

"大衣，大衣！"他依然用尽力气喊着，想让北方的人听到，可是，从他口里出来的只是沙哑微弱的声音。"我的天哪，这是第二次了，上尉先生！"

他缩进厚披风，嘴里还在轻轻地嘟哝着什么。蒙蒂认真注视着安古斯蒂纳，他的怒气越来越小。"好了，中尉，到这边避避风，反正北方人已经撤走了！"

"您比我强得多，上尉先生。"安古斯蒂纳依然虚情假意，他的声音越来越弱，"可是，今天晚上确实没有兴致。您为什么不断看上面？为什么老看山顶？您或许有点儿心绪不宁？"

这时，在纷纷扬扬的雪花中，安古斯蒂纳中尉手中的最后几张牌掉到地上，那只手也跟着滑了下去，没有了一点儿生的气息。在闪烁的灯笼昏暗光线下，他在披风下直挺挺地一动不动。

中尉的背靠在一块石头上，慢慢向后移动了一下。一股莫名其妙的睡意向他袭来。（在月夜中，另外一些精灵组成一支小小的队伍，它们抬着一顶轿子，在半空里走向那座大厦。）

"中尉，到这边来吃点儿东西吧，天这么冷，必须吃点儿东西。努把力，即使不想吃也得吃一点儿！"上尉这样大声叫他，声音中含着一丝焦虑不安的意味，"过来，到这边来。雪就要停了。"

雪确实停了，白色的雪片突然之间就不像先前那么密集，雪花也没有先前那么大了。空气十分清新。在灯笼映照下，好几十米以外的悬崖也可以分辨出来了。

突然，在一阵风雪过后的间隙，城堡的灯光在不知道具体有多远的地方频频闪烁。城堡很像一个迷人的古堡，闪烁的灯光令人想起古代狂欢节的欢乐海洋。安古斯蒂纳看着这一切，一丝笑意慢慢出现在他那被冻得麻木僵硬的嘴角。

"中尉，"上尉开始明白过来，又喊起来，"中尉，扔掉那些牌，快到下边来，这儿风吹不到。"

可是，安古斯蒂纳看着那些灯光，实际上他已经不知道那是什么，是城堡，还是遥远的城市，要么是自己的那个小城堡，在那个小城堡里，已经没有任何一个人等着他归来了。

这时，在城堡的斜坡上，一个哨兵也许偶然之间向大山望了一眼，看到了山顶的灯光。距离如此遥远，这里这些可恶的陡壁根本就等于什么也不是，根本看不出有什么差别。带队的或许正是德罗戈。当时，如果德罗戈愿意的话，他可能会同蒙蒂上尉和安古斯蒂纳一起来。可是，德罗戈当时觉得这是一件蠢事。鞑靼人的威胁已经淡化，这一差使在他看来只能令人反感，再无其他可说，其间没有任何功劳可言。可是，德罗戈现在也看到了山顶晃动的灯光，也开始后悔，后悔没有同他们一起来。这就是说，并非只有在战争中才能找到某些值得的东西，他现在可能也希望自己在山上，在暴风雪的深夜中待在山上。可是，为时已晚，机会来到他身边，可他没有抓住，失之交臂。

好好休息了一番之后的乔瓦尼·德罗戈清清爽爽，裹在暖暖和和的披风中，可能正在看着远处的灯光，心里却十分嫉妒。而在此时，浑身是雪的安古斯蒂纳正在吃力地用尽最后的力气捋顺自己那已被打湿的胡子，折好自己的披风，目的不是把它穿到身上取暖，而是另有一个神秘的打算。蒙蒂上尉在避风处盯着他，呆若木鸡，他问自己，安古斯蒂纳这是在干什么，他好像在什么地方看到过一个很像这个中尉的人，但怎么也想不起来。

城堡内的一个大厅里有一幅很古老的画，画的是塞巴斯蒂亚诺亲王之死。这位亲王中了致命之伤，在密林深处，脊背靠在一棵树的树干上，头低到另外一边，披风掉下来，披风的褶皱非常匀称。在这个人物身上看不到一点点身受重伤即将死亡的痛苦，看着他不能不吃惊，吃惊于画家的本领，画家完整地反映出了死者的全部高尚和极度的优雅。

现在，他不能不这样想，安古斯蒂纳现在很像这位密林深处受重伤的塞巴斯蒂亚诺亲王。安古斯蒂纳不像亲王那样穿着闪亮的盔甲，他的脚边也没有染着鲜血的头盔，更没有折断的利剑。他的脊背不是靠在一棵树的树干上，而是靠在一块坚硬的石块上。不是一抹落日的余晖洒在他的额头，而是只有一点灯笼的昏暗光线照着他。可是，他还是很像那位亲王，手脚的姿势相同，披风的褶皱相同，临终的疲惫神情也相同。

这样说来，与安古斯蒂纳比较起来，尽管上尉、中士和所有的士兵都是那么健壮，那么自负，但他们无疑都像一些乡巴佬。在蒙蒂的内心里产生了一丝嫉妒和惊奇，尽管这好像有点儿荒唐。

雪停了，风在悬崖之间吼叫，卷着雪粒漫天飞舞，灯笼的火苗在玻璃内摇曳。安古斯蒂纳对此好像没有任何感觉，靠在石块上一动不动，眼睛死死盯着城堡的遥远灯光。

"中尉！"蒙蒂上尉仍在努力，"中尉！快下决心！到下边来避一避，留在那里受不了，会冻坏的。快下来，托尼垒起一个小墙头。"

"谢谢，上尉。"安古斯蒂纳吃力地说，他每说一句话都非常吃力。他轻轻抬了抬一只手，做了一个手势，意思好像是说，一切已经无关紧要，一切都已是无足轻重的小事了。（最后，精灵们的头领向他做了一个威严的手势，安古斯蒂纳带着厌烦的神情跨过那个窗台，优雅地坐进那个轿子。仙女们抬的这个轿子轻轻动了一下出发了。）

几分钟内，听到的只是风的怒号。士兵们为了取暖，紧紧挤在悬崖下，现在，他们也不再想开玩笑，静静地在同寒冷搏斗。

风好像暂时停顿了一会儿，安古斯蒂纳将头抬起一点点，慢慢动着嘴唇，像是想要说什么，在他嘴里吐出的只有这么两个词："明天必须……"之后就什么也说不出来了。只有这两个词，声音是那么细弱，甚至连蒙蒂上尉也没有发现他在说话。

只说了这么两个词，安古斯蒂纳的头就向前低了下去。他的一只手雪白僵硬，放在披风的褶皱之间，他的嘴已经闭上，嘴上再次出现了微微的笑意。（轿子抬着他走了，他的目光从朋友身上离开，头转向前面，转向那支小小的队伍前进的方向，脸上带着好奇、好玩和疑惑的神情。就这样，在深夜，他走了，带着几乎是超越人的尊严的高贵走了。那支小小的神秘队伍像蛇一样在空中缓慢地曲折前行，越来越高，变成一条含混不清的细线，然后是一条雾一样的细条，最后完全消失了。）

"安古斯蒂纳，您想说什么？明天怎么啦？"蒙蒂上尉终于从他躲避的地方走出来，用力摇着中尉的双肩，想把他摇醒。可是，已经不可能了，而只是把军用披风的整齐褶皱给摇乱了，非常遗憾。此时，士兵们没有一个人发觉发生了什么事。

蒙蒂骂了一句，回答他的只是从黑暗的深渊传来的风声。"安古斯蒂纳，你想说什么？你没有把话说完就走了。或许是一件小事，一件随便什么事，或许是一种荒谬的希望，或许什么也不是。"

第十六章

安古斯蒂纳中尉被埋葬了。在城堡内，时间依然在飞逝，同以前没有什么不同。

奥尔蒂斯少校问德罗戈："您到这儿多长时间了？"

德罗戈回答说："我到这儿已经四年了。"

突然之间冬天就到了，这是一个漫长的季节。有可能会下雪，先是四五厘米厚，然后，停一会儿之后再加上一层，然后又下几次，总共下了多少次好像没法计算。春天到来之前还有很长的时间需要打发。（但是，有一天，那是比预想的要早得多的一天，确实早得多，将会听到平台上有水流的声音，冬季将在不知不觉中结束。）

安古斯蒂纳中尉的棺材裹着旗帜，埋到城堡旁边一个围栏内的地下。前面立了一个白色石制十字架，上面刻着他的姓名。士兵拉扎里的墓离开一点儿距离，前面是一个很小的木制十字架。

奥尔蒂斯说："有时我想，我们希望发生战争，我们等待好机会，我们没有运气，因为一直没有发生任何事。可是，您看到没有？安古斯蒂纳……"

"这就是说，"乔瓦尼·德罗戈说，"这就是说，安古斯蒂纳没有必要有什么运气？就是没有运气他也是好样的？"

"他身体很弱，我想，他很可能是病了。"奥尔蒂斯少校说，"事实上，他的身体比我们所有的人都差。他和我们一样，没有遇到敌人，对于他来说也没有发生战争。可是，他死了，像在战斗中一样死了。中尉，您知道他是怎么死的吗？"

德罗戈说："我知道，蒙蒂上尉讲的时候我也在场。"

冬天到了，北方的敌人撤走了。希望的旗帜，或许是在血光照耀下的希望的旗帜慢慢消失了，心情又平静下来。然而，天上依然空空如也，瞪着眼想在北方遥远的边界线上寻找一点什么，完全是白费力气。

"实际上，他很会挑选一个恰当的时刻去死。"奥尔蒂斯少校说，"他简直像吃了一颗子弹。一个英雄，没什么好说的，尽管没有一个人开过枪。对于那天同他一起去的所有那些人来说，机会是相同的，他并没有任何优势，如果他不是体弱因而更容易病死的话。说到底，别的那些人干了什么？对于别的那些人来说，那是普普通通的一天，同其他日子没什么太大的差别。"

德罗戈说："是的，只是更冷一些。"

"是的，只是更冷一些。"奥尔蒂斯说，"中尉，另外，您也可以去，只要您提出要求。"

在第四要塞高处的平台上，他们坐在一条木凳上。是奥尔蒂斯来找德罗戈中尉的，中尉正在值岗。两个人的关系越来越亲密。

他们坐在一条木凳上，裹着披风，各自看着北方，那里的云层很厚，像是要下雪的样子。北风一阵接一阵地刮着，将身上的衣服吹得紧贴在身上。豁口左右两边的山顶已经黑黢黢的。这时德罗戈说："我相信，明天，我们这个城堡也会下雪。"

"可能会吧。"奥尔蒂斯少校回答，没有任何兴致，说完之后沉默不语了。

德罗戈又说："将会下雪。乌鸦不断飞过。"

"我们也有责任。"奥尔蒂斯仍然在继续想着他的心事。"总之，轮到的总是那些值得的人。比如安古斯蒂纳，他准备好了，愿意付出最大的代价。我们则不是这样，问题的根子或许就在这里。也许我们过于贪婪。是的，轮到的总是那些值得的人。"

"那么怎么办？"德罗戈问，"那么我们该怎么办？"

"咳，我是不行了。"奥尔蒂斯笑着说，"我等的时间太长了，已经太长了。可是，您……"

"我怎么样？"

"只要来得及，您就赶快离开，返回城里，找个驻防地安顿下来。说到底，我觉得您不是那种不愿享受生活乐趣的人。当然，在这里，晋升快一些。另外，并不是所有的人生来都是为了当英雄的。"

德罗戈没有说话。

"您已经让时日过去了四年。"奥尔蒂斯说,"已经在晋升方面得到一定的好处,就算是这样吧,可您也要想想,您要是在城里的话该有多么美好啊。在这里与世隔绝,没有一个人想念您,只要来得及,赶快回城吧。"

乔瓦尼眼睛盯着地上,一言不发地听着。

"别人的情况我已经看到,"少校继续说,"渐渐地,他们习惯了城堡的生活,他们留了下来,成了城堡里的囚徒,再也不能动一步。实际上他们到三十来岁就成了老年人。"

德罗戈说:"少校先生,我相信您,可是,到了我这样的年岁……"

"您还年轻,"奥尔蒂斯说,"就是再过一段,您也还年轻,真的。可我是没有希望了。只是,如果再过两年,哪怕只是两年,您要再回去就将需要大费周折了。"

"谢谢您,"德罗戈说,他并不是一点也没有被说动,"可是,说到底,在这个城堡还是可以期待一些更好的东西的。说来可能荒唐,您也会这样认为,如果说真心话,您应该承认……"

"也许是这样,可是,"少校说,"所有的人,差不多可以说是所有的人,都像我们一样老是在期待着什么。可是,真是荒唐,只要略微想一想那边就能明白(他用手指了指北方)。战争再也不会从那边打过来了。现在,经过最后这次经历之后,你们当中有谁还愿意信以为真?"

他这样说完之后站了起来,依然看着北方,就像那个遥远的早晨，在那个高台边上德罗戈看到他时那样，那时，他正出神地望着城堡那谜一般的围墙。从那时到现在，整整四年过去了，这是一生中相当不少的一部分，什么也没有发生，确确实实什么也没有发生，可以认为很值得期待的事情一件也没有发生。日子一天接一天地在飞逝，可以成为敌人的士兵有一天早上出现在属于外国的那块平地边上，完成了没有敌意的勘界行动之后撤走了。和平统治了这个世界，哨兵们没有发过警报，没有任何事情让人敢于预言，情况会发生变化。像过去的年代那样，现在，冬天来了，形式与过去完全相同，傍晚的微风吹着刺刀，发出嘶嘶的响声。那边，奥尔蒂斯依然站在第四要塞平台上，对自己那些明智的话可能还在疑惑，一次次地看着北方的荒原，好像只有他有权这样观察，只有他有权留在平台上面，目的是什么无关紧要。德罗戈则是个特别不错的年轻人，是他自己算计错了，他返回城里应该更好。

第十七章

城堡的平台上，积雪已经变得很松软，脚踩上去像踩进了泥浆之中。轻轻的流水声出人意料地从附近山上传来，山顶之下这儿那儿现出一条条积雪带，直上直下的白雪条带迎着阳光闪闪发亮。士兵们偶尔哼唱几句，几个月来，他们已经没有这样哼唱了。

太阳好像不像先前那样匆忙前进了，不像先前那样急于向山下落去，而是开始在半空中缓缓停留下来，吞噬那些冬天积累下来的白雪。从北方冰雪中吹来的云已无济于事，无法再形成雪花，只会带来雨水，雨水只会把还剩下的那一点点积雪融化。美好的季节再次到来。

早晨可以听到鸟鸣，所有人都认为，大家已经忘记了鸟的鸣声。作为补偿的是，乌鸦已经不再聚集在城堡高台上，等着厨房的残羹剩饭，而是飞往各个山谷，去寻找新鲜食物。

夜里，各个房间里，放军帽的搁板、步枪架、房门，甚至上校房间的那些实心桃木家具，城堡的所有木器，包括那些古老的木器，全都在黑暗中吱嘎作响。有时候响得很干脆，像手枪的声音，好像有什么东西真的要碎裂。有人在行军床上被惊醒，伸着耳朵细听，却又什么也听不到，只能听到另外一些吱嘎之声，像有人在黑暗的夜间低声细语。

　　就这样，时间绕着陈旧的轴心旋转，让人感到生活中充满无限惆怅。很多很多年以前，在快活的日子里，处处充满年轻人的热情和活力，树枝间长出一簇簇嫩芽。后来，树木被砍伐了。现在已经是春天，生的气息在每一个角落依然会苏醒，但比过去要差得多。过去是树叶和鲜花，现在，这只是模模糊糊的记忆，有时有的树木刚刚露出绿色的苗芽就不再生长，然后就只能等着来年了。

　　就这样，时间使城堡里的人们开始有了一些稀奇古怪的想法，这些想法与军事没有任何关系。围墙再也不是让人心安的防护设施，而是给人以监狱高墙的印象。围墙光秃秃的外表，流水形成的一条条黑色痕迹，碉堡倾斜的斜坡，以及它们的黄色，与新的献身精神没有任何相符之处。

　　春天的早上，一名军官——从背后看不出是谁，也可能是乔瓦尼·德罗戈——在洗衣房不耐烦地走来走去，这时，洗衣房里空无一人。他并不是在视察或者检查，这样走来走去只是为了活动活动。一切都井井有条，洗衣池干干净净，地板刚扫过，水龙头有点儿漏水，不过，这不是士兵们的过错。

这个军官停下来，看着上面，看着上面几扇窗子中的一扇，玻璃窗关着，或许有好几年没有擦洗过，一个角上挂着蜘蛛网。没有任何东西以任何方式能够让他的心情得到一些慰藉。然而，在玻璃外，可以看到一种东西，一种像天空的东西。他可能在想，同样的天空，同样的太阳，同时在照耀着空无一人的洗衣房和远方的草地。

草地已经发绿，小小的花朵——可以推想那是白色的花朵——刚刚开放。当然，树木也长出了新叶。骑着马漫无目的地在乡间走一走肯定很惬意。如果在栅栏之间的一条小路上走来一个漂亮姑娘，她来到马前时，会满脸笑意地同他打招呼。可是，这是多么可笑啊，巴斯蒂亚尼城堡的一名军官有可能有这样愚蠢的想法吗？

透过洗衣房窗户上落满灰尘的玻璃，也可以看到一团白云，白云的外形令人觉得高兴，尽管这可能有点儿怪。这时，同样的白云也飘过遥远的城市上空，街上的人们安详地走着，时而抬头看看白云。人们很高兴，因为冬天已经过去，几乎所有的人都穿上新衣，或者打扮得整整齐齐，年轻女人的帽子上插着鲜花，穿着色彩鲜艳的衣服。所有的人都很高兴，好像随时随地就要有什么好事降临。至少过去就是这样，不知道现在的时尚是不是有所不同。如果在窗口有一个漂亮姑娘，走过她的窗前时同她打个招呼，尽管并没有什么特殊理由，她会微笑着亲切地还礼吗？说到底，所有这些都很可笑，都很愚蠢，愚蠢得令人拘束不安。

透过肮脏的窗玻璃，可以看到一段围墙，一段弯弯曲曲的围墙。这堵墙也沉浸于阳光之中，但并没有显出懒洋洋的样子。这是兵营的一段围墙，是阳光照到它还是月光照到它，对它来说都无关紧要，只要值岗往返走动时不会有什么麻烦就行。这只是兵营的一段围墙，仅此而已。另外，在好多年之前的九月的一天，一名军官曾经站在那里几乎是着迷地看着它，那时，这堵墙好像是将他的值得羡慕的好运气很好地保护起来。尽管他觉得这段墙并没有什么好看之处，可是，他还是一动不动地站在那里，一站就是好几分钟，像在奇迹面前一样一动不动地站了好几分钟。

一名军官在空无一人的洗衣房里转着，其他军官在各个要塞值岗，另外一些骑着马在满是石头的地上漫步，还有一些坐在办公室里。没有一个人能清清楚楚地知道发生了什么事，但是，别人的脸色让他神经紧张。他不自觉地想，总是同样的脸色，总是同样的演说，总是同样的值岗，总是同样的文件。而与此同时，隐隐约约的愿望又在内心酝酿，很难确切地说出想要什么，当然，肯定不是那堵墙，那些士兵，以及他们的号声。

因此，马儿快快跑吧，在平地的大路上快快奔跑，趁还来得及，在看到绿茵茵的草地、亲切的树木、人世间的房舍、教堂和钟楼之前，即使很疲累也不要停下来。

于是，永别了，城堡，再待下去会很危险，你的简单的秘密已经不再是秘密，北方的荒原继续空无一人，永远不会有敌人打过来，永远不会有人向你的那堵可怜的墙发动进攻。永别了，奥尔蒂斯少校，忧愁的朋友，你再也无法脱离开这个山顶小城堡了。像你一样，好多人也已无法脱离这个小城堡，你们顽强地等待着，等待的时间实在太长了，时间的飞逝比你们快得多，你们已经无法再从头开始了。

乔瓦尼·德罗戈则可以，任何义务都再也不能把他困在这个城堡之内。现在，他回到平原，回归普通人的生活，分配给他一个特殊职责，这并不是什么难事，甚至有可能跟随一位将军到国外公干。在这几年里，就在他在这个城堡之时，肯定有好多好机会错过了。可是，乔瓦尼还年轻，他还有足够的时间弥补所有这一切。

于是，永别了，城堡，还有你的那些荒谬的要塞，你的那些颇有耐心的士兵，你的那位上校先生，每天早上他都偷偷手持望远镜认真观察北方的沙漠，可是毫无用处，从来不曾发生任何事情。也要到安古斯蒂纳的坟墓去告别，也许他比其他任何人都更幸运，至少他是作为一名真正的战士去世的，比或许在医院的病床上去世好得多。也要向自己的卧室告别，不管怎么说，他德罗戈还是正正堂堂在这个房间睡了几百个夜晚。另一个值得告别的地方是那个小庭院，在这个小院里，就是今天晚上上岗的哨兵们也像通常那样在这里列队出发。最后是向北方的荒原告别，对那里已经再也不抱幻想。

乔瓦尼·德罗戈，你不要再胡思乱想，你不要再转身返回，你已经来到那个高台边沿，道路很快就要进入谷地。这可能有点儿愚蠢软弱。对巴斯蒂亚尼城堡，可以说，你了解它的每一块石头，你肯定不会有忘记它的危险。马儿轻快地小步疾行，天气很好，空气清新。前面的日子还很长，几乎可以说，还可以从头再来。

再最后看一眼那堵墙、那个兵营和在要塞上值勤的那些哨兵有什么必要？这样一来，一页就慢慢地翻过去了，现在只需要翻开对面的一页，这是需要读的那些页码，同已经读过的比较起来，尚未读的那些已经只剩很薄的一叠了。但是，中尉，这总归是需要去读的另一页，总归是生活的一部分。

在多石的高台边沿，德罗戈并没有转身观看，连迟疑的影子都没有，他催马向下奔去，头连回也不回，带着还算说得过去的从容自在哼着一首歌，尽管这有点儿吃力。

第十八章

家里的门开着，德罗戈立即感觉到了原来的家的气息，那种感觉很像小时候夏天到别墅住了几个月后回到城里的感觉。那是亲切的气息，友好的气息，但是，经过这么长的时间之后，还是有那么一点点异样的味道。是的，他又想起了遥远的年代，星期日的愉快，高高兴兴的晚餐，失去联系的姑娘，但是，他也想起了那些关起来的窗子、作业、早上的清扫、疾病、争吵和老鼠。

"噢，是先生！"前来给他开门的是年轻的乔瓦娜，她高兴地叫起来，紧跟着她过来的是妈妈。谢天谢地，妈妈变化不大。

他坐在客厅里，在努力回答没完没了的问题时，快乐变成了重新被唤醒的悲伤。同过去相比，家里好像更空了，几个兄弟中有一个到了国外，另一个出门旅行，谁知现在在什么地方，第三个在乡下。只有妈妈在家，过后她也要出门，要到教堂去参加一个什么活动，那里有一个朋友在等她。

他的房间仍然像他走时那样，连一本书也不曾动过，可是，他觉得那好像是另外一本书了。他坐到椅子上，听着街上车流的隆隆响声，厨房里传来断断续续的声响。在他的房间里，只有他孤零零一个人，妈妈在教堂祈祷，兄弟们天各一方。因此，整个世界在正常运转，根本不需要他乔瓦尼·德罗戈。他打开窗子，看到了四周那些灰色的房舍，一个屋顶接一个屋顶，他也看到了雾蒙蒙的天空。他在一个抽屉里找到了上学时的笔记本，一本日记，他已经保存了好多年的一本日记，另外还有一些信件。他很吃惊，他竟然写过这些东西，确实一点也记不起来了，涉及的都是一些稀奇古怪的事，这些事已经忘得一干二净。他坐到钢琴前，试着弹了一段和弦，然后又把盖子盖上了。现在做什么？他问自己。

他像个外来人，在城里转来转去，想去找老朋友们聊聊。他知道他们都很忙，有的从政，有的在大企业工作。他们对他谈的都是一些正经事，重要事，还有什么厂房、铁路、医院等等。有的人请他吃饭，有的人已经结婚，所有的人都走上了与他不同的道路，在整整四年之后他们与他之间的差异已经越来越大。尽管他做了努力（但他也许再也没有那个能力），但仍然无法再使过去的那些话题、玩笑和习惯说法复活。他在城里转来转去，想去找老朋友们聊聊，他的朋友本来很多，可是，最后的结果是，只剩得自己独自一人在街上闲逛，而晚上到来之前还有好多个小时需要打发。

晚上，他在外面玩到很晚才回家。每次出去都是怀着对年轻时爱情的希望出门，每次都是失望而归。他开始痛恨孤零零地回家的这条路，这条路还是那条老路，依然是那么冷冷清清。

这时正好是一个重要的舞蹈节，德罗戈在他的朋友韦斯科维的陪同下来到一个大厦，这是他重新找回的唯一一个朋友，他感到精神很痛快。尽管已经是春天，依然是昼短夜长，夜间的时间像是永远也没有完结。黎明到来之前的这段时间内有可能发生好多事，具体是什么，德罗戈也说不上来，但可以肯定，在他面前肯定是好几个小时的无条件的欢乐时光。他已经开始同一个身穿紫罗兰色衣服的姑娘开起玩笑来，现在还不到半夜，或许在天亮之前爱情就会产生。就在此时，这一家的主人来叫他，请他参观这座大厦。这位主人带着他来到迷魂阵一般的走廊，硬让他留在图书室，向他一件一件地介绍那些收藏的兵器，向他大谈战略问题、军事事件、王室逸事。时间在一分一秒地飞逝，时钟的指针在可怕地飞跑。当德罗戈终于能够摆脱这位主人之时，他急着赶去跳舞，可是，大厅里的人已经走了一半，那个穿紫罗兰色衣服的姑娘已经无影无踪，或许早已回到家里。

德罗戈尽量多喝一些，可是，毫无用处，他随意地笑一笑，依然毫无用处，连小提琴的声音也显得没有一点儿生气，后来是名副其实地在那里空拉，因为再也没有一个人跳舞。德罗戈嘴里感到有点儿苦，站在花园的树木之间，听到隐隐约约的华尔兹舞曲，迷人的节日就要结束了，天空缓缓露出一缕亮光，黎明已经为时不远。

星星落尽时，德罗戈站在树木的阴影下，正在观看太阳升起。这时，一辆辆披着金光的车辆纷纷离开这座大厦。现在，那些演奏的人也停了下来，一个仆人前往大厅，将灯一盏一盏熄灭。就在德罗戈头顶的树上，传来一只鸟清脆响亮的鸣叫声。天渐渐更亮了，所有的一切都在静静地休息，都在等着新的一天的到来，今天肯定是个晴朗的好天气。德罗戈想，这时，第一缕阳光也已经照到城堡的各个要塞和那些冻得发抖的哨兵们身上了。他的耳朵在等着号声响起，自然，他什么也没有听到。

他穿过仍在睡梦中的城市，城里依然一片静谧，用力打开家门，故意弄出过分的响声。一缕光线透过百叶窗的缝隙照进房内。

"妈妈，晚安。"他走进走廊时说了这么一句。他觉得，从大门口旁边的那个房间里，好像传来模模糊糊的声音，这是妈妈的回答。过去，很久以前他在半夜很晚的时候回到家，妈妈就是这样回答的，那声音很亲切，尽管含着睡意。他安静下来，向自己的房间走去，这时他听到，妈妈也在说话。"妈妈，什么事？"他在无边的寂静之中问道。这时，他才明白，他把远处一辆车的响声误听成了妈妈的亲切话语。实际上，妈妈并没有回答他，儿子夜间的脚步声已经不像过去那样能够让她醒来。现在，这脚步声好像是外人的脚步声，随着时间的推移，这脚步声也已经变了。

过去，他的脚步声像固定的呼叫声一样能够进入她的梦乡。夜间的其他所有声响即使很大，也不能把她吵醒，无论是街上的车辆，还是一个小孩子的哭闹，甚或狗吠、猫头鹰的叫声、门扇的响声、穿过屋檐的风声、雨声或者家具吱嘎作响的声音，都不能把她吵醒。那时，只有他的脚步声能让她醒来，这并不是因为这脚步声很响（他实际上是踮着脚尖走进来的），没有什么特殊的原因，只是因为他是她的儿子。

可是，现在再也不是这样了。现在，他像从前那样同妈妈打招呼，声音还是那样抑扬顿挫，他觉得，这样亲切的脚步声一定能让她醒来。可是，除去远处车辆的声响之外，没有任何人回答他。他想，也可能是意外的巧合，可能是可笑的巧合。然而，在他就要上床睡觉时，一种痛苦的印象袭上心头，过去的亲情淡漠了，好像是，时间和距离慢慢在他们两人之间伸展开一层薄幕，将他们隔离开来。

第十九章

后来，他去找玛丽亚，他的朋友弗兰切斯科·韦斯科维的妹妹。他们家有一个花园，因为已经是春天，树木已长出新叶，鸟儿在枝头歌唱。

玛丽亚笑着在门口迎接他。她已经知道他要来，穿了一身蓝色衣服，衣服的腰身很紧，很像他很久以前就非常喜欢的那身衣服。

德罗戈想，对他来说，这可能是一件非常激动的事，他的心一定会咚咚乱跳。可是，当他来到门口看到她的微笑时，当他听到她的那句"喔，乔瓦尼，终于又见到你了！"时（这句话同他原来所想象的大不相同），他已经衡量出，多长的时间飞逝过去了。

他相信，他还是过去的他，或许只是肩膀宽了一点儿，城堡的太阳晒得黑了一点儿。她也没有什么变化。可是，在他们之间好像有什么东西已经将他们隔离开来。

他们来到一个很大的客厅，因为外面的阳光太强。大厅沉浸在甜蜜的半明半暗之中，一缕阳光照在地毯上，一个挂钟的指针在走着。

他们坐在沙发上，斜对脸坐着，为的是能够看清对方。德罗戈看着她的眼睛，没有找到话说，她则活跃地四处张望，一会儿看着他，一会儿看着家具，一会儿又看着她手臂上的绿松石手镯，手镯好像很新很新。

"弗兰切斯科等会儿就回来，"玛丽亚高高兴兴地说，"这样你可以同我待一会儿，不知道你有多少事好给我讲！"

"噢，"德罗戈说，"真的没什么特别的，总是……"

"可你为什么这样看着我？"她问道，"你认为我变化很大？"

不，德罗戈觉得她没有变，倒是相反，一个姑娘在四年当中没有任何可以看得出来的变化，这使他感到惊讶。这时，他隐隐约约感到有些失望，感到有些冷淡。再也找不到过去的那种声调，他们过去像兄弟姐妹一样谈话时的声调，那时他们可以开任何玩笑，决不会伤害对方。她为什么那样坐在沙发上如此一本正经地谈话？难道需要一把把她抓起来对她说"你疯了？你想些什么使你显得这么一本正经？"过去的那种冷峻的魅力或许一扫而空了。

但是，德罗戈再也无法感觉出那种魅力。他的对面是一个与以前不同的人，是一个陌生人，这个人是怎么想的不得而知。他自己也许也已经不是过去的他了，是他自己开始以虚伪的语气讲话的。

"你变了？"德罗戈回答说，"没有，没有，绝对没有变。"

"噢，你这样说是因为，你觉得我难看了，就是这么回事。你要说实话！"

说话的就是玛丽亚？她不是在开玩笑？几乎令人难以相信，乔瓦尼听着她这样说，无时不刻都在希望，她能够抛弃她那优雅的微笑，那种优雅的态度，能够高声大笑。

"是的，你很丑，我觉得你很丑。"过去，乔瓦尼可以这样回答，同时用一只手臂从身后揽住她的腰，她也会把他搂住。可是现在呢？也许这样说会很荒谬，会是一个很不雅的玩笑。

"哪里，不是这样，我对你说，不是这样。"德罗戈回答说，"我敢保证，你还是原来那样。"

她带着不太令人信服的笑意看着他，接着换了话题。"现在告诉我，你是不是回来不走了？"

这是他已经预料到的一个问题（"这取决于你。"他本来想这样回答，或者类似的一句话）。可是，如果是在以前，在会面的时候，他等着她提出这样的问题，她对这样的问题很关切，那是很自然的事。然而现在，这个问题好像是突然之间冒出来的，这就是另外一回事了，这几乎可以说是一个礼节性的问题，其中并没有暗含着什么感情因素。

有那么一刻，两个人都不说话，大厅半明半暗，从花园里传来鸟的鸣叫，远处的一个房间里，有人在练习钢琴和弦，曲调缓慢生硬，了无生气。

"我不知道，现在，我还不知道。我只是请了假。"德罗戈这样说。

"只是请假？"玛丽亚马上说，声音轻微颤抖，那可能是偶然之间透露出来的，或许是由于失望，或许也因为痛苦。但是，在他们两人之间确实已经有些隔阂，已经有了一个说不清道不明的模模糊糊的帐幔，这个帐幔似乎永远不想退避。或许这个帐幔在慢慢扩展，在长时间的分离之后，这个帐幔一天天把他们分离开来，而他们两人谁也没有感觉出来。

"假期两个月。在此之后，或许我必须回去，或许到另外一个地方，或许就留在城里。"德罗戈解释说。交谈已经变得很沉闷，一种冷淡已经进入他的内心深处。

两个人都不再说话。下午的阳光停在城市上空，鸟儿不再歌唱，听到的只是那架钢琴的声音，悲伤，一板一眼，声音越来越大，充满整座建筑，其中夹杂着一种顽强的挣扎，一种很难描述的意味，一种永远也说不清楚的意味。

"是米凯利的女儿在弹钢琴，就住在楼上。"玛丽亚说，她发现乔瓦尼在倾听。

"过去你也弹过这个曲子，不是吗？"

玛丽亚很优雅地转过头，好像也要听听。

"不，不是。这个太难了，你是在别的地方听到的。"

德罗戈说："我觉得好像是……"

钢琴依然那样吃力地弹着。乔瓦尼盯着地毯上的那缕阳光，想起了他的城堡，想象着正在融化的积雪，高台上的水滴。山区可怜的春季，只有草地上的小小鲜花和青草割过之后微风吹来的香味才能显示出春天的到来。

"可你现在想要调离，不是吗？"姑娘问道，"过了那么长时间，你有权要求调离。那里一定很单调乏味！"

说到最后这几个词时，她有些愤怒，好像那个城堡让她感到痛恨。

"也许有点儿烦。当然，我更愿意留下来同你在一起。"这句令人难堪的话在德罗戈心里一闪而过，像使他鼓起勇气的可能一样一闪而过。这句话很俗，但也许这就够了。可是，突然之间，所有的愿望一下子熄灭了，乔瓦尼反倒难为情地想到，从他的嘴里说出这句话来该是多么可笑啊。

"噢，是的。"于是他说，"可是，日子过得飞快！"

又听到钢琴的声音了，可是，这一和弦为什么老是这样传来没个完结呢？这和弦是那么死板，没有什么装饰音，翻来覆去，同一个令人感到亲切的古老故事格格不入。他们谈到那个有雾的晚上，在城里的车流中，他们两个来到没有树叶的树下，路上空无一人。突然，他们都感到非常幸福，手拉着手，像两个孩子，不知道所有这些都是因为什么。他记得，那个晚上也有人在弹钢琴，钢琴的声音是从一家人家的窗口传出来的，里面有灯光。尽管那也可能是在不耐烦地进行练习，可是乔瓦尼和玛丽亚从来都不曾听到过这么亲切、这么有人情味的音乐。

"当然，"德罗戈以玩笑的口吻补充说，"那里没什么娱乐活动。但是，已经有点儿习惯了……"

在散发着鲜花香味的大厅里，谈话好像渐渐有了那么一点点诗意的忧愁意味，好像在友好地承认爱情的存在。"谁知道呢，"乔瓦尼这样想，"分离这么长时间后的这第一次见面不可能是另外一种样子，或许我们能够重修旧好。我有两个月的时间，因此，不能凭这一次就下结论，也可能她仍然喜欢我，很可能我不再回城堡去了。"可是，姑娘说："真遗憾！三天后我和妈妈还有乔尔吉娜要出门，我想，我们一去就得几个月。"她想到这件事就显得很高兴的样子，"我们到荷兰去。"

"到荷兰？"

姑娘现在谈起这次旅行，非常投入，谈到同她们一起去的朋友们、他们的马、狂欢节期间的欢乐、她的生活和朋友，没有意识到德罗戈的存在。

现在，她完全投入自己的欢乐之中，显得更美了。

"这真是个好主意。"德罗戈说，感到好像有一个痛苦的团块堵住了喉咙，"我听说，荷兰这时正是很美的季节。听说，荷兰的平原上开满了郁金香。"

"对，是这样。一定美极了。"玛丽亚这样说。

"他们不是种小麦，而是种玫瑰。"乔瓦尼继续说，声音有些轻微颤抖，"成千上万的玫瑰，一眼望不到边。上面是风车，所有的风车新涂上生动的色彩。"

"新涂上色彩？"玛丽亚这样问道，这时她才知道他是在开玩笑，"你想要说什么？"

"人们就是这样说的。"乔瓦尼回答说，"我在一本书上也读到过。"

那缕阳光已经移过地毯，现在正慢慢爬过写字台上的一幅镶嵌图案。下午很快就要过去了，钢琴的声音也低了，花园里一只孤零零的鸟又鸣叫起来。德罗戈盯着壁炉里的炭架，同城堡的炭架一模一样，这样的一致使他感到一丝安慰，这好像表明，不管怎么说，城堡和人世间还是同一个世界，有着一样的生活习惯。但是，除去炭架之外，德罗戈再也没有找到任何相同的东西。

"是的，应该是很漂亮。"玛丽亚说着低下头，"可是，现在就要出发，我却没有兴致了。"

"很怪，临到出发时总是出现这种情况，收拾行装的确很麻烦。"德罗戈故意这样说，好像根本没有听出对方口气中的感情暗示。

"噢，不，不是因为收拾行装，不是因为这个……"

这时应该说一个词，说一句简简单单的话，告诉她说，她这一走使他很扫兴。可是，德罗戈不想企求什么，这一时刻确实没有办法企求，他觉得那就是在说谎。因此，他闭口不语，脸上带着含混的笑意。

"我们到花园走一走？"最后，姑娘不知再说什么好了，于是这样建议，"太阳很快就要下山了。"

他们从沙发上站起来。她一言不发，好像在等着德罗戈对她说点儿什么，她看着他，或许还有那么一点点爱意。可是，看到花园时，乔瓦尼的思绪已经飞到城堡周围的那小片草地，那里现在也应该是甜蜜的季节了，顽强的小草在石块间钻了出来。很多年之前，很可能正是在这样的日子里，鞑靼人打了过来。德罗戈说："刚刚四月，天就这么暖和了。你看吧，很快就会下雨。"

他正是这样讲的，玛丽亚失望地轻轻笑笑。"是的，太热了。"她回答了一句，语调不冷不热。这时，两个人都感觉到，一切已经结束。现在，他们已经相距遥远，他们两人之间形成一片真空，伸出手来握到一起也已经是白费力气了，他们间的距离每一分钟都在扩大。

德罗戈明白，他仍然爱玛丽亚，还爱她的这个世界。但是，哺育他过去的生活的所有东西都已经远去，那已经是别人的世界，在那个世界当中，他的位置很容易地就被别人占据了。她已经把他当作一个局外人，尽管有些遗憾。再参与进去会使他感到别扭，那是一些新面孔，不一样的习惯，新的玩笑，新的说法，对于这些，他不会训练有素。那已经不是他的生活，他走上了另外一条道路，再返回来不仅很傻，而且无益。

因为弗兰切斯科依然没有回来，德罗戈和玛丽亚相当客气地告别了，每个人都把自己心底的想法严严实实地掩藏起来。玛丽亚用力握着他的手，盯着他的眼睛，那意思是不是请他不要再走了？是不是请他原谅她？是不是请他把失去的一切重新捡起来？

他也死死盯着她说："再见了，你出发前希望我们能够再见。"然后迈开大步向大门口走去，头也没回。周围一片宁静，路上，只能听到他的脚步声。

第二十章

　　一般情况下，在城堡待四年就有权调到一个新地方，可是，为了不至于被调到一个更远的驻防地，为了留在自己这个城市，德罗戈还是提出要同师长私下里谈一次。实际上，是妈妈催着他去谈的，她说，为了不被忘记，乔瓦尼，如果还没有晋升的话，就得自己去争取，谁也不会平白无故地惦记着你。不然的话，很可能会被调到一个更加可悲的地方。而且是妈妈通过朋友想了办法，设法使这位师长愿意安排接见儿子。

　　将军的办公室很大，他坐在一张很大很大的桌子后面，嘴里吸着雪茄。这是普普通通的一天，也许在下雨，也许只是阴天。将军岁数不小，透过单片眼镜亲切地盯着德罗戈中尉。

　　"我想同您谈谈。"他先说话了，好像这次谈话是他请求进行的，"我想知道，上边情况怎么样，菲利莫雷还好吗？"

"我离开的时候，上校先生很好，阁下。"德罗戈回答说。

将军停顿了一会儿。然后亲切地摇摇头："咳，你们制造了一些麻烦，你们上边，你们那个城堡！不错……不错……就是勘界那回事。有关那个中尉的那件事，现在我想不起他的姓名了，那件事让殿下很不高兴。"

德罗戈没有说话，他不知道该说什么好。

"是的，那个中尉……"将军继续自言自语，"他叫什么来着？我记得好像是阿尔杜伊诺。"

"阁下，他叫安古斯蒂纳。"

"哦，对了，安古斯蒂纳，真是个好样的！那么愚蠢地坚持，影响到了边界问题……不知道他们是怎么……好了，不去说它了！"他突然停了下来，以表现他的内心是多么高尚。

"可是，阁下，请容许我说一句，"德罗戈大着胆子指出，"可是，安古斯蒂纳就是那个死了的同事！"

"可能是吧，很好，您讲得有理，现在，我记不清楚了。"将军这样说，好像那只是一件没有一丁点意义的小事，"可是，那件事殿下很不高兴，真的很不高兴！"

他不说话了，抬眼疑惑地看着德罗戈。

"您到这里，"他话里有话地以外交口吻说，"就是说，您到这里来是想调到城里，不是吗？你们都渴望调到城里，你们都是这样，可你们不知道，正是在遥远的驻防地才能学会怎么成为一个战士。"

"是这样，阁下。"乔瓦尼·德罗戈说，极力控制住自己的言辞和语气，"可是，我在那里已经整整四年了……"

"在您那样的年纪，整整四年！四年又能说明什么……"将军笑着重复说，"不管怎么说，我不想责备……我是说，一般来说，或许还不足以使指挥的基本精神牢牢地扎根于……"

他停了下来，好像是忘记了话题。他努力回过神来，接着说："不管怎么说，亲爱的中尉，我们将设法满足您。现在把您的材料拿来看看。"

在等着送来材料的时候，将军又说："那个城堡……"他说，"巴斯蒂亚尼城堡，我们来看一看……您知道，中尉，您知道巴斯蒂亚尼城堡的弱点是什么吗？"

"我说不上来，阁下。"德罗戈说，"也许有点儿太孤寂了。"

将军同情地笑了笑。

"年轻人的想法真怪。"他说，"太孤寂！我愿意对您说老实话，我从来就没有这样想过。那个城堡的弱点，您想让我说出来吗？弱点是，那里的人员太多，人员太多！"

"人员太多？"

"正是由于这个，"将军没有接中尉的话头，接着继续说，"正是由于这个，已经决定改变规定。关于这一点，城堡里的人会说什么呢？"

"阁下，请原谅，关于什么？"

"就是我们正在谈的事啊！关于新规定，我已经对您说过了。"将军冷冷地说。

"我从来没有听说过，真的，我从来没有……"德罗戈吃惊地回答。

"不错，正式通知或许还没有下达。"将军平静地说，"可是，我想，您照样可以知道，一般来说，军人在事先了解情况方面很在行。"

"阁下，新规定，是吗？"德罗戈很好奇地问道。

"减少人员，那个驻防地缩减一半。"将军生硬地说，"人员太多了，我一直就是这样说的，那个城堡必须尽快精简！"

这时，将军的助手走进来，手里拿着一大包材料。他在桌上翻着材料，抽出其中的一份，这是德罗戈的材料，把它递给将军，后者以很在行的眼光浏览起来。

"一切都好。"他说，"可是，这儿，我觉得好像缺一份要求调动的申请。"

"调动申请？"德罗戈问道，"我以为，四年之后就不必写申请了。"

"通常情况下不需要，"将军说，显然对于向一个下级做解释很不耐烦，"可是，这次要大批缩减人员，所有的人都想离开，必须有个先来后到。"

"可是，阁下，城堡内还没有一个人知道这件事，没有一个人已经递交申请……"

将军转向助手："上尉，"他问道，"巴斯蒂亚尼城堡有人递交了调离申请没有？"

"阁下，我想，有二十来份了。"上尉回答说。

开什么玩笑，德罗戈沮丧地暗自思忖。同伴们为了走在他前面，关于这件事对他不露一丝风声。甚至连奥尔蒂斯也这样卑鄙地蒙骗他？

"请原谅，阁下，如果我要坚持会怎么样。"德罗戈大着胆子说，他知道，事情已经决定了，"我觉得，连续服役整整四年总比仅仅是形式上的先来后到更应该有用吧。"

"您的四年毫无用处，亲爱的中尉。"将军再次坚持说，口气冷淡生硬，几乎是冒犯人的口气，"同别的很多人比较起来毫无用处，他们整整一生都在上面。我可以非常同情地考虑您的情况，我可以支持您的正当愿望，但我不能不顾平等正义。另外，还要考虑奖惩情况……"

乔瓦尼·德罗戈的脸都白了。

"可是，阁下，"他几乎是结结巴巴地问道，"那我就很可能一辈子都得留在上面了。"

"……要考虑奖惩情况。"对方不受干扰地说，手上仍在翻着德罗戈的材料，"我看到，比如说，这儿，我是无意间看到的，一次'一般性警告'。'一般性警告'不是什么严重问题……"（接着继续念道）"可是，这儿，我觉得这是一个不太好的情况，一名哨兵被错杀……"

"可是，阁下，那与我没有……"

"我不能听您的辩解，亲爱的中尉，这一点您知道得清清楚楚。"将军打断他说，"我只看关于您的报告上写的东西，我也承认，这纯粹是一件不幸，当然会发生……可是，您的同事们有办法避免这样的事故……我愿替您尽可能地努力，您看到了，我高高兴

185

兴地亲自接见了您，可是，您看，现在……只有您在一个月前才提出申请……这是一个很大的不利情况，肯定是这样。"

开始时的好声气消失了。现在，将军谈话时带着一丝厌烦和嘲笑，声调颤抖，像个学究。德罗戈知道自己充当了一个傻瓜的角色，知道同伴们骗了他，将军对他的印象必然也不好，再也没有办法可想了。不公道在他胸口深深刺了一刀，就在心口刺了一刀。"我也可以走人，辞职不干了。"他想，"不管怎样，我不会被饿死，我还年轻。"

将军抬手做了一个亲切的手势："好吧，中尉，再见了，高兴点儿。"

德罗戈僵硬地打了个立正，退到门口时再次道别。

第二十一章

　　孤零零的一匹马慢慢在谷底走着，寂静的山谷之间发出很大的回声，岩顶的灌木丛一动不动，枯黄的野草也纹丝不动，连天空中的云彩移动得也很慢。马在白色的道路上慢慢向上爬着。归来的正是乔瓦尼·德罗戈。

　　正是他，现在靠近了，可以清清楚楚地看出就是他，他的脸上没有任何特别痛苦的表情。这就是说，他没有造反，没有打辞职报告。他没有吭一声，而是把不公正抛到脑后去了，他又回到原来的这个地方。在他心底深处甚至还有那么一点儿高兴，因为生活没有发生剧烈变化，又可以回到原来已经习惯的生活之中了。德罗戈幻想着从长计议，再获荣光，他相信自己的时间还多得很。因此，他放弃了为日常生活进行的微不足道的斗争。他想，总有那么一天，所有的账都会结算清楚，获得应有的报答。可是，别的人追了上来，他们贪婪地急步向前，争取走在前面，而把他落到后面，对他不屑一顾。他看到他们在远处消失不见了，他有些疑惑，他又想到了原来的疑问：他是不是真的错了？如果他是一个普普通通的人，他是不是必然会遇上很平平常常的运气？

乔瓦尼·德罗戈来到这个孤零零的城堡，就像上次九月份那天那样，就像遥远的那一天那样来到这里。只是这一次山谷对面没有另外一个军官，在两条路会合的那座桥上，没有奥尔蒂斯上尉迎面向他走来。

德罗戈这次是一个人在走路，同时在思考他的人生。他回到城堡，不知道还得在这里待多长时间，而就是在这些日子里，很多同伴走了，永远不会再回来了。德罗戈想，同伴们更精明，但他并不排除他们实际上更优秀：这也可以是一种解释。

时间逝去的越多，这个城堡的重要性也丧失的越多。在很久以前，也许这是一个重要的驻防地，或者至少被认为是这样。现在，人员减少了一半，仅仅成为一个保障安全的阻击点，已经在战略上被排除于任何战争计划之外。现在这样维持着，只是为了不至于使边界上一无阻挡。北方的荒原上不会出现任何威胁的可能，最多也不过是一些游牧篷车会出现于谷口。那么，上面的那个城堡还有什么存在的意义？

德罗戈想着这些事，于下午抵达最后一个平台边缘，城堡就在眼前了。它再也不像从前那样有那么多令人不安的秘密了，说到底它只不过是个边界上的兵营，一个可笑的山间小城堡，面对最先进的大炮，它的围墙坚持不了几个小时。最好还是让它随着时间的推移自然破败下去好了，反正有些垛堞已经倒塌，一个高台已经坍塌，迄今为止没有一个人去修复。

德罗戈这样想着，在平地边上停了下来，观望着在围墙上那些像原先那样来回走动的哨兵。屋顶的旗帜懒洋洋地挂在那里，没有一个烟筒冒出烟来，光秃秃的平地上没有一点生的气息。

现在，生活多么乏味，快活的莫雷尔也许是第一批走的人之一，事实可能是，德罗戈或许连一个知心朋友也没有了。另外就是，天天老是那一成不变的老一套：值班站岗、扑克牌游戏、到最近的小村庄去，到那里喝上一杯，同姑娘们调笑几句。德罗戈想，这该是多么可怜啊。然而，幽灵似的阴影还在沿着黄色碉堡的四周游荡，上面依然是那么神秘，沟壕的每个角落、营房的阴影之中，到处都是这样，让人无法说清楚将来会是个什么样子。

来到城堡之后，他发现，很多事变了。很多人即将离开，到处都闹哄哄的。还不知道谁会走，几乎所有的军官都递交了调离申请，他们都在焦急地等待，忘记了过去担心的那些事。菲利莫雷也要离开城堡，他自己知道已经确定无疑，这就打乱了岗位轮换的安排。不安甚至传播到了士兵们当中，连队的大部分人需要到下面的平地，具体是哪些人，还没有确定下来。这样一来，轮班弄得大家都不高兴，常常到了换岗时间，小分队还没有安排好，所有的人都相信，过分谨慎实在荒唐，也毫无用处。

显然，过去的希望，等着北方的敌人打过来，所有这些只不过是为了使这里的生活有那么一点意义的借口而已。现在，既然有可能回到民间社会，过去的那些事看来就是年轻人的狂躁，没有一个人再愿意在这里奉献忠诚，没有一个人不在山上嘻嘻哈哈胡混。现在，最重要的是离开这个鬼地方。在德罗戈的同事们当中，所有的人都动用自己的各种关系，以便能够优先调离，每个人心里想的都是相信自己能够成功。

"你呢？"同事们问乔瓦尼，他们问的时候显出很同情的样子，这些人对他掩盖这一重大新闻，以便能够走在他前面，减少一个竞争对手。"你呢？"他们问他。

"我很可能还得在这里再待几个月。"德罗戈回答说。其他人都急急忙忙地鼓励他：他也应该调走，对，他也该调走，这样更合理，千万不要灰心丧气。无非就是这样一些说法。

在好多人当中，只有奥尔蒂斯没有显出什么变化。奥尔蒂斯没有提出调离，多年以来他对这些事就不再关心，驻军人数减少的消息是在所有的人都已经知道之后才传到他耳朵里的，因此他没有及时告诉德罗戈。奥尔蒂斯对新的骚动无动于衷，依然像通常那样只热心地关注着城堡的正事。

终于，离开的人真的开始走了。院子里响起车轮滚动的声响，这些车辆装载着兵营的物资，然后到各连队，将离开的人拉走。上校每次都从他的办公室走出来检阅一番，向士兵们讲几句告别的话，他的声音没有抑扬顿挫，没有一点激情。

在山上生活了多年的军官们，长时间以来几乎天天都面对着城堡斜坡北面的荒野，天天都在无休止地讨论着敌人会不会发动突然袭击。在这些军官当中，很多人面色高兴地要离开这个地方，傲慢地向留下来的同伴们使个眼色，然后向谷底走去，骄傲地挺直腰杆骑在马上，离开他们原先的驻地，连头也不回，径直离去，对他们曾经供职的城堡不再看最后一眼。

唯一的例外是莫雷尔。那是一个阳光明媚的早上，在中心庭院里，离开之前，他和与他一起走的这个小分队需要向司令上校致敬。他放下军刀，面向上校，眼放明光，下口令时声音微微有些颤抖。德罗戈背靠在墙上，观察着这一场景，当这位朋友骑着马向出口走去来到他面前时，他很友好地向他笑了笑。也许这是他们最后的一次见面了，乔瓦尼将右手抬到帽檐，规规矩矩地向他敬了一个礼。

然后，他回到城堡的门厅，即使是夏天，门厅里也很凉快。这里，一天比一天显得冷清。他想到，莫雷尔也走了，这时，因世上不公而造成的那道伤口突然之间开裂，使他疼痛难忍。乔瓦尼去找奥尔蒂斯，后者正从他的办公室走出来，手里拿着一个纸袋。他迎了上去，来到他身边时说："少校先生，早上好。"

"早上好，德罗戈。"奥尔蒂斯停下脚步回答说，"有什么新闻吗？还是想从我这里了解点儿什么？"

德罗戈确实是想从这位少校那了解一件事，那是一件普普通通的事，并非急事，但这件事已经在他心里翻腾了好几天。

"对不起，少校先生。"他说，"四年半之前，当我刚刚来到这座城堡时，马蒂少校曾对我说，只有愿意留在这里的人才留下来，您还记得吗？如果一个人想要离开的话，他完全可以随意离开，这您还记得吗？您还记得他就是这样对我说的吗？根据马蒂所说的，我只要去检查一下身体就可以了，而且这也只不过是个形式上的借口，他只是说，不然会让上校感到有点儿烦。"

"是的，我隐隐约约记得有这么回事。"奥尔蒂斯说，脸上露出一点点厌烦的神情，"可是，对不起，亲爱的德罗戈，我现在……"

"少校先生，只要一分钟……为了不至于弄得大家不愉快，我同意留下来待四个月，您还记得吗？可是，如果我想走的话，我就可以走，不是吗？"

奥尔蒂斯说："我懂了，亲爱的德罗戈，可是，您并非唯一的一个……"

"这就是说，"德罗戈猛然打断了对方，"这就是说，所有这些都是谎言？这就是说，并不是说我想走就能走？所有这些谎言都是为了让我好好听话，是不是这样？"

"噢，"少校说，"我不认为是这样……您不要这样想！"

"少校先生，不要对我说不是这样。"乔瓦尼口气很重地说，"您无非是想让我相信，马蒂说的是真话，是不是这样？"

"我的遭遇也是一样，几乎一模一样。"奥尔蒂斯说，尴尬地低头看着地面，"当时我也想，会有光明前程……"

他们来到一个大走廊停了下来，他们的声音可悲地在墙壁之间回响着，因为这里的墙壁光秃秃的，而且这里没有一个人。

"这就是说，所有的军官到这里来并不是自己要求来的，对不对？所有的人都是像我一样被迫留下来的，难道不是这样？"

奥尔蒂斯一言不发，用军刀的尖漫不经心地在石板裂缝间挖着。

"那些说是自愿留在这里的人都是在撒谎，是不是这样？"德罗戈依然不依不饶，"为什么没有一个人敢于戳穿这一切？"

"或许并不完全像您说的，"奥尔蒂斯回答说，"有些人确实想留下来，这样的人很少，这一点我同意，但有人……"

"哪一个？您说说看！"德罗戈很激动地说。说完他又突然压住怒火，平静地说："噢，对不起，少校先生。"接着加了一句，"自然，我不会想到是您。您知道人们是怎么谈起这些事的吗？"

奥尔蒂斯笑着说："咳，我这样说不是为了我自己，知道吗？很可能我也得被迫留在这个被指定的地方！"

两个人一起向前走去，在那些长方形小窗前走过，这些窗户关着，已经插好，透过窗户可以看到城堡后面光秃秃的平地，南边的小山，以及谷底升起的令人厌烦的蒸汽。

"这就是说，"沉默了一会儿之后，德罗戈又开口了，"这就是说，所有那些激情，那些关于鞑靼人的故事，都是这么回事？是不是说，并不真的希望出什么事？"

"当然希望了！"奥尔蒂斯说，"人们相信，确实相信。"

德罗戈摇着头说："我不懂，这个词……"

"您说，您想能怎么样？"奥尔蒂斯说，"这些事有点儿复杂……在这个高高的地方，是有点儿像被流放，需要找一点出路，需要有什么东西作为希望。有人开始想到了这一点，关于鞑靼人的那些话就开始流传起来，谁能知道是谁首先开始的呢……"

德罗戈说："或许也是因为这个地方的关系，看着那个沙漠，不能不……"

"与这个地方自然也有关系……那样的沙漠，下面那样的雾气，那样的山脉，不能否认……这个地方也起了促进作用，确实是这样。"

他沉默了一会儿，想了想，接着又谈起来，像是在自言自语："那些鞑靼人……那些鞑靼人……当然，开始的时候，好像十分荒诞，可是，后来竟然就信以为真了，至少好多人的情况就是这样，确实是这样。"

"可是您，少校先生，请原谅，您……"

"我是另外一种情况。"奥尔蒂斯说，"我的年龄不一样。我再也没有向上爬的幻想了，有个安安静静的地方我就心满意足了……可您不一样，中尉，您的面前还有一生的路要走。一年之后，最多一年半之后，您将会被调走……"

"您看，那边不就是莫雷尔吗，祝愿他！"德罗戈停在一个窗子前叫起来。平地上，确实可以看到那队人马在向远处走去。阳光照耀下的荒芜土地上，那些士兵的身影清清楚楚，十分显眼。虽然背着沉重的背包，但他们勇往直前。

第二十二章

要离开的最后一队人在庭院里已经排好队，大家都在想着，在人数已经减少的这个驻防地，新的生活明天就会最终安排好了。没完没了的告别赶快结束吧，这已经让人很不耐烦了，看着别人离开让人生气，也弄得人们很不耐烦。队伍已经站好，就等尼科洛西中校检阅了。德罗戈来到时看到，西梅奥尼中尉也在场，后者的脸色很怪。

西梅奥尼中尉来到城堡已经三年，看来像是个不错的年轻人，有点儿学究气，对上级很尊重，喜欢锻炼身体。他来到庭院时焦急不安地看着周围，像是要找什么人，好像是要对这个人说点儿什么。具体是谁无关紧要，因为他并没有一个特别要好的朋友。

他看到了正在注视着他的德罗戈，于是来到德罗戈跟前。"请过来看一看，"他低声说，"快，快过来看看。"

"什么事？"德罗戈问道。

"我在第三要塞值班，抽身下来一趟，您有空儿时马上来一下。有件事我不懂。"他的样子很焦急，像是刚刚跑了一段路。

"在哪儿？您看到什么了？"德罗戈好奇地问他。

西梅奥尼说："现在您先等一下，等这些人走了之后再说。"

这时，号声响起，响了三次，士兵们立正，因为这个已经降级的城堡的司令到了。

"等这些人走了之后再说。"西梅奥尼再次重申，因为德罗戈急着要知道那件神秘的事，从外表来看，好像不应该出什么事。"我想，至少看到他们出去之后再说。已经有五天了，我都想说出来，可是，必须等所有这些人走了之后再说。"

尼克洛西的简短讲话好不容易总算讲完了，最后的号声响过，队伍一字排开，迈着沉重的步伐走出了城堡，向谷底走去。这是九月的一天，天空灰蒙蒙的，令人感到压抑。

这时，西梅奥尼拉着德罗戈走过空无一人的长廊，来到第三要塞的入口。他们在那些哨兵面前走过，来到一条巡逻小道。

西梅奥尼中尉掏出望远镜，请德罗戈观看平地上的那块小小的三角地，前面的大山留出一个缺口，刚好可以看到那片三角形荒原。

"那里有什么？"德罗戈问。

"您先看一看，我不想搞错。您先看一看，告诉我，您是不是看到了什么。"

德罗戈把双臂支在墙头上，认真观察沙漠。这个望远镜是西梅奥尼个人的，用它可以清清楚楚地看到砂石、坑凹、一片片的灌木丛，尽管离得很远。

德罗戈仔细观察那片三角地，看了一片又一片，就要说什么也看不到时，就在远处，在雾气留出的那个缝隙中任何影子都会显得模糊不清的地方，好像有一个小小的黑影在移动。

他的双臂依然支在墙头，仍然在用望远镜仔细观察，他感到，自己的心在猛烈跳动。他想起来，这很像两年前那样，那时人们认为，敌人就要攻过来了。

"你是说那个小小的黑点儿？"德罗戈问道。

"我看到已经有五天了，可是，我不想告诉任何人。"

"为什么？"德罗戈问，"你怕什么？"

"如果我说了，那些走的人就走不成了，我们会被嘲弄，莫雷尔和另外那些人就会留下来，就会利用这个机会。最好还是，知道的人少点儿为好。"

"什么机会？你想那是什么？会像上一次那样，只不过是个侦察小分队，或者只不过是一些牧人，或者只是一只野兽。"

"我已经观察了五天了。"西梅奥尼说，"如果是牧人，早就走了，如果是野兽，也早走了。有什么东西在动，但差不多老是留在一个地方。"

"那么说，你想是个什么机会？"

西梅奥尼微笑着看着德罗戈，那意思好像是在问，是不是可以向他揭露这个秘密，然后才说："他们在建公路，我想是这样，他们在建一条军用公路。这次可是真的。两年前，他们来勘察过，现在真的来修建公路了。"

德罗戈礼貌地笑了笑。

"你想，他们要建什么公路？瞧你说的，那边哪里还会来什么人。上次那件事你觉得还不够？"

"你可能有点儿近视，"西梅奥尼说，"你的视力可能不太好，可我能分辨得清清楚楚。他们先从路基开始。昨天有太阳，看得清清楚楚。"

德罗戈摇摇头，对西梅奥尼的顽固感到吃惊。西梅奥尼是不是等得不耐烦了？是不是害怕把他当作宝贝的这一发现透露出去？是不是害怕把他的这一发现从他手里抢走？

"过去，"德罗戈说，"过去我也可能会相信。可是现在，我觉得实在是幻想。如果我是你，我就一句不提，不然，大家会在背后笑你。"

"他们在建公路。"西梅奥尼带着原谅的意味看着德罗戈说，"已经好几个月了，知道吗，这次可是真的。"

"即便是那样，"德罗戈说，"即使是像你说的那样，你认为，他们真的是在建一条公路，以便把北方的大炮拉过来，让我们这个城堡瘫痪？如果是这样，总参谋部很快就知道了，可能几年前就已经知道了。"

"总参谋部从来就没有认真看待过巴斯蒂亚尼城堡，只要不被炮击，没有一个人再相信这些鬼话……即使说服了他们也为时已晚了。"

"你想怎么说就怎么说吧，"德罗戈再次这样说，"如果真的是在修建公路，总参谋部肯定早就得到情报了，你就信以为真吧。"

"总参谋部收到一千条情报，但在这一千条情报中只有一条有价值，这样一来，他们对任何一条情报都不相信。另外，争论也没用，你就看着吧，看看事情是不是将会像我说的这样。"

在巡逻小道上，孤零零地只有他们两个人。他们离哨兵已经很远，哨兵在各自的巡逻路段走来走去。德罗戈再次看着北方、山崖、沙漠、远处的浓雾，如此等等，所有的一切好像都没有任何意义。

晚一点的时候，德罗戈在同奥尔蒂斯谈话时听说，西梅奥尼中尉的著名秘密实际上所有的人都一清二楚。但是，没有一个人拿它当回事，很多人反而感到意外：像西梅奥尼这样一个严肃的年轻人居然散布这样的新谎言。

近几天来还有另外一些事需要考虑。人员减少了，城墙上的哨兵需要稀疏一些，反复进行了多次试验，以便用最少的人力确保像以前一样的安全实效。需要放弃一些哨位，为另外一些哨位增加实际设施，也需重组连队，寝室也要重新分配。

自从城堡建立以来，一些地点第一次被封闭。裁缝普罗斯多奇莫不得不将三个助手放走，因为他的活计已经不多。经常出现这样的情况：一进大厅或者办公室，里面空无一人，墙上留下一些白印，因为人们把家具和绘画拿走了。

一些黑点在荒原上的边界上移动，这样的说法继续被认为是笑谈。很少有人从西梅奥尼手里借来望远镜，自己也亲自看一看，少数借来观看的人说，他们什么也没有看到。由于没有一个人认真对待西梅奥尼所说的一切，他自己也不再谈论这一发现，为了谨慎起见，他也是一笑了之。

后来，有一天晚上，西梅奥尼到德罗戈的寝室来叫他。当时已是深夜，已经换完岗，新要塞那小队士兵刚刚回来。城堡里，人们睡不着，又是一个白白消磨过去的夜晚。

"你来看一看，你不信，可你来看看。"西梅奥尼说，"要么是我看花了眼，要么就是我看到一道光线。"

他们前往观看。两个人来到围墙上，一直走到第四要塞。黑暗中，西梅奥尼将望远镜递给德罗戈，让他仔细观察。

"这么暗！"乔瓦尼说，"天这么黑，你让我看什么？"

"你仔细看看，我说你看看。"西梅奥尼坚持说，"我对你说过，我不认为是看花了眼。好好看看我上次让你看的那个地方，告诉我，是不是有什么东西。"

德罗戈把望远镜放到右眼上，对准北方很远的地方，黑暗之中看到一片小小的亮光，一个很小很小的亮点，这个亮点在浓雾边上时明时灭。

"亮光！"德罗戈叫起来，"我看到一个小小的亮点……等一下……"他在眼眶前把望远镜调了一下，"……不知道是好多，还是只有一个，有时好像是两个。"

"你看到了吧？"西梅奥尼以胜利的口气说，"我是不是个傻瓜？"

"跟这有什么关系？"德罗戈说，尽管他并没有完全被说服。

"如果有亮光，那意味着什么呢？也可能是吉普赛人的营地或者牧人的营地。"

"那是工地的灯光。"西梅奥尼说，"是修建新道路的工地，你会看到，我是不是有理。"

只凭眼睛并不能看到那些亮光，这有点儿怪。那些哨兵（那是很优秀的哨兵，是有名的猎手）什么也看不到。

德罗戈再次举起望远镜，寻找远处的亮点，他停下来观察了一会儿，然后将望远镜抬起，出于好奇，他用望远镜观察星空。数不清的星星布满天空的每个角落，看着这些星星感到真美。但是，东方好像星星比较稀少，因为月亮就要升起，月亮升起之前，东方先出现了一片亮光。

"西梅奥尼！"德罗戈叫起来，因为他发现，他的这位朋友已经不在身边。对方没有回答，可能是从一个台阶走到下边去围墙边查看去了。

德罗戈看了看周围，黑暗之中，只能分辨出空无一人的巡逻小道、要塞的轮廓和大山的黑影。他听到了钟表走动的声响。右边最远处的哨兵现在好像应该喊叫了，每天夜里都要这样喊叫，一个哨兵接一个哨兵地传下去，整个围墙上的哨兵都要传到："注意警戒！""注意警戒！"喊声再从另一边反着传回来，最后消失于大悬崖脚下。德罗戈想，现在，哨兵的人数已经减了一半，这喊声重复的次数少了，传播的速度应该大大加快了。但是，此时却一片寂静。

对一个渴望而遥远的世界的思念突然涌上德罗戈的心头，比如，一座大厦，大海边的一座大厦。那是一个可亲的夏夜，卿卿我我的人们紧紧坐在一起，听着美妙的音乐。这是多么幸福的图景，青春年华之际当然可以随意设想这样的图景。这时，大海的东方亮一阵之后又暗下来，天空开始发亮，黎明就要到来。这样一来就可以把黑夜抛开，不必再去梦中寻求逃避，不必害怕为时太晚，可以看着太阳升起而不必着急，可以仔细品味自己面前那永无完结的时间，没有必要忧虑不安。世界上有很多好事，乔瓦尼一直喜欢的就是这种海滨的大厦、音乐、无忧无虑地消磨时光和期待黎明的到来。说来好像有点儿荒唐，他觉得，这似乎最明确地表达了他那已经丧失的内心平静。一个时期以来他焦虑不安，他不明白这是怎么回事，这种不安的心情一刻不停地折磨着他：印象好像是，有什么事来不及了，好像有什么重要事情即将发生，好像会使他措手不及。

在城里同将军的谈话给他留下一点调走和升迁的小小希望，而且乔瓦尼也知道，不能一辈子就留在这个城堡和它的围墙之间。或迟或早，总得就什么事最后做出决定。后来，一成不变的生活使他又习惯了通常的那种节奏。德罗戈不再去想别的人，不再去想那些及时从这里逃离的同伴们，不再去想成为富人和名人的老朋友们，看到那些像他一样在同一个放逐地点过着放逐式生活的军官们的时候，他也就感到些许慰藉了，不再认为他们会成为弱者或者失败者，不再认为他们会成为最后的榜样。

德罗戈将下决心的日子一天一天地向后推延。另外，他也想，自己刚二十五岁，毕竟还年轻。可是，那一丝焦虑依然时刻不停地折磨着他。现在，又有了北方荒原上的亮光这件事，或许西梅奥尼想的在理。

在城堡内，很少有人再谈这件事，好像这是一件毫无意义的事，同大家不会有什么关系。战争并没有发生，失望的情绪来得实在太快，尽管没有一个人有勇气承认。同伴们一个个离开了，留下来的人越来越少，他们留下来守卫着这座没有什么价值的城堡围墙，看着这一切，被凌辱的感觉实在难以忍受。人员减少清清楚楚地表明，总参谋部不再看重巴斯蒂亚尼城堡。过去，幻想是那么容易产生，是那么强烈，现在，人们愤怒地抛弃了这些幻想。西梅奥尼为了不致被嘲笑，宁可沉默不语。

然而，在接下来的几个夜晚，再也没有看到那些神秘的亮光，白天也没有看到荒原的远方有什么动静。马蒂少校出于好奇，也来到要塞，让西梅奥尼把望远镜拿过来，将沙漠扫视了一遍，什么也没有发现。

"中尉，收起您的望远镜吧。"马蒂以满不在乎的口气对西梅奥尼说，"也许，最好还是不要白白耗损你的眼睛了，还是多注意手下的那些人为好。我看到，有一些没有背子弹袋的哨兵。您去看一看，应该就在下边。"

同马蒂一起来的还有马德尔纳中尉，他后来在餐厅谈到这件事，引起了一阵大笑。现在，大家想的唯一一件事是如何尽可能舒服地度过每一天，北方的事早已被忘得一干二净。

西梅奥尼只同德罗戈继续讨论那些神秘的亮光。一连四天，再也没有看到亮光，也没有看到那片移动的黑影。但是，第五天的时候，这些东西又出现了。西梅奥尼认为，这可以找到合理的解释，由于季节、风向和气温的变化，北方的雾会更加厚重或者会向后退走，在那四天当中，浓雾向南移来，于是，想象中的工地就被遮挡住了。

可是，过了大约一周之后，不仅亮光又出现了，而且西梅奥尼还坚持说，亮光也移动了，向城堡这边移动了。这一次德罗戈表示坚决反对："黑暗的夜里，没有任何参照点，即使真的向前移动了，怎么可能确认这样的移动？"

"是这样，"西梅奥尼顽固地坚持，"你承认，即使亮光真的移动了，也不可能切实证明。那么，就像你说没有移动一样，我说移动了就更加有理。另外，你将会看到，每一天我都要观察那些移动的亮点，你将会看到，它们一点一点地在向前推进。"

第二天，他们一起前去观察，两个人轮流用望远镜查看。实际上，他们看到的只不过是三四个小黑点，小黑点在移动，速度非常慢，很难看出它们在移动。必须用两三个东西作为参照物，比如一片深黑色的灌木丛，一座山的轮廓，这样才能确定相对距离，过好多分钟之后才看出这一距离改变了，这才可以说那小片黑影的位置变动了。

西梅奥尼第一次就能发现那片黑影的位置变动了，这是一件怪事。如下情况不能排除：多少年以来，或者多少世纪以来，这种情况反复出现；山下荒原上可能是一个村庄，或者是一个水井，穿越沙漠的商队可能在井旁停歇，而城堡内一直到此时为止没有一个人使用过像西梅奥尼使用的大倍数望远镜。

那片黑影的移动始终在一条线上，左右差不了多少。西梅奥尼想，可能是一些运输砂石的车辆。他说，这么远的距离，人可能太小，所以无法看到。

通常只能看到三四个黑点在同时移动。西梅奥尼认为，如果说是车辆的话，三辆车在移动，至少应该有六辆车停止不动，停下来装车或者卸货，这六辆车就不可能看清楚，会同附近好多不动的东西混在一起，因而看不出来。因此，仅仅在这一时刻就有十几辆车在活动，很可能每辆车都用四匹马，通常拉重物时都是用四匹马。按照比例算下来，人员应该上百了。

这些观察一开始的时候几乎就是在打赌或者是为了玩笑，现在成了德罗戈生活当中关心的唯一的一件事。尽管西梅奥尼并不是同德罗戈特别要好，因为他一点儿都不开朗，而且谈起话来还有点儿学究气，但德罗戈空闲的时候几乎总是同他在一起，晚上也是这样。晚上在军官大厅里，他们探讨议论，一直待到很晚才起身回去。

西梅奥尼已经算过，尽管工程进展很慢，距离也比通常大家所认为的要远一些，他说，但用不了六个月，那条路就可以修到城堡附近，修到大炮可以打到城堡的地方。他认为，敌人很可能就驻扎在那个横向穿过沙漠的大台地下边。

平时，这个大台地与荒原很难区分，因为颜色相同，只是到了傍晚天暗下来或者出现大雾时才能分辨出它的存在。台地的斜坡朝向北边，所以也不知道是不是很陡，也不知道高度有多高。

因此，那片沙漠有多大一无所知，因为从新要塞看过去根本看不到它的边缘（从城堡围墙上看时，因为前面有山，所以看不到那个台地）。

从这片下沉的地方的最高处到新要塞坐落的锥形山崖旁山脚下，一大片没有起伏变化的沙漠伸展开来，沙漠上只偶尔有一条条的裂缝、一堆堆的碎石和一小片一小片的苇丛。

西梅奥尼推断说，道路一旦修到台地下面之后，敌人就可以毫不费力地完成最后那一小段，可以利用一个有云的黑夜一举而就。地很平，也很坚实，大炮也可以不费什么力就拉过来。

这位中尉说，六个月只是大致的估计，也可能变成七个月，或者八个月，甚至会更多，那就要看情况了。说到这里，西梅奥尼列举了可能推迟的原因：计算尚需修建的长度时出错；最后这一段可能还有凹地，这些凹地在新要塞无法看到，要是有的话，工程就比较困难，工期就会拖延；对方离供应基地慢慢越来越远，修建的速度会进一步减慢；政治方面的复杂情况，这有可能会使工程在某一时期处于停顿状态；另外就是下雪，这可能会使工程瘫痪两个月，甚至更长的时间；此外还有下雨，雨天会使荒原变成沼泽。这些就是最主要的障碍。西梅奥尼小心翼翼地将这些一一列举出来，为的是说明，他并不认为哪一项是一定要出现的障碍。

德罗戈提出一系列的疑问：这条道路是不是并无侵略目的？是不是比如说修建它只是出于农业方面的目的？只是为了耕种这片直到现在一直没有耕种一直没有人烟的土地？或者这一工程仅

仅修了那么一两公里之后就停了？

西梅奥尼摇摇头后回答说，这里的沙漠石头太多，没法耕种。另外，北方这个国家荒芜的土地太多了，那些土地只能用于放牧，这里的这片地更适合于放牧这类活动。

后来有人提出，北方那个国家的人们真的是要修建一条道路吗？西梅奥尼说，等到天好的时候，到了傍晚，影子变得很长的时候，笔直的路基就可以看得清清楚楚了。然而，德罗戈并没有看到什么路基，那样看太吃力。有谁能够保证，那段笔直的条带不会仅仅是平地上的一个褶皱？那些移动的神秘黑点和夜间的亮光不能令人信服，或许一直就是这样，在此前的好多年，也许没有一个人看到，因为浓雾弥漫而看不到（另外还有一个原因，那就是，一直到目前为止，城堡使用的老旧望远镜无法看到）。

就在德罗戈和西梅奥尼这样争论不休之时，有一天开始下起雪来。乔瓦尼的第一个想法是："夏天还没有结束，寒冷烦人的季节就来了。"他觉得好像刚刚从城里归来，甚至还没有安顿好，还没有安顿到以前的状态。然而，日历显示，已经是十一月二十五日，整整几个月就这样消磨过去了。

雪花密密麻麻地从天空飘落下来，积在平台上，平台完全成了一片雪白。德罗戈望着雪花，平时的那种焦虑更为突出。他想，自己还年轻，今后还有很长的时日，想以这样的想法驱走焦虑，但毫无用处。时间不知不觉间好像过得越来越快，好像一天很快就把另外一天吞噬下去了。只要看看周围就可以发现，夜已降临，太阳落下山去，很快又会从另一边升起来，照亮这个雪白的世界。

别的人，那些同伴们，他们似乎没有发现所有这一切。他们依然毫无激情地站岗放哨。但是，当日历翻到一个新的月份之时，他们会兴高采烈，好像又赚到了什么好处似的。他们在计算着，需要在巴斯蒂亚尼城堡待的日子又减少了。总之，他们心里有一个终点，不管是平庸还是辉煌，他们都会为那个终点而感到满足。

奥尔蒂斯少校已经五十来岁，对于一周又一周、一月又一月的飞逝无动于衷。他已经不再抱有什么太大的希望，他说："再有十来年，我就退休了。"他解释说，他可能会回老家，那是一座古老的省城，那里有他的亲友。德罗戈同情地看着他，无法理解他的想法。在下边的城里，在那些身穿便服的百姓当中，没有任何目标的奥尔蒂斯孤零零一个人能做些什么呢？

少校了解乔瓦尼的这一想法，他解释说："我会让自己满足的。一年又一年过去了，我已经学会抱有越来越不起眼的想望。如果我的运气不错，我将戴着上校的肩章回家。"

"然后呢？"德罗戈问道。

"然后，然后就没什么了。"奥尔蒂斯带着听天由命的微笑说，"在此之后，我还要等着……我尽的本分会得到报答。"最后这句话他是以玩笑的口吻讲的。

"可是，在这里，在这个城堡，一待就是这十几年，您没有想到……"

"一场战争？您还在想着战争？我们这样还不够？"

北方的荒原上，那些亘古不变的浓雾中，再也看不到任何可

208

疑的东西，夜间的亮光也不见了。西梅奥尼对此十分满意。这证明他说得在理：那边既不是村庄，也不是吉普赛人的营地，只能是一项工程，由于下雪，工程暂时停了下来。

第二十三章

　　寒冷的冬季来到城堡很多天后，中心庭院墙上的通告栏上贴出一份奇怪的公告。

　　公告的题目是"必须谴责的警报和谎言"。公告说："根据上级司令部的明确指示，我要求军官、军士和士兵，不要相信、重复或者传播关于入侵我国边界的警报的谣言，那是没有任何根据的传言。由于明确的纪律方面的原因，这些谣言不仅是不合适的，而且会破坏同邻国的睦邻关系，在部队内部制造无益的紧张，有害于军务的正常进展。我希望，哨兵执勤时的警觉性通过正常手段表现，首先是不使用并非军规慎重考虑后容许使用的光学器具，经常滥用这样的器具很容易给错误的、不符合实际的解释提供机会。任何人拥有这样的器具都必须向所属部门领导报告，后者将没收这些用具并妥善保存。"

接下来是有关日常值班的具体安排，最后是值班司令尼科洛西中校的签字。

显然，这一通告表面上是针对整个部队的，实际上是针对军官们的。尼科洛西这样做可以达到双重目的，既没有伤及任何人，同时又让整个城堡都知道了这件事。当然，从此再也没有一个军官敢于当着哨兵们的面使用不合规定的望远镜观望北方的沙漠。各个要塞配备的用具都很陈旧，实际上已经无法使用，有些甚至已经早已不见踪影。

是谁打的小报告？是谁报告了城里的上级司令部？大家自然都想到了马蒂，只能是他，他总是手持规章去扼杀每一件令人高兴的事，去扼杀每一个人想要透一口气的努力。

大多数军官对此暗笑不止。军官们说，上级司令部一直没有辟谣，现在才这样做，已经晚了两年了。谁认为北方会入侵？是的，是德罗戈和西梅奥尼（他们早已被忘得一干二净了）。今天的通告就是专门针对他们而发的，尽管看来好像不太可信。军官们想，像德罗戈这样的一个好小伙，尽管每天都手持望远镜，肯定不会威胁到任何一个人。西梅奥尼也被认为是一个不会伤害别人的人。

然而，乔瓦尼本能地肯定，中校的通告就是对着他来的。生活中的这些事再一次集中起来公然与他作对了。他有时站在那里认真观察北方的沙漠，这有什么不好？为什么连这么一点儿安慰都不让他拥有？想着这些，不禁怒从心生。他已经做好准备，等着春天到来。他希望，雪一融化，那些神秘亮光就会再次出现在北边最远的地方，那些黑点就会再次动来动去，那时，信心就会复活。

他的所有情感都集中在那个希望之上，这一次，站在他一边的只有西梅奥尼，其他人对此连想都不会再想，包括奥尔蒂斯以及裁缝普罗斯多奇莫。现在只有他们两个，只有他们两个珍视这一秘密。这样很好，再也不必像很久以前那样了，再也不必像安古斯蒂纳去世之前那样了，那时，所有的人都像搞阴谋的人一样相互盯着，简直就是一场你死我活的较量。

可是，现在望远镜不让用了。西梅奥尼像从前那样谨慎，当然不敢再去使用望远镜。尽管亮光依然会在远方的浓雾边闪烁，尽管那片黑影依然会动来动去，但他们再也无法看到，没有一个人只用肉眼就能看到，即便是那些最好的哨兵，那些能够在一公里之外就可以发现野鹿的著名猎手，也不可能看到。

一天，德罗戈急着想听听西梅奥尼的意见，但是，他只能等到晚上，以免被别人看到，不然，肯定会有人立即去打小报告。另外，西梅奥尼本人中午也没有到餐厅来，德罗戈也没有在别的地方见到他。

吃晚饭的时候，西梅奥尼露面了，但来得比平时晚一些，德罗戈已经开始吃了他才进来。西梅奥尼吃得很快，乔瓦尼还没有吃完他就站了起来，很快来到一张桌子旁玩起来。他是不是害怕单独同德罗戈在一起？

那天晚上，他们两个都不值班。乔瓦尼在一张椅子上坐下来，椅子就在大厅门口，他想在这里遇上他的这位朋友。他注意到，西梅奥尼玩的时候常偷偷向他这边看几眼，尽量不让别人发现他在偷看。

西梅奥尼一直玩到很晚，比平时晚得多，他可从来没有这么晚过。他依然不时向门口这边望一眼，希望德罗戈没有耐心再等下去。最后，所有的人都走了，他也不得不站起来向门口走来。德罗戈来到他身边。

"德罗戈，晚上好。"西梅奥尼尴尬地笑着说，"没看到你，刚才你到哪儿去了？"

他们来到一个没有人的走廊，横向穿过城堡的这些走廊很多。

"我一直坐在那里读报，"德罗戈说，"我也没有发现已经这么晚了。"

他们静静地走了一会儿，两侧墙上对称挂着一些灯笼，他们就在这些灯笼的映照下走着。一伙军官已经走远，远处的黑暗中隐约传来他们说话的声音。夜已很深，天很冷。

"你看到今天的通告没有？"过了一会儿，德罗戈说，"你看到虚假警报那段没有？不知道这是为什么。是谁告的密？"

"我怎么知道？"西梅奥尼几乎是没有礼貌地回答，说着在一个通往上层的阶梯前停了下来，"你到上边来？"

"望远镜呢？"德罗戈说，"再也不能使用你的望远镜了，至少……"

"我已经上交了。"西梅奥尼停下脚步，打断了对方，"我想这样更好。更何况反正我们用肉眼也能够看到了。"

"我觉得，你可以等一等。哪怕是三个月，积雪融化之后，没有一个人再惦记着这件事，那时可以再回来仔细观察。道路，就是你说的那条道路，没有你的望远镜怎么才能看到？"

"哦，你说的是那条路的事。"西梅奥尼的口气中有些怜悯的意味，"可是，最后我还是信服了，还是你说的有道理！"

"我说的有理，我怎么有理？"

"他们没有修什么路，像你说的，那里应该是一个村庄，或者吉普赛人的营地。"

这就是说，西梅奥尼由于害怕否定了以前所说的所有一切？由于过分害怕对他德罗戈也不说真话了？乔瓦尼直视着这位同伴。走廊里再没有他人，空空荡荡，再听不到别的任何声音。两个军官的身影长长地从这边投到那边，来回移动着。

"你是说，你不再相信了？"德罗戈问道，"你真的认为自己错了？那你的所有那些计算呢？"

"那只是为了消磨时光。"西梅奥尼说，极力要把一切说成是闹着玩，"你不要当真，希望你不要当真。"

"你害怕了，你要说实话。"德罗戈的声音很大，"你要说实话，正是由于这个通告，你现在就不相信自己了。"

"我不知道你今天晚上是怎么了。"西梅奥尼回答说，"我不知道你想要说什么。同你不能开玩笑，就是这么回事，你拿所有的一切都当真，你像个孩子，真像个孩子。"

德罗戈一言不发，死死盯着对方。在昏暗的走廊里，他们就这样站着过了几分钟，但是，静得让人感到有些过分。

"好了，我要去睡觉了。"西梅奥尼最后说，"晚安！"他登上阶梯，昏暗的灯光也照着它的每一个台阶。西梅奥尼走上第一段阶梯，转身不见了，只看到他的影子映照在墙上，之后连影子也不见了。德罗戈想："多么卑鄙的家伙！"

第二十四章

时间过得飞快，它的没有声响的跳动好像使生活的步伐越来越快，连一分一秒都不停顿，连回头看一眼都不可能。"停一下，停一下！"他想这样喊叫，可是，他知道，毫无用处。一切都在飞快地消失，人，季节，白云，都在奔逃。抓住石块，到某个峭壁顶上坚持不动，都无济于事，手指会因疲劳而松开，手臂会因再也没有力量而放开，仍然会被河水裹挟，水流看起来似乎不快，但它永不停步。

德罗戈感到，这种神秘的毁灭一天天在增长，想要制止它其实是白费力气。在这个城堡的一成不变的生活中，没有可以作为参照的标志点，时间在偷偷溜走，还没有来得及去计算，它已悄悄溜走不见了。

另外就是那个秘密的希望，正是因为它，德罗戈将最好的年华挥霍浪费了。为了满足这一希望，他在不声不响地一个月一个月地做出牺牲，但是，这牺牲好像老是不够。冬季，城堡的漫长冬季，只不过是一笔预先支付的款项。冬天过去之后，德罗戈依然在等待。

他想，美好的季节到来时，北方的人们可能会继续施工，修建那条道路。但是，到那时不可能再用西梅奥尼的望远镜了，用它才可以看清楚。然而，随着工程的进展——谁知道这工程还需要多长时间呢，北方的人就会很近了，有那么一天，他们可能就到达旧望远镜也可以看到的地方了，某些分队可能依然拥有那些旧望远镜。

因此，德罗戈不再将春季作为他等待的最后期限，而是又等着过了好几个月，他依然设想着，北方仍在继续修建那条道路。对他的所有这些想法必须严格保密，丝毫不能泄露，因为西梅奥尼因害怕而讨厌这些想法，他再也不想去了解。其他同伴会拿他开涮，上级更不容许有这类空想。

五月初，乔瓦尼用符合规定的最好望远镜仔细观察北方的荒原，依然未能发现任何人类活动的迹象，夜里也看不到亮光，尽管火光在很远的地方也可以轻而易举地看到。

渐渐地，信心慢慢消退了。如果有那么一件事只有一个人知道，不能同任何人商谈，那么很难对它抱有足够的信心。就在此时，乔瓦尼发现，尽管人们可以不错地对待他，但他们却总是同他保持距离。他发现，如果一个人在忍受痛苦，这痛苦就完全是他自己的，没有一个人能够分担哪怕很小的一部分。他还发现，如果一个人在忍受痛苦，别的人并不会因此而感到不痛快，尽管相互间也存在爱意：这会在生活中形成孤独感。

信心开始消退，不耐烦在增长，德罗戈感到时钟走动的声音越来越快。他开始懒洋洋地虚度时日，对北方连看也不看一眼（尽管有时他喜欢自己欺骗自己，相信自己已经把那里完全忘记了，而实际情况是，他是特意这样做的，为的是将来多有那么一点点可能的影子）。

终于有一天晚上——可是，那是多长的时间之后啊——一点隐隐约约的亮光在望远镜中出现了，那点亮光好像在轻轻地跳动，这么远的距离就能看到，说明那是相当亮的光。

那是七月七日的夜里，多年之后德罗戈仍然记得，那是多么高兴，那种兴奋一直在他的心里蔓延；仍然记得，他真想跑着大声喊叫，好让所有的人都知道；仍然记得，他的克制多么吃力，这样的克制多么令人感到骄傲。他当时极力保持沉默，不向任何人透露一点风声，他是又迷信又害怕，害怕那点亮光消失后再也不会出现。

每天晚上，德罗戈都要来到围墙顶上等着，每天晚上那点亮光好像都在向近处移动了一点点，好像变得越来越亮。很多次好像觉得那只不过是幻觉，是因过分期望造成的幻觉，但有时又觉得确实是在向近处移动，甚至有一个哨兵终于用肉眼也可以看到了。

后来，白天也可以看到了，白茫茫的沙漠作为背景，可以看到，一些小小的黑点在慢慢移动，很像去年的情况，只是现在的

219

望远镜倍数不够大，所以应该说，北方的人已经来到很近很近的地方了。

到了九月，想象中的工地的亮光可以看得很清楚了，天气好的夜里，普通人只用肉眼也可以看到了。渐渐地，军人们又开始谈论起北方的那片荒原、那些身份不明的人、那些可疑的东西的移动和夜间的那些亮光。很多人说，确实是一条路，尽管还弄不清它的目的是什么。说那是军事工程好像有点儿荒唐。另外，尚未完工的这一段还很长，这样说来，工程进展好像很慢。

一天晚上，有人含含糊糊地谈到了战争，于是，稀奇古怪的希望又使城堡大墙之内一片纷乱。

第二十五章

在横向切割开北方沙漠的那个大台阶边上，一根高杆竖了起来，距离城堡连一公里都不到。从高杆到新要塞所在的那个圆锥形山崖，沙漠简直就是一马平川，没有任何障碍，这样一来，大炮可以很轻松地开过来。插在洼地边上的这根高杆是唯一的人类活动的痕迹，在新要塞高处用肉眼也可以看得清清楚楚。

身份不明的人修的道路一直通到了那个地方。这项大工程终于结束了，可是，付出了多大的代价啊！西梅奥尼中尉曾计算过，他说需要六个月。可是，要建成这条路六个月绝对不够，不要说六个月，八个月、十个月也不够。道路现在已经修好，敌人的大队人马可以从北方飞奔而来，立马就可来到城堡的围墙之外，然后就只剩最后那一小段，不过就是几百米，而且是没有什么障碍的平地。可是，所有这一切的代价太高了。这一切需要十五年的时间，漫长的十五年，这十五年也像一场梦一样过去了。

看看四周，好像什么也没有改变。大山依然没有任何变化地立在那里，站在城堡的围墙上依然可以看到那些灌木丛，有些可能是新长出来的，但为数很少。天空依然是原来的天空，鞑靼人沙漠依然是那个沙漠，如果不算台阶边上的那根黑色的高杆和那条笔直的带状物的话。由于光线的关系，这一带状物有时可以看到，有时看不清，那就是大家都知道的那条道路。

对于大山来说，十五年只不过是眨眼之间的一瞬，这十五年也没有给城堡的那些碉堡造成什么太大的破坏。可是，对于人来说，这可是漫长的行程，尽管人们并不知道时间过得这样快。人们的脸还是那些脸，差不多还是那些脸，习惯没有改变，连值勤的班次、军官们每天晚上谈论的话题也都没有变。

但是，如果就近来看的话，还是可以在脸上看出年轮的痕迹。后来，驻军的人数又减少了，很长一段围墙没有再派人守护，那些地方没有口令也可以去。哨兵小分队只部署在几个关键地点，甚至决定将新要塞关闭，只是每隔十天派一个小分队去巡逻一遍。总之，上级司令部已经不再看重巴斯蒂亚尼城堡。

北方荒原上修建道路的事，总参谋部并没有认真看待。有人说，这又是军事司令部通常的那些不合逻辑的事例之一，有的则说，首都肯定得到了更明确的情报。最后的结果必然是：这条大道没有任何入侵的目的，除此之外再也没有另外的解释，尽管这种说法并不很令人信服。

城堡里的日子越来越单调，越来越没有生气。尼科洛西中校、蒙蒂少校和马蒂中校都已退休。驻军现在由奥尔蒂斯中校负责，除去裁缝普罗斯多奇莫依然是上士之外，另外那些人的军衔都已提升。

九月的一个晴朗的上午，德罗戈——现在是乔瓦尼·德罗戈上尉了——骑马走在从平地到巴斯蒂亚尼城堡的那段陡路上。他有一个月的假期，但只过了二十天他就回来了。在城里，他已经完全是一个局外人，老朋友们各有前程，个个地位显赫，急急忙忙地同他打招呼，好像他不过就是个普普通通的军官。尽管德罗戈依然爱自己的家，可是，当他回到家时，也总是让他心里充满一种很难说清的苦涩。每次回到家时几乎都是空无一人，妈妈的房间总是空荡荡的，兄弟们老是到处乱转，一个兄弟结婚了，住在另外一座城市，还有一个兄弟老是出去旅行，客厅里再也没有一点家庭生活的痕迹，说一句话时声音显得很大，打开向阳的窗户依然没有什么改善的效果。

于是，德罗戈再次从通向城堡的谷底走上来，他的寿命已经减少了十五年。可是，他并没有感到有什么太大的变化。时间过得飞快，甚至心灵都来不及跟着变老。时日的消失造成的隐隐约约的不安日益增长，德罗戈一直顽固地幻想着，从头开始仍然十分重要。乔瓦尼耐心地等待着他的美好时刻，可这一时刻一直没有到来。于是，他想到，未来的时日为数不多了，这确实令人害怕，再也不像过去那样了，那时，未来的日子好像漫无边际，好像是永远不会枯竭的财富，根本没有耗费殆尽的危险。

然而，有那么一天，他突然发现，已经有好长时间没有骑着

223

马到城堡后面的平地去了。而且他还发现，他没有一点点想要去的愿望。最近好多个月以来（谁能知道确切地说是从什么时候开始这样的？），上台阶时再也不是两个台阶两个台阶地奔跑上去了。他想，真可笑，从体力上来说，他感到还是原来那样。一切正在重新开始，这是毫无疑问的，体检肯定是多此一举。

可以说，德罗戈的身体状况并没有恶化，如果骑马或者奔上台阶，肯定能够非常漂亮地完成。可是，重要的并不是这个。严重的是，他再也没有那样的愿望，他在饭后宁可晒会儿太阳而不是到砂石地上来回奔跑。重要的是这个，只有这个主宰着过去的那些岁月。

咳，如果好好想一想的话，那可能是每次只登上一个小台阶的第一个晚上！他感到有点儿累，确实，他的头脑中有一个解不开的难题，他再也不想像通常那样去打牌（当然，过去有时也出现过由于偶然的情绪不佳而不奔上去玩的情况）。这样一个疑问距离他已经很近：这个晚上对于他来说是不是一个很伤心的晚上，在这一确切的时刻，在这些小台阶面前，他的青年时代是不是就这样结束了，第二天，没有任何特殊的原因，他是不是就再也不能回到原来的那一套旧习惯之中，就是后天、大后天也是如此，永远将是如此。

现在，德罗戈一边这样左思右想，一边顶着阳光骑着马走在那段很陡的小路上。那匹马有点儿累了，慢腾腾地走着。就在这时，谷地对面有人在喊他。

"上尉先生！"他听到有人在叫他，于是转过脸看着深谷对面的另外那条路，那边是一个年轻军官，也骑在马背上。他看不清是谁，但能看清军衔，是一名中尉。他想，也许是城堡内的另外一名军官，也像他一样休假后正要返回城堡。

"什么事？"乔瓦尼停下来，按规矩与对方打过招呼后这样问。他想，是什么原因会使这个中尉在这样一种场合以这么随便的口气喊叫他呢？

对方并没有回答。"什么事？"德罗戈再次大声问道，这次他的声音中透露出轻微不满的意味。

那个陌生中尉直挺挺地骑在马上，以手势表示回礼，然后一口气回答说："没什么，只是想同您打个招呼！"

乔瓦尼觉得这样的解释有点儿愚蠢，几乎是一种冒犯，让人想到简直是在开玩笑。骑着马走半个小时才能到达桥头，到了桥头，两条路才会合到一起。有什么必要像小市民那样大呼小叫呢？

"您怎么称呼？"德罗戈大声问。

"莫罗中尉！"对方回答，或者是，上尉觉得好像是这么个姓氏。他想，是莫罗中尉吗？城堡中没有一个人姓这个姓啊。也许是新来服役的一个军官？

只是到这时他才想起了那个遥远的日子，那一天他前来服役，第一次向城堡攀登，正是在谷地的这个位置遇到了奥尔蒂斯上尉；他也想到，那时他也是急于要同路上遇到的一个人打招呼；他还想起了穿越谷地时的令人尴尬的对话，只是在想到这些之后才有一种被深深地打动的感觉，内心涌现出一种痛苦的共鸣。

他想，太像那天的情景了，不同的只是，角色换了，现在是他德罗戈，是他这个老上尉到巴斯蒂亚尼城堡去，他已经在这条路上走了上百次，而那个叫作莫罗的新中尉是个陌生人。德罗戈知道，整整一代人就这样转眼之间就消失了，他已经活到生命的最高峰，进入了老年人的行列，在那个行列中，在遥远的那一天，他觉得就有那个奥尔蒂斯。乔瓦尼已经四十多岁，什么好事都没有遇上，没有子女，在这个世界上是名副其实的孑然一身。他看看四周，四下里空无一人，他感觉到了自己的命运确实是在走下坡路。

　　他看到了长着灌木丛的山崖，山崖上湿乎乎的裂缝，远处光秃秃的山峰，一个接一个立在天际，以及亘古不变的大山轮廓。也看到了谷地对面的那个新来的中尉，后者显得腼腆，很不自在，他肯定也在幻想着在这个城堡只待上几个月就走人，肯定也在梦想着辉煌的前程，用武器获得的荣光和浪漫的爱情。

　　他用手拍了一下马脖子，它很听话地转过头来，但它肯定不懂他的意思。德罗戈的心紧了一下，永别了，遥远时代的梦想，永别了，生活中的美好事物。太阳暖洋洋地照着人们，令人精神焕发的空气从谷地涌来，草地上传来青草的清香味，鸟鸣伴着溪流哗哗流动构成美妙音乐。德罗戈想，对于一般人来说，这是美好的一天。让人感到吃惊的是，从外表来看，这一天与他年轻时的那些美妙的上午没有任何区别。他的马又走起来。半个小时之后，德罗戈看到了那座桥，两条路就在那里会合。他想，再过一会儿，就可以同那个新来的中尉说话了，一种痛苦的感觉袭上他的心头。

第二十六章

现在，修建道路的工程结束了，为什么那些身份不明的人这时消失不见了？为什么人员、马匹和车辆都返回平地消失在北方的浓雾之中不见了？整个这一工程什么都不为？

确实可以看到，挖土的人们一队一队地撤走了，慢慢变成了小小的黑点，就像十五年前那样，只有用望远镜才能看清那些黑点。士兵们走在这条大路上可以毫无阻拦地前进了，部队现在可以开过来向巴斯蒂亚尼城堡发动进攻了。

然而，并没有看到部队开过来。鞑靼人沙漠上依然只有这条孤零零的大道，只有人类活动的这一独一无二的痕迹躺在这多少年来一直荒无人烟的沙漠之上。部队没有前来发动进攻，好像所有的一切被搁置下来，谁也说不清要搁置多少年。

就这样，北方的荒原又毫无生气了。北方的浓雾依然一动不动，城堡的生活依然按部就班，哨兵们依然迈着同样的步伐走来走去，走到巡逻小道再返回去，军人们喝的汤依然是原来的汤，新的一天与过去的一天没有区别，永无休止地重复着，很像一个士兵永远迈着同样的步伐在巡逻。可是，时间仍在前进，并不顾及它周围的人们，依然在这个世界面前向前奔跑，使美好的事物遭殃，没有一个人能够躲开它的步伐，甚至连刚刚出生的婴儿，还没有起一个名字的婴儿也是如此。

德罗戈的额上也开始有了皱纹，头发开始花白，步伐不像以前那样轻盈，生活的洪流已经将他抛到一边，抛向外缘的旋涡，尽管他还不到五十岁。德罗戈自然不再带队值勤，而是有了自己的司令办公室，就在奥尔蒂斯中校办公室旁边。

天色暗下来之时，为数很少的值勤人员再也无法阻止黑夜将整个城堡笼罩起来。围墙的绝大部分有人守卫，再远的地方就只能听任黑夜去笼罩，只能让孤寂之感去蔓延了。这个老城堡很像一个海上孤岛，被荒蛮的土地包围：左边和右边是大山，南面是长长的不见一个人影的峡谷，北方就是鞑靼人沙漠。夜深人静时，防御工事的迷魂阵中传出神秘的响声，这种情况过去从未发生过，哨兵们的心揪了起来。从围墙的另一端又传来喊声："注意警戒！""注意警戒！"但是，哨兵们需要使用很大的力气呼喊，因为哨兵之间的距离已经大大拉开。

德罗戈最近感觉到了莫罗中尉开始表现出的苦恼，这很像他年轻时的一切的不折不扣的翻版。莫罗中尉一开始也害怕起来，去找西梅奥尼少校，后者在一定程度上代替了马蒂，也被说服暂时先留四个月，最后自然落入圈套。莫罗也被派去固守北方的荒原，那里现在有那条毫无用处的新大道，由此他也开始产生了好战的希望。德罗戈有时想同莫罗谈谈，告诉他要小心，在来得及之前赶紧离开。这也是因为，莫罗是个很可亲的小伙子，办事也很认真。可是，总是有那么一些杂七杂八的事给耽误了，始终没有谈成。另外，即使谈了或许也根本没有什么用处。

灰蒙蒙的白天一天天过去了，黑暗的夜间接着也一个一个过去了。德罗戈和奥尔蒂斯（或许还有另外的某个老军官）感到焦急，害怕时间来不及了。时间在不知不觉间消失，那些身份不明的人一直没有动静，好像已经消失不见了，好像用了那么长时间进行较量对他们来说已无关紧要。可是，这个城堡依然扣留着这些可怜的人，这些人在时间的飞逝面前毫无自卫之力，他们的大限之期在步步逼近。过去，想象生命的最后时刻时，好像觉得根本就没有那回事，好像还相当遥远，这样一来，现在就更觉得像是突然之间就来到了眼前。为了继续坚持下去，每次都要换一种新办法，找些新的参照标志，或者用那些比自己还不如的人来自我安慰。

最后，奥尔蒂斯也要退休了（这时，在北方的荒原上依然没有发现哪怕一点点生命的迹象，也没有发现一点点亮光）。奥尔蒂斯中校将指挥权交给新司令西梅奥尼，于是将部队集中到庭院里，那些正在值勤的小分队自然除外。他勉勉强强地讲了几句，然后在勤务兵的帮助下骑到他的那匹马上，向城堡的大门外走去。护送的是一个中尉和两个士兵。

德罗戈陪他走到平地边上，他们就在那里告别。那是夏天的一个上午，天空有些云，云影遮住大地的一角，显得很古怪。奥尔蒂斯中校从马背上下来，把德罗戈拉到一边，两个人沉默不语，不知道该如何最后告别。然后，他们勉强说了几句不痛不痒的话，这些话同他们心里所想的是多么不同，又是多么不足以表达他们的内心所想。

"现在，对我来说，生活改变了。"德罗戈说，"我也很想离开，我曾经想过递交辞呈。"

奥尔蒂斯说："您还年轻！那样就太傻了，您还来得及！"

"来得及什么？"

"来得及见到战争。您将看到，过不了两年。"（他嘴上这样说，心里想的却是不要这样，实际上，他祝愿德罗戈也像他一样离开，并没有任何重大运气。他觉得，不然的话就太不公平了。是的，他和德罗戈确实是好朋友，他也希望德罗戈一切都好。）

然而，乔瓦尼什么也没说。

"您将看到，过不了两年，确实是这样。"奥尔蒂斯坚持说，可他心里想的依然是另外一种情况。

"哪里是两年，"德罗戈终于说，"几个世纪将会过去，就是这样也依然不够。现在，那条路也放弃了，不会有任何人从北方打过来了。"他嘴上讲的是这些，可心里想的却是另外一种情况：年龄算个什么，他依然坚持，从年轻时开始，对于注定要发生的事的预感仍然保留在心里，隐隐约约地感到，美好的生活仍然会重新开始。

他们沉默不语，两人都感觉到了，那些话已经使他们形同陌路。可是，他们在同一道围墙之内抱着同样的梦想共同生活了差不多三十年之久，还能说些什么呢？他们共同走了很长一段之后，现在走上了两条道路，一条通向这边，一条通向另一边，两条路相距越来越远，各自通向互不相知的地方。

　　"今天的太阳真好！"奥尔蒂斯这样说。说完用老年人的昏花眼光望着将永远不会再来的这个城堡的围墙。围墙依然是原来的样子，依然是灰头土脸，依然是那种稀奇古怪的面貌。奥尔蒂斯紧紧盯着围墙，除去德罗戈之外，没有一个人能够猜出他是多么痛苦。

　　"是有点儿热。"德罗戈回答说。这时，他想起了玛丽亚·韦斯科维，想起了很久之前在那个客厅里的谈话，当时，钢琴弹奏的带着伤感意味的和弦从附近传来。

　　"天很热，确实很热。"奥尔蒂斯也这样说。两个人笑了一下。这是双方的一致看法的自然流露，那就是说，双方都知道刚才说的那些蠢话是什么意思。现在，一片云的阴影来到他们身边，整片平地也被遮住，这样持续了好几分钟，那片平地显得有些阴暗。与此相反，不祥的亮光照着仍然在阳光之下的城堡。两只大鸟在第一个要塞上空盘旋，远处传来隐隐约约几乎难以听清的军号声。

　　"听到没有？是号声。"那位老军官说。

　　"没有，我没有听到。"德罗戈这样回答，他实际是在说谎，因为他隐约觉得这样说才会使他的朋友高兴。

　　"或许是我听错了。离得太远了，确实很远。"奥尔蒂斯承认说，他的声音有些颤抖。接着又吃力地补充了一句："你还记得第一次的情况吗？那时你刚到，你有些害怕。还记得吗，你不想留下来？"

德罗戈只能回答说："那是很久很久以前……"好像有一团怪怪的东西堵到了喉咙口。

奥尔蒂斯想了一会儿之后又讲了一件事。"谁知道呢，"他说，"也许在一场战争中我会有些用处。也许我还会有用，在一场战争中，正如可以看到的那样，其余的一切都是零。"

阴云移开了，已经越过城堡，正在移过空旷的鞑靼人沙漠上空，正在毫无声息地向着北方移动。永别了，永别了。太阳露出脸来，两个人的身旁又出现了阴影。奥尔蒂斯和他的护送人员的马匹在二十多米开外的地方，那些马用它们的前蹄刨着石块，显然是等得不耐烦了。

第二十七章

又一页翻过去了，时光在一月又一月一年又一年地飞逝。德罗戈读书时的那些同学几乎都对工作已经感到厌倦，他们的胡子已经花白，修剪得整整齐齐，举止端庄地走在城里的街上，人们带着敬意同他们打招呼。他们的子女已经是成人，有的已经当上了爷爷。现在，德罗戈的老朋友们喜欢站在他们自己建起来的房子门口东看看西看看，对自己的一生感到很满意，这一生像生活的河水一样在奔流中前进。他们喜欢在人群中分辨出自己的孩子，督促子女们加快步伐，超越他人，成为人上人。乔瓦尼·德罗戈却依然在等待，尽管每过一分钟希望都变得更为渺茫。

是的，现在他终于也变了。他已经五十四岁，军衔已经升为少校，在人数大大减少的城堡内，他已经是第二号人物。就在不久之前，还没有发生太大的变化，还可以说他很年轻。为了锻炼身体，他偶尔会骑着马到平地上转两圈，尽管这也使他感到有些累。

后来，他的体重开始减轻，脸色憔悴发黄，肌肉松弛。他的肝有些不适，罗维纳大夫说，人老了，再加上在山上又待了这么多年不肯离开。可是，罗维纳大夫的那些药片没有什么效果，乔瓦尼早上醒来时感到全身疲累，一直到脖子都感到很累。然后，他坐在办公室里，只希望快点儿天黑，以便躺到沙发或者床上好好睡一觉。罗维纳大夫说，由于体质的全面下降，肝脏的问题会更加严重。可是，奇怪的是，由于乔瓦尼坚持要这样活下去，肝脏的问题竟然消失了。不管怎么说，那只是暂时的问题，罗维纳大夫说，在这样的年龄段，经常会出现这样的问题，也许会持续很长时间，但不会有发生并发症的危险。

于是，在德罗戈的生活当中又增加了另外一项期待，即希望能够彻底痊愈。不过，他并没有显出很不耐烦。北方的沙漠依然空空荡荡，没有任何迹象让人预感到敌人会突然之间冒出来。

"你的脸色好多了。"几乎每天都有一些同事这样对德罗戈说。可是，说实在的，他自己并没有感到好转，哪怕只是一点点的好转。是的，早先令人难以忍受的头痛已经好了，腹泻也痊愈了，没有什么痛苦再来折磨他了。可是，全身的精力越来越不济。

城堡司令西梅奥尼对他说："你去休假吧，去休息一段，到一座海滨城市休息一段肯定会有好处。"德罗戈对他说，他不想去，因为已经感到好多了，他还是更愿意留在这里。西梅奥尼摇着头想再劝他，好像他拒绝这么宝贵的建议太不领情，而且去休假完全符合规定，对这里的防务和他个人的利益也没有什么不好。由于西梅奥尼甚至能使马蒂灰溜溜地退休，所以也能让其他人感觉到他那严格按规章办事所造成的压力。

不管讲的是什么，他的每句话在表面上都很亲热，所有的人听起来却总是有那么一点训斥的味道，好像只有他承担了所有的责任，只有他是城堡的支柱，只有他想方设法处置没完没了的麻烦事，不然所有的一切就会毁于一旦。马蒂在的时候也有点儿是这样，不过没有像西梅奥尼这样虚伪。马蒂没那么谨慎，冷酷之心会暴露出来，有时其生硬粗暴反而不会使士兵们不高兴。

幸运的是，德罗戈已经成了罗维纳大夫的好朋友，在留下来不走这件事上，他已经得到了这位大夫的暗中支持。一种隐隐约约的迷信想法对他说，如果他现在因病离开这座城堡，那就永远不可能再回来了。正是这一想法使他焦虑不安。是的，二十多年前，他确实是想离开，确实想去一个能够平静辉煌地生活的驻防地，那里夏天进行演习，另外可以打靶、赛马、演戏以及结社、结交漂亮女人。可是，现在对他来说还有什么可期待？再有不多几年他就该退休了，晋升的路已经到头，根本不可能在某个司令部给他一个位置，这也是因为，他的服役期即将结束。他只能再留不多几年，已经是最后的服役期，或许还不到完结之时希望发生的事就会发生。他已经白白浪费了这么多年，现在至少要等到最后一分钟。

为了快点儿好起来，罗维纳大夫建议德罗戈尽量不要过于劳累，建议他整天躺在床上，紧急事务可以让人拿到房间里去处理。

这样的事发生在三月份寒冷的一天，那天下着雨，山上有很多地方发生了坍塌，一个个整个的小山头不知什么原因突然之间就坍塌下来，碎成碎块掉进深渊，凄凉惊人的声响在夜间也持续了好几个小时。

最后，好像费了多大努力似的，好天气的季节才开始到来。山口的积雪已经融化，但是，带着湿漉漉的气息的浓雾依然笼罩在城堡上空，需要强烈的阳光才能驱散这些浓雾，而山谷间依然笼罩着冬天的寒峭气息。可是，一天早上，德罗戈一觉醒来时看到，一缕阳光照到木地板上，形成一条很美的光带，他感觉到，春天来了。

德罗戈听任一种希望盘旋在自己头脑之中，他希望与美好季节一起到来的是他的身体能够好起来。春天，在陈旧的梁檩之间也出现了生的气息，夜间也可以听到梁檩间那些不间断的声响。一切好像都要从头重新开始，健康和愉快的气息再次流遍世界。

德罗戈反复想着这一点，于是便想起了一些著名作家有关这一主题的描写，希望这样能够使自己鼓起信心。他从床上起来，摇摇晃晃来到窗前。他感到有些头晕，但心里想着，好多天卧床不起，一旦起来都会这样，即使已经痊愈也是如此，以这样的想法来安慰自己。头晕真的消失了，德罗戈可以观看明媚的阳光了。

一种没有边际的欢乐气息可能传遍了整个世界。德罗戈无法直接确认这一情况，因为在他面前有一堵大墙，但他可以不费力气地凭感觉察觉到这种气息在传播。甚至连那陈旧的墙壁、庭院里的红色土地、褪色的木凳、空无一物的旧车、缓慢走过的一个士兵好像都很高兴。谁知道围墙外面又是什么样呢！

他想穿上衣服，搬个椅子到露天晒晒太阳，可是，一阵轻微的颤抖使他害怕，这使他只得又回到床上。"可是，今天我感觉好多了，真的好多了。"他这样想，深信这不是幻觉。

在春天的这个美妙的上午，时光在静悄悄地前进，地板上的那条阳光光带在慢慢移动。德罗戈不时盯着它看一会儿，根本不想去处理床边桌上堆积的那些文件。另外，这里十分安静，静得使人感到有些奇怪，偶尔传来的号声也没有打破这种寂静，蓄水池漏水的声音也没有给这种寂静带来损害。德罗戈就是被提升为少校之后也没有要求更换居住的房间，这几乎就是因为，他担心这样做不会给他带来好运。而且蓄水池的漏水声他也早已习惯了，不会再给他带来任何烦恼。

德罗戈看着一只苍蝇，它停在地板上的那条阳光光带中。在这个季节，竟然有苍蝇，不知道它是怎么度过寒冬生存下来的。他看着它，它小心谨慎地慢慢爬着，这时有人在敲门。

德罗戈注意到，敲门的声音与通常不一样。肯定不是那个勤务兵，也不是司令部的上尉科拉迪，这个人习惯喊一声报告，更不是平时习惯到这里来的那些人。德罗戈说："请进！"

门开了，老裁缝普罗斯多奇莫走进来，他已经驼背，穿着一身古怪的衣服，应该是过去上士穿的那种军装。他急急忙忙地向前走了一步，用右手食指打了个手势，意思显然是围墙外边出了什么事。

"来了！他们来了！"他低声叫着，好像这是一个重要机密。

"什么人来了？"德罗戈问。他看到裁缝这么激动，心里想着："真糟糕，这个家伙又要没完没了地胡扯了，至少得一个小时。"

"他们从那条大路上过来了，如果上帝要这样的话，从北边的那条大路上过来了！所有的人都到屋顶去看去了。"

"从北边的那条大路上？过来的是部队？"

"整营整营的部队！"老头禁不住喊起来，一边还攥紧了拳头，"这次肯定不会错，而且总参谋部也来信了，通知说将派增援部队到这里！要打仗了！要打仗了！"他喊着，不知道他是不是有点儿害怕。

"已经可以看见了？"德罗戈问道，"不用望远镜也可以看到了？"（他起身坐到床边，感到极为不安。）

"我的上帝，什么看见看不见！大炮已经可以看得清清楚楚了，有人数过，一共是十八门！"

"再有多长时间他们就能发动进攻？还要多长时间？"

"噢，有了那条大路，他们进展神速，我敢说，再有两天就到这儿了。两天，最多两天！"

这张该死的床，德罗戈自言自语，从一早开始我就被困在这张床上了。他心里甚至没有想过，普罗斯多奇莫会不会在说谎。突然之间他就觉得，所有的一切都是真的，他甚至感觉到，在某种程度上说，空气也变了，甚至阳光也变了。

"普罗斯多奇莫，"他一边喘着一边说，"去给我把卢卡叫来，就是我的勤务兵，不用按铃，要他立即到司令部去等着，有人会给他一些地图。快点儿，请你赶快去！"

"快，快点儿，少校先生！"普罗斯多奇莫边向外走边嘱咐，"不要再想您的病了，您也到围墙上去看看吧！"

普罗斯多奇莫急急忙忙走了，忘了把门关上。可以听到他穿过走廊远去的脚步声，接下来依然是一片寂静。

"上帝，让我好起来吧，我求求你了，至少让我好那么六七天。"德罗戈默祷着，无法控制自己的激动。他想马上站起来，无论如何都要站起来，马上到围墙上去，让西梅奥尼看到他，让这个家伙知道，他不会缺席，他在自己的指挥岗位上，他像通常那样承担起了自己的责任，他像是根本就没有病倒。

砰！走廊里刮过来的一阵风狠狠地吹着房门发出一声巨响。寂静之中，这声巨响发出很大的回声，而且让人感到很难听，这一巨响好像就是对德罗戈的默祷的回答。为什么卢卡还不来？这个傻瓜，只爬这么两段楼梯要用多长时间呢？

好了，不必等他了。德罗戈下了床，一阵眩晕袭来，但不一会儿就慢慢消失了。他来到一个镜子前，看着自己的脸，那张脸显得那么可怕，黄而消瘦。德罗戈想对自己说，这是那把胡子闹的。他仍然穿着睡衣，步履蹒跚地在房间里寻找刮胡子刀。为什么卢卡不马上来？

砰！风刮过来，房门又这样响了一声。"真是见鬼了！"德罗戈一边自言自语一边走过去关门。这时，他听到了那个勤务兵走来的脚步声。

乔瓦尼·德罗戈少校刮过胡子，整整齐齐地穿好衣服——但他感到军装很肥大，身子在里面可以晃来晃去——从房间里走出来，向走廊里走去，他觉得，这个走廊好像比平时显得长得多。卢卡走在他旁边，略微靠后一些，好随时去搀扶少校，因为他看到这位军官用了很大的力气才站稳。现在，眩晕又突然袭来，德罗戈只得不时停下脚步，手扶着墙壁。他想："我太激动了，依然是神经质在作怪。但是，总的来说，我感到很好。"

确实，眩晕已经过去，德罗戈来到城堡屋顶最高处，那里正有好多军官用望远镜观察山头之间可以看得到的那块三角形地带。阳光很亮，乔瓦尼感到有点儿晃眼，他已经不习惯这样的阳光了。他含混地回答着在场的军官们的问候。他觉得，他的那些下级只是心不在焉地同他打招呼，好像他已经不再是他们的顶头上司，不再是一定意义上的他们的日常生活的裁判员，或许他的这种感觉只是恶意地理解了别人的心思。他们认为他已经没有用了？

这种坏念头只持续了不一会儿，更大的担心很快又冒出来：战争的意念又涌上心头。德罗戈首先看到的是，在新要塞顶上升起一股细细的烟柱，这就是说，岗哨重新做了安排，已经采取了特殊措施，司令部已经开始行动，但没有一个人征求他的意见，他可是这里的第二号人物啊。而且，甚至没有一个人将这些告诉他。如果不是普罗斯多奇莫主动来叫他的话，德罗戈可能仍然躺在床上，对这样的威胁一无所知。

他感到极为愤怒，极为痛苦，眼前发黑，不得不扶住墙头。

他极力控制自己，不让别人看到他的身体虚弱到了什么程度。他感到，在这些心怀敌意的人中间，自己是多么孤独。是的，这里有些年轻军官，比如莫罗中尉，他们对他不错，可是，尉官们的支持对他来说又有什么用呢？

就在这时，他听到有人在喊"立正"。西梅奥尼中校满脸通红，急匆匆走过来。

"我到处找你，都找了半个小时了。"他对德罗戈喊着，"我简直不知道该怎么办了！必须立即做出决定！"

他很亲热地走过来，皱着眉头，好像非常担心，急需德罗戈的建议。乔瓦尼感到自己似乎已经缴械投降，原来的愤怒一扫而光，尽管他清清楚楚地知道，西梅奥尼是在迷惑他。西梅奥尼原来认为，德罗戈不能动，没有必要再理会他，所以自己做了决定，至多不过是在一切过去之后再告诉他而已。后来，有人告诉他说，德罗戈在城堡内乱转，在寻找他，急于要表现自己的忠诚。

"我这里有斯塔齐将军的一份命令，"西梅奥尼说，以防德罗戈提出任何问题，然后把他拉到一边，以免别的人听到，"两个团即将到来，知道吗？你说，我往哪儿安排他们？"

"两个团来增援？"德罗戈吃惊地问。

西梅奥尼把命令递给他。将军宣布，为了安全起见，担心敌人有可能挑衅，已经调第十七步兵师的两个团增援城堡，第二序列是一个轻型炮兵大队。另外还决定，一旦可能，将恢复原来的驻防编制，也就是说，兵员将恢复满额，必须为这些军官和士兵准备营房。自然，一部分需要在野外驻扎。

"我已经派了一个排前往新要塞，我做得不错，不是吗？"西梅奥尼马上又说，以不让德罗戈有机会回答，"你不是已经看到他们了吗？"

"是的，是的，你这样做很好。"乔瓦尼吃力地回答说。西梅奥尼的话好像从远处传来一样断断续续进入他的双耳，显得有点儿不像是真的人声，周围的东西晃来晃去，让人觉得很不舒服。德罗戈感到难受，一阵强烈的疲竭突然袭来，他的心思完全集中于怎么努力站稳。"啊，我的上帝，啊，我的上帝！"他在心里默念着，"帮帮我吧！"

为了掩饰他的虚脱，他要人递给他一个望远镜（依然是西梅奥尼中尉的那个著名的望远镜），双臂支在墙头上向北方观望，这个墙头使他站稳没有摔倒。咳，要是敌人能等一等该多好，哪怕只等一点点时间，一个礼拜就可以，他就能够恢复一点，他们已经等了好多年，难道就不能再等几天，仅仅是几天？

他在望远镜中观察着那个能够看到的三角形地带，希望不要发现任何东西。大路上空无一人，没有任何活物的迹象。德罗戈在等着敌人打过来的期待中耗费了自己的生命之后，他希望的仅仅就是这些。

他希望什么也不要看到，可是，一条黑带斜着穿过白茫茫的荒原，这条黑带在慢慢蠕动，很多人和辎重组成的队伍正在向城堡这边运动。根本不是防卫边界时所需要的少数人组成的部队。这是北方的大部队，他们终于来了，不知道他们……

就在这时，德罗戈在望远镜中看到一个黑影，这个黑影突然像旋风一样旋转起来，黑影越来越深，眼前成了一片漆黑。他的身子一软，像一个木偶一样瘫倒在墙头。西梅奥尼及时将他扶住，扶着他的没有生命气息的身子，透过衣服感觉到了他的消瘦的骨架。

第二十八章

　　乔瓦尼·德罗戈在床上躺了一天一夜，蓄水池有节奏的漏水声不时传来，其余再也没有别的声响，尽管整个城堡骚动不安，这骚动每一分钟都在扩展。德罗戈完全被孤立了，他极力想要知道，自己的身体现在究竟如何，丧失的体力是不是开始恢复。罗维纳大夫对他说过，也就是几天的事。可是，到底是多少天？是不是能够赶在敌人到来之前至少可以站起来，穿好衣服，奋力登到城堡顶上？他时不时地从床上起来，每次起来都感到比前一次好些。他不扶墙来到镜子前，可是，脸色越来越黑，越来越消瘦，这种样子使他的新希望又破灭了。一阵眩晕使他脸色发白，只好又趔趔趄趄地回到床上。这个可恶的大夫，他竟然治不好我的病。

　　地板上的光带变成了一大片亮光，应该至少十一点了。庭院里传来异样的声音，德罗戈一动不动地盯着天花板。这时，城堡司令西梅奥尼中校来到他的房间。

"怎么样？"他热情地问道，"好一点儿了？可你的脸色相当不好，知道吗？"

"我知道。"德罗戈冷冷地回答，"北方的人又向前移动了？"

"不是什么向前移动，"西梅奥尼说，"他们的大炮已经到了台地的最高处，现在正在部署……可是，对不起，你得原谅我，如果我没有来……这儿简直成了地狱。今天下午第一批增援部队就到了，我现在只有五分钟的空闲……"

德罗戈说："希望我明天能站起来，可以多少给你一点儿帮助。"他感觉到，自己的声音在颤抖，这使他感到吃惊。

"哦，不，不，你不必想这些事，你应该想着赶快痊愈，不要以为会把你忘到一边不管了。倒是相反，我得到一个好消息，今天将派一辆漂亮的车来接你。什么战争不战争，第一位的是朋友……"西梅奥尼竟敢这样说。

"一辆车来接我？为什么来接我？"

"是来接你，当然是来接你。你不要一直待在这个破房间里，城里会给你提供更好的治疗，用不了一个月你就可以痊愈。你不必惦记这里，反正最困难的时刻已经过去。"

极度的愤怒涌到德罗戈的胸口。他放弃了一生中最好的东西等待着敌人的到来，这是三十多年来维系自己生命的唯一的信念，可是正是在现在，就在战争终于到来之际，他们要把他赶走？

"你们应该听听我的意见，至少应该这样。"他回答说，声音因愤怒而颤抖，"我哪儿也不去，我要留在这里。我的病并非像你想的那样严重，明天我就起来去……"

"请你不要激动，不要激动。我们什么都没做，你要是这样激动的话，你的病会更加恶化。"西梅奥尼这样说，同时极力装出理解的微笑，"只是，我觉得这样更好，罗维纳大夫也说……"

"罗维纳说什么？是罗维纳让你去要的车？"

"不，不是。关于车的事没有同罗维纳谈过，可他说，换一下环境对你有好处。"

德罗戈这时想作为一个真正的朋友对西梅奥尼说真心话，想把自己的真心向他敞开，就像对奥尔蒂斯那样。另外，西梅奥尼毕竟也是一个男人。

"西梅奥尼，"他改变了语调，以试探的口气说，"你也知道，在这里，在这个城堡……所有的人都是因为抱着一种希望才留下来的，这一希望……这是很难说出口的事，可是，你也知道得清清楚楚。"（他确实不知道应该怎么解释：某些事怎么才能让这么一个人清清楚楚地了解呢？）"如果不是为了这种可能……"

"我不懂这些。"西梅奥尼以明显的不耐烦口气说。（他想，德罗戈也变成了一个悲悲切切的人了？疾病把他折磨得如此不经一击了？）

"可是，你应该懂。"乔瓦尼继续坚持，"我在这里等待了三十多年……很多好机会我都放过了。三十年不是一天半天，完全就是为了等待这些敌人到来。现在，你不能强人所难……现在你不能这样强迫我离开，我有权留下来，我认为……"

"好了，"西梅奥尼怒气冲冲地说，"我想，我是为了你好，你竟然这样报答我，真是好心不得好报。我专门派了两个传令兵，特意让一队士兵晚点儿出发，好给派来的车让出路来。"

"可是，我什么也没有对你讲。"德罗戈说，"我应该感谢你，你做的都对，这我知道。"（他想，咳，多么不幸，居然得善待这么一个无赖。）他又不加考虑地说："另外，那辆车可以留在这里，现在我的身体条件也不可能走这么远的路。"

"刚才你说，明天你就可以起来，现在又说你连车都坐不了，对不起，你连你真的想要什么都不明白……"

德罗戈极力想纠正："哦，不是这样，完全是另外一回事，走这么远的路是一回事，前往巡逻小路是另外一回事，可以让人给我拿一个凳子，如果我感到虚弱，可以坐下来。"（他想说搬一张"椅子"，这样说好像太可笑。）"在那里我可以监督后勤，至少我能够看着。"

"留下来，那就留下来吧！"西梅奥尼这样说，好像是要结束谈话，"可是，我真不知道该让马上就到的军官们住到哪里，我总不能让他们睡在走廊里吧，总不能让他们睡地下室吧！这个房间至少可以放三张床……"

德罗戈冷冷地盯着他。西梅奥尼竟然走到了这样的地步？他把他德罗戈赶走竟然只是为了腾出一个房间来？仅仅只是为了这个？德罗戈想，根本不是什么关心，根本谈不上什么友谊。德罗戈想，早就应该认清这个家伙的真面目，早就应该对这么一个恶棍不抱任何幻想了。

看到德罗戈不说话了，西梅奥尼来了劲，再次说："这里完全可以放三张床。两张在这堵墙这边，另外一张放到那个角上。看到没有？德罗戈，如果你听我的，"他一点客气都不讲地解释说，"如果你彻底听我的，就能够方便我承担起职责，而如果你留在这里，对不起，你知道我要对你说什么？你现在这种状况，我看不出你能做什么有用的事。"

"好了，"乔瓦尼打断了他，"我懂了，现在，到此为止吧。请吧，我的头也疼起来了。"

"请原谅，"对方说，"如果我坚持的话，请原谅。可是，我必须尽快把这件事安排好。反正车已经在来的路上了，罗维纳也同意你离开，这样这里可以腾出一个房间，你会很快好起来。说到底，让你这个病人留在这里，如果出点儿什么不幸的话，我也担着很大的责任。我真心诚意地对你说，你强迫我承担了一项不小的责任。"

"你听着，"德罗戈回答说，可是他知道再这样争论也显得有些荒唐，一边这样说着，一边盯着那条沿着木墙斜着向上移动的光带，"如果我对你说不的话，请原谅。可是，我愿意留下来。你不会有任何麻烦，我愿向你担保，如果你要的话，我可以给你写一份书面担保。去吧，西梅奥尼，让我安静安静，我可能没有几天活头了。让我就留在这儿，我在这个房间已经睡了三十多年了……"

对方沉默了一会儿，轻蔑地看着他的这位有病的同事，脸上带着坏笑。他换了一种口气："如果我作为上级要求你呢？如果我说的是命令，你能说什么呢？"说到这里，他停顿了一下，看看会有什么反应，"这一次，亲爱的德罗戈，你没有表现出你平时所具有的军人精神，我不得不向你指出这一点来，这让我感到很遗憾。不管怎么说，你肯定得走，不知道有多少人要来换你。我也不得不承认，对你来说确实很遗憾，可是，人这一辈子不能什么都得到，也需要服从……现在我让你的勤务兵过来，帮你把东西整理一下。来的车应该是两点到达。好了，等会儿咱们再见……"

他这样说完之后故意急急忙忙走了，显然是为了不让德罗戈再有机会提出异议。他用力关上门，快步向走廊走去，像个非常满足的人，像个完全控制了局面的人。

现在这里只剩可怕的寂静。咚！墙那边传来蓄水池漏水的声音。然后，除去德罗戈的急喘，房间里听不到任何其他声响，那急喘之声很像啜泣。外面阳光明媚，明丽得几乎超过其他任何一天，连石块也被晒得开始发烫了。远处传来水在陡壁上流下去的单调声响。敌人聚集到城堡下面那个台地上，平地的那条大路上，大批人马辎重正在源源不断地涌过来。城堡前的斜坡上，一切已经准备就绪，军需供应情况正常，士兵部署妥当，武器也已全部检查过。所有的眼睛都盯着北方，尽管由于大山阻挡什么也看不到（只有新要塞可以看清所有情况）。现在很像很久之前的一天，那天，那些身份不明的人前来划界，也像当时一样，心吊在半空里，既害怕又有点儿兴奋。总之，没有一个人还想着德罗戈，他正在勤务兵卢卡的帮助下穿衣服，准备马上离开。

第二十九章

那辆车确实是一辆很体面的车，走在乡间道路上甚至可以说有些奢华，如果不是在它的窗口有军团的徽章的话，人们会以为这是一辆富翁的豪华车辆。车夫的座位上坐着两个士兵、马车夫和德罗戈的勤务兵。

首批增援部队已经抵达城堡，这里一片纷乱，在这种乱哄哄的气氛之中，没有一个人太多地关注一个面无血色的消瘦军官，他正从楼梯上慢慢下来，来到门口，出门后向停在外边的那辆车走去。

明媚的阳光照着平地，这时可以看到，士兵、马匹和骡子组成的长长的队伍由谷底而来，正在平地上前进。军人们尽管因为急行军而显得很疲累，但他们仍然加快步伐，快速向城堡前进。队伍前的鼓乐手们很突出，他们取下乐器的灰布套，像是很快就要奏乐。

有几个人来同德罗戈告别，但只是很少几个，再也不像以前那样人多。看来，大家都知道他要走了，在城堡的军官序列中他已经无足轻重了。莫罗中尉和另外一名军官来向他道别，祝他一路顺风。可是，那是极为简短的告别，其间的情感是年轻人对老一代人的那种平平淡淡的情感。其中一个人对德罗戈说，司令西梅奥尼先生要他等一会儿，这个时候司令忙极了，实在过不来，希望德罗戈少校先生像通常那样耐心等待几分钟，司令一定会来的。

但是，德罗戈一上车之后就下令马上出发。他把窗帘向下拉开一些，以便能够更多地呼吸车外的新鲜空气。他的腿上盖了两三条深色的毯子，军刀在毯子上闪着寒光。

车子颠簸着向那片满是石块的平地走去，德罗戈的人生旅程转变了方向，开始向最后的终点走去。德罗戈坐在座位上，将脸转向一边，他的头随着车轮的碰撞晃来晃去。他看着城堡的黄墙，那堵墙越来越矮。

就在那上边，他过着与世隔绝的生活，为了等着敌人，他忍受了三十多年。现在，外国人到了，就在这时，他被赶走了。可是，他的同伴们，那些在山下的城市里过着轻松快活的日子的人们，现在来到这个谷地隘口，他们可以带着高高在上者的轻蔑笑意来收获这份给他们增光的猎获物了。

德罗戈的眼睛盯着城堡的灰黄色的围墙和灰头土脸的营房的轮廓，他从来没有这样死死盯着这些东西看过，苦涩的眼泪慢慢从满是皱纹的脸上流下来。一切就这样可怜地结束了，再也没有什么好说的了。

对德罗戈来说，有用的东西一点也没有了，确确实实一点也没有了。在这个世界上，他孤身一人，而且有病在身，人家把他赶走了，像一个麻风病人一样赶走了。可恶的东西们，可恶的东西们，他这样默念着。可是，他还是想，随它去吧，什么也不要想了，不然的话，强烈的愤慨会涌上心头，让人难以忍受。

太阳已经开始向西偏去，可是，还有很远的路要走。两个士兵坐在车夫座上，若无其事地闲谈着，是停是走，他们都不关心。他们听天由命，不会有什么荒唐的想法使他们焦虑不安。车子相当结实，确实是为病人用的车子，每遇到路上的一个坑它都晃动一下，像一个精密的天平。城堡及其周围的风光显得越来越小，越来越淡，尽管城堡的围墙在春季下午的阳光中闪耀着怪异的光芒。

车子来到平地的边缘，从这里开始，大路就向下进入峡谷之中了。这时德罗戈想，这是看那个城堡的最后一眼了，很可能是最后一眼了。他自言自语："永别了，城堡。"但是，德罗戈有点儿头脑不清，竟然连让拉车的马停下来的勇气都没有，停下来以便再看一眼这个老城堡。经过多少世纪之后，只是到了现在这一时刻，这一城堡的合乎情理的生命才即将开始。

德罗戈仍然可以看到那些黄色的围墙、歪歪扭扭的碉堡、神秘的要塞、缓冲地带侧面的黑色峭壁，但只能再看不多一会儿。乔瓦尼觉得——但这只是一转眼的事——那围墙突然向天空升去，闪着光，然后，突然被长着野草的峭壁挡住，大路就蜿蜒穿越于这些峭壁之间。

快到五点时，他们来到一个小旅店，路从这里开始在峡谷的一侧蜿蜒。高处是一些红土中长着野草的山头和一些也许从来没有人到过的山蜂，很像海市蜃楼，峡谷深处传来河水流动的响声。

他们的车在小旅馆门前的小广场上停下来，这时，一个滑膛枪营正好从这里走过。德罗戈看着这些人走过，他们个个都很年轻，由于疲惫，脸色发红，脸上流着汗水，这些人吃惊地看着他。只有那些军官同他打招呼。在向前开拔的那些人当中，他听到一个人说："过你的舒服日子去吧，老家伙！"但是，没有一个人因此而发笑。在他们前往参加战斗之时，他却怯懦地下山来到这块平地。那些士兵可能在想，多么可笑的一名军官，除非他们没有从他的脸上看出，他这次行程也是在走向死亡。

他无法摆脱那种说不清的昏昏沉沉的感觉，很像一片迷雾罩在眼前，或许是由于马车的颠簸，或许是由于病痛的折磨，也许仅仅是因为看到生命即将不幸地结束所产生的痛苦。对他来说，一切都已经无关紧要，绝对无关紧要。一想到他要回到自己的城市，步履蹒跚地在空无一人的家里转来转去，或者在床上一躺就是几个月，孤独烦恼，一想到这些他就感到害怕。他根本不想尽快到家，于是决定，就在这个小旅馆过夜。

他在等着，等着那一营人全部走过，等着那些士兵的脚步扬起的灰尘落下来，等着他们的辎重的响声被河水的响声盖过，这

才慢慢扶着卢卡的肩膀从车上下来

　　一个女人坐在门口，专心致志地做她的袜子，脚边是一个乡村流行的摇篮，里面睡着一个男孩。德罗戈呆呆地看着那个男孩，他睡得是那么香，完全不同于大人，他睡得是那么深，那么优雅。在那个男孩的年龄，那些纷乱的梦想还没有产生，小小的心灵没有妄想或者愧疚，无忧无虑地在清新安谧中徜徉。德罗戈停下脚步，看着这个睡梦中的男孩，一股强烈的痛苦涌上心头。他想象着沉浸于梦乡之中的自己是个什么样子，那是一个特殊的德罗戈，是他永远也不能认识的德罗戈。自己的身体是个什么样子已经清清楚楚，瘦得皮包骨头，喘得上气不接下气，大张着嘴无法合拢。然而，有那么一天，他也曾睡得像那个男孩一样，也是那么天真优雅，也许也有那么一个有病的老年军官停下脚步来苦涩吃惊地盯着他看。"可怜的德罗戈。"他自言自语地说。他知道这是由于身体虚弱，但不管怎么说，在这个世界上，他无限孤独，除去他自己之外再也没有第二个人爱他。

第三十章

卧室里，德罗戈坐在一把很大的椅子上。这是一个很美妙的傍晚，清新的空气从窗口飘进来。他有气无力地望着天空，天色越来越蓝，紫红色的峡谷和山头依然沉浸于阳光中。城堡已经很遥远，连它周围的那些大山也看不到了。

对于其他人来说，这应该是一个幸福的夜晚，哪怕是一个命运一般的人，也应该认为这是一个不错的时刻。乔瓦尼想到了黄昏时的城市，想到了对美好季节的焦急甜蜜的想望，沿着河边大道漫步的成双成对的年轻伴侣，从打开的窗口传来的钢琴弹奏的和弦，远方传来火车的汽笛声。他想象着从北方荒原上敌人营地打来的炮火，城堡上那些在风中摇曳的灯笼，大战前夕那不寻常的不眠之夜。所有的人无论如何都会有理由心存想望，哪怕只是很小很小的理由，所有的人都在想望，只有他一个人除外。

下面，大房间里，一个人开始唱起来，然后是两个人的合唱，他们唱的是一种民间的情歌。瓦蓝瓦蓝的天空中两三个星星在闪烁。在这个房间里，只有德罗戈一个人，勤务兵到下面去了，他想去喝上一杯，角落和家具下面好像有一些可疑的影子集聚在那里。有那么一刻，乔瓦尼好像再也忍不住了（反正没有一个人能看到他，世界上没有一个人会知道），德罗戈少校有那么一刻感到，他的心灵被痛苦紧张压得喘不过气来，马上就要号啕大哭。

就在这时，从内心深处闪过一个念头，一个可怕而清晰的新念头：死亡。

他觉得，时间前进的步伐好像已经停止，好像被施了魔法一样停住了。最近一个时期以来眩晕越来越严重，后来，眩晕突然之间消失了，世界好像停在一种漫无边际的冷漠中再也不动了，好像钟表的指针只是在空转。德罗戈前进的道路终止了，这时他好像来到荒凉寂寥的海边，灰蒙蒙的大海漫无边际，空空荡荡，四周既没有一座房舍，也没有一棵树、一个人，一切都陷入永恒不变的远古时空之中。

他感到，一个黑影从很远很远的地方向他奔来，黑影越来越大，越来越浓。现在看来，只是几个小时的事了，也许是几周，或者几个月。可是，就要面临死亡之时，就算是几个月或者几周也太微不足道了。就这样，这一生化为一个笑柄了结了，在这场本来是令人骄傲的赌博中，彻底赌输了。

室外，天空变成了深蓝色，但西边仍然有一丝阳光，照耀着大山的紫色边缘。黑暗已经透进他的房间，只能模模糊糊地分辨出家具的令人胆寒的轮廓，泛着白光的床，以及德罗戈的发亮的军刀。他知道，就是挪到军刀那里他也不可能做到了。

他就这样被包围在一片漆黑之中，吉他伴奏的悦耳歌声仍然从楼下传来。乔瓦尼·德罗戈这时感到，内心深处产生出一种极为强烈的希望。在这个世界上，他孤零零一个人，而且有病，他像令人讨厌的负担一样被赶出城堡，他落到了所有人的后面，他萎靡虚弱，但他仍冒昧地想象，所有的一切也许并没有结束，因为也许他的重要机会真的会到来，为之付出整整一生的最后那场战斗会真的到来。

最后的敌人正在迎面向乔瓦尼·德罗戈走来。那不是像他一样的人，不是像他一样因欲望和痛苦而忍受折磨的人，不是有血有肉可以伤害的人，不是有一张脸可以观察的人，而是一个全能的、可恶的生灵。不可能再在围墙之上战斗了，不可能再在人们赞扬的喊叫声中在春天的蓝色晴空下战斗了，没有朋友们站在身边，朋友们哪怕看上他一眼也可以使他的心重新振作起来，没有枪声和火药的刺鼻味道，荣耀的前景也无踪无影了。所有的一切将发生于一个不知名的小旅馆的一个房间里，在烛光下，在活生生的孤寂之中。不再为在阳光明媚的春日上午戴着花环在年轻女人的微笑中凯旋而战斗了。没有一个人看他，没有一个人将对他说，他是好样的。

唉，这是一场比他过去所希望的战斗还要艰苦的战斗，就是老战士也不愿去尝试。因为，在野外，在用自己依然年轻健壮的身体参加的激烈混战中，在嘹亮的冲锋号声中，冲锋陷阵而死更为美好。当然，由于受伤而在忍受长时间的折磨后在一个医院的大病房中去世确实很痛苦。在家里的床上，在亲友们的哀哭声中、昏暗的灯光下和装药的瓶瓶罐罐之间死去也很可悲。但是，没有任何情况比如此而死更为难以忍受了：在一个与自己毫无关系的不知名的小村庄，在一个小旅店的一张普普通通的床上——村庄、旅店和那张床又是那么陈旧、那么丑陋，在世界上没有留下任何一个亲人的情况下默默无闻地走了。

"鼓起勇气，德罗戈，这是最后一张牌，要像一名战士一样去面对死亡，你的错误的一生至少还是应该完美地结束。最终也要向命运挑战，没有一个人再赞扬你，没有一个人将说你是英雄，或者类似的什么名分，可是，正是这样才值得。迈步跨过去，站到阴影边上，笔直地站着，像阅兵时那样笔直地站着，而且面带微笑，如果还能够笑的话。在所有这些之后，良心就不会再感到那么沉重了，上帝将会饶恕你。"

乔瓦尼对自己说，这是一种祈祷，他感到生命的最后一道环正在将自己箍紧。从过去的事情组成的那个痛苦的深井中，从破灭的希望中，从忍受过的厄运中，涌出一股强大的力量，那是他从来不曾想望过的一股力量。一种无法形容的兴奋向乔瓦尼·德罗戈袭来，他突然发现，他现在完全平静下来，几乎是急于重新开始去迎接挑战。是的，人们不能在一生中强求得到所有的一切，是这样吗？如果是这样的话，那么，西梅奥尼的情况又怎么说呢？现在，德罗戈将努力做给你看一看。

德罗戈，要鼓起勇气。他试着鼓足劲，极力挺住，想逗一逗这种可怕的想法。他用尽全身心的力气，不顾一切地振作起来，像是出发去作战，以他一个人的力量去对付一个兵团。过去的恐惧很快消失了，梦魇退缩了，死亡不再那么令人毛骨悚然，变成一件简简单单的事，一件符合自然规律的事。乔瓦尼·德罗戈少校忍受了疾病和时日的折磨，这个可怜的人用力冲向那扇黑色的大门，他感觉到，两扇门好像不必推就自己打开了，让他一步就迈到了室外。

这样说来，对城堡斜坡下面的局势的担忧，在北方沙漠荒原上的巡逻，为晋升而付出的代价，漫长的等待，对他来说，统统都一钱不值了。甚至也不必嫉妒安古斯蒂纳了。是的，安古斯蒂纳是在暴风雪中死在了山顶，是因他自己的过失而死的，但他是很体面地去世的。在德罗戈现在这样的情况下，像他这样遭受疾病折磨，又被放逐于这些陌生人当中，要想像一名战士一样悲壮地死去可以说是野心太大了。

唯一的遗憾是，他不得不带着这一可怜巴巴的躯体前往另一个世界，他现在瘦得皮包骨头，皮肤煞白而松弛。德罗戈想，安古斯蒂纳死的时候身体完好无损，尽管已经好多年过去了，在德罗戈的心目中，安古斯蒂纳的形象依然清清楚楚，还是身材高挑，年轻优雅，面庞英俊，讨女人们喜欢，这就是这个人的优势所在。可是，谁能知道，一旦过了那道黑门之后，他德罗戈是不是也不可能再恢复原来的样子；他原来说不上英俊（因为他一直就并不英俊），但很年轻，很精干。德罗戈像一个孩子一样对自己说，这是多么高兴啊，因为他感到极度的自由自在，感到极度的愉快。

然而，很快他又想到，所有这一切是不是在骗人？他的勇气是不是只是一种自我陶醉？是不是只是由于美丽的黄昏、清新的空气、躯体疼痛的暂时消失和下面传来的歌声？是不是再过几分钟，再过一小时，他又不得不再成为以前的那个虚弱的、败兵一样的德罗戈？

不，德罗戈，不要再想了，现在不必再埋怨了，最重要的事已经完成。尽管疼痛又向你袭来，尽管歌声已经停止因而不能再安慰你，而是相反，那带着臭味的浓雾今天夜里还会笼罩过来，尽管如此，一切仍将是原先的一切。最重要的事已经完成，人们再也不能蒙骗你了。

房间里已经很暗，只有用力分辨才能看到那张白乎乎的床，其余的一切全是一片漆黑。再过一会儿，月亮就应该升上天空了。

德罗戈，你是还能来得及看到它呢，还是在此之前就不得不走了呢？房间的门轻轻地响了一声，也许是一阵风吹进来，只是不宁静的春天之夜一股空气流动的声响。也许正好相反，是她进来了，迈着轻轻的脚步进来了，现在正在向德罗戈的椅子走来。乔瓦尼打起精神，坐直上身，用一只手整理了一下军装的领子，向窗外再看上一眼，仅仅只是短短的一眼，看一看他最后能够看到的不多的几颗星星。然后，在黑暗中，尽管没有一个人看他，他轻轻地笑了。

原版介绍：迪诺·布扎蒂

生平

迪诺·布扎蒂1906年10月16日出生于贝鲁诺市附近圣佩莱格里诺镇的一座16世纪的别墅中，这座别墅是他家族的财产。他父母后来到米兰定居，住在圣马可广场12号。他的父亲朱利奥·切萨雷是帕维亚大学和米兰博科尼大学的国际法教授，母亲阿尔芭·曼托瓦尼跟她丈夫一样，也来自威尼托地区，是执政官巴多埃尔·帕尔特奇帕齐奥家族的后代。

1916年，迪诺·布扎蒂进入米兰帕里尼中学学习，1919年转入高级中学。从青年时期开始，这位未来的作家就显现出了他未来创作的兴趣、主题和激情，并坚持终身：大山、绘画、诗歌，他的日记可以证明这一点。这一日记——仅在1966年到1970年之间有短暂的中断——记录了他整整一生对这些的感受和思索。

1920年夏天，他第一次到多洛米蒂山区游览，后来曾多次游览这一山区。同时，他被阿瑟·拉克姆的富有想象力的插图所吸引，开始写作和画画。他阅读陀思妥耶夫斯基并迷上了埃及文物学。同年12月，写出了他的第一篇文学作品：《山里的歌》。依然是在1920年，他的父亲因胰腺肿瘤去世，年仅14岁的他开始担心自己也会患上这种疾病。

　　1924年，布扎蒂通过高中毕业考试后注册进入大学法律系学习，1928年10月30日毕业，毕业论文的题目是《政教条约的法律本质》。几个月前，在米兰特利埃兵营服役后，他已被《晚邮报》录用，报道社会新闻。1931年，他开始为《伦巴第人民》周刊撰稿，写的是戏剧短评和短篇小说，首先是画插图和素描。1933年，他的第一部长篇小说《山里的巴尔纳博》出版，两年后出版了《老林中的秘密》。1939年1月，他将《鞑靼人沙漠》的手稿交给他的朋友阿尔图罗·布兰比拉，请他转交莱奥·隆加内西，后者正在为里佐利出版社准备一套题为"文艺女神的沙发"的新丛书。由于因德罗·蒙塔内利的推荐，隆加内西同意出版布扎蒂的这本新小说。但是，隆加内西在一封信中要求作者换掉原来的书名《城堡》，以避免对已经近在眼前的战争的任何影射。1939年4月12日，布扎蒂乘"哥伦布"号船来到那波利，准备作为《晚邮报》的特派记者和摄影记者前往亚迪斯亚贝巴。第二年，他作为前线记者乘坐"大河"号巡洋舰再次从那波利离港。就这样，他参加了——尽管只是作为见证人——撒丁岛的泰乌拉达角战役，马塔潘角战役和在苏尔特发生的两次冲突，向报社发回了他的报道。1945年

264

4月25日是解放日，这一天的《晚邮报》头版刊登了《值得纪念的时刻的报道》，这篇文章也应该是他写的。

同一年，《熊入侵西西里的著名事件》出版，插图是作者自己画的。《烟斗书》同年出版，这是一本"幽默幻想教育小书"，插图为19世纪风格，是同他的姐夫埃佩·拉马佐蒂合作的成果。1949年，短篇小说集《斯卡拉歌剧院的恐怖》出版。同年6月，他被《晚邮报》派去报道"环意大利自行车赛"。有关这一活动的报道后来由克劳迪奥·马拉比尼结集于1981年出版。1950年，出版家内里·波扎将88篇短篇作品结集为《恰恰就在此时》出了第一版，这本书收集的是布扎蒂的笔记、短评、短篇小说和消遣性作品等。四年后蒙达多里出版社出版了短篇小说集《巴利维尔纳的倒台》，布扎蒂因此书同维琴佐·卡尔达雷利并列获得"那波利奖"。

1955年，阿尔贝·加缪为法国观众改编了剧本《临床案例》，由乔治·维塔利导演在巴黎演出。同年10月1日，由卢恰诺·卡伊利作曲的音乐剧《架高的铁路》在贝加莫市上演。1957年1月，布扎蒂取代莱奥纳尔多·博尔杰塞担任《晚邮报》的艺术评论员。同时他也为《星期日邮报》工作，主要处理标题和解说。布扎蒂写了一些诗，这些诗后来被收入诗集《皮克上尉及其他诗歌》。1958年，《绘图故事》出版，11月27日在米兰市麻葛王画廊举办他的个人绘画展时向公众推出了这本书。

他的作品继续在剧场演出，在电台广播，在电视台播出。1961年6月8日，母亲去世，两年后他将这一内心的伤痛写成随笔收入《两个司机》。后来的几年中，他作为报社外派记者到过很多地方，比如东京、耶路撒冷、纽约、华盛顿和布拉格等。在布拉格，他参观了卡夫卡故居，评论界经常把他与这位作家相提并论。布扎蒂的书、他的展览以及他的作品的上演等消息越来越多地见诸报端。1970年，因他在1969年夏天就人类登上月球在《晚邮报》发表的文章而被授予"马里奥·马萨伊"新闻奖。这一年3月10日，法国电视台播出了保罗·帕维奥翻译的《一只见过上帝的狗》，即他的同名短篇小说的翻译作品。9月在威尼斯的运河画廊展出了他画的向圣里塔还愿的奉献物的画作。

1971年2月27日，根据布扎蒂的短篇小说《我们不等别的》改编的独幕三场剧《喷泉》在的里雅斯特市上演，导演是马里奥·布加内利。同年，夏尔赞蒂出版社出版了布扎蒂的带解说词的还愿画作《瓦尔·莫雷尔的奇迹》。11月8日，《今日》周报发表了就"信仰的永恒需求"对布扎蒂的长篇采访。11月在罗马的空间画廊展出了他的画作，同时介绍了评论他的作品的书，书名为《画家布扎蒂》。蒙达多里出版社出版了他的短篇小说和随笔集《艰难之夜》。这可能是作者自己最后编辑出版的一本著作。12月1日，回到老家圣佩莱格里诺做"最后的告别"，七天后，《晚邮报》发表了他的最后一篇随笔《树木》。同一天住进米兰的圣母像医院。1972年1月28日，外面下起暴风雪，布扎蒂以他在小说《鞑靼人沙漠》中塑造的那个著名人物的那种勇敢的尊严在米兰与世长辞。

作品

　　布扎蒂的作品尽管五花八门，体裁多样，各不相同，但经常出现一个主题：大山，它作为一个不变的元素既出现于文字作品之中，也出现于绘画中，而且他的第一部长篇小说也配了很多没有发表过的插图。在《山里的巴尔纳博》（1933年）中，多洛米蒂山作为描写的对象和主体出现于叙述之中。布扎蒂似乎是将大山与他的令人不安的孤独结合到了一起，把大山作为这样一个地方：不管是属于什么阶级和等级的人，当他出生在世开始生命之旅时，他就在时间的黑夜中将根扎到这个地方了。

　　分析布扎蒂的所有作品后可以说，他的每一本书都与另一本书相互关联，因为它们表现的是人的一生的不同阶段：在无处不在的时间长河中，作家抽出历史的一个碎片进行阐述，将这一碎片扩展开来，形成一部长篇小说。小说的主角——其出身从未明确说明——被安排到将导致主角最后死亡的故事情节之中。每一个接下来的阶段都是一种新经历的开始。这是经过深思熟虑后做出的选择，这一选择在写作《山里的巴尔纳博》时就已经成熟，这部小说已经包含了随后的两部小说《老林中的秘密》（1935年）和《鞑靼人沙漠》（1940年）的主题：他的儿童时代的密林和成年时的"可怜的荒原"。由密林和大山构成的过去同沙漠中的等待之间的关联已经出现于一些短篇小说中，这些小说大部分收入《七信使》于1942年出版。由此也开始了对一种行程的描绘，即对持续的生活史的描绘。然而，对另一部历史的描绘也由此起步，这一历史就是作家自己写作进程的历史。作为记者，布扎蒂处于必须记录所发生的事件的位置，他在批判事件的消极方面的同时记录了这些事件，同时也扩展了所写的东西的道义责任。为完成这一任务，他选择了这样一种格调：使"死亡魔鬼"无限膨胀，使人的扭曲无限膨胀，这种扭曲使人的原始的纯洁丧失殆尽。

布扎蒂最著名的一部长篇小说是1940年出版的《鞑靼人沙漠》，是莱奥·隆加内西主编的一套丛书中的一部，这套丛书收集了"意大利和外国文学作品中最具特色的著作、伟大的和微不足道的人物的传记和回忆、有关昨天和今天的事件和幻想的故事"。布扎蒂将手稿交给这位出版家时只有33岁。从1928年起，他已经在为《晚邮报》工作，这一工作使"时间在流逝"的感觉深深扎根于他的心底：他看到同事们在白白等待奇迹中变老，那是从记者这一严苛的职业中出现的奇迹，这一职业将他的同事们孤立起来，使他们的活动范围只局限于一张书桌四周。这部小说中的"沙漠"恰恰就是在报社这一城堡中的生活所构成的历史，这一城堡所能够给予的奇迹就是忍受孤寂，孤寂就是那里的习性和天命。

为儿童写的童话《熊入侵西西里的著名事件》（1945年）只不过是在虚假的外衣掩饰下重复了《山里的巴尔纳博》的幻想，《鞑靼人沙漠》的那种等待的气氛、生活的行程、战斗中的死亡和精神与道义方面的抗争。因此，这根本不是一本那么天真的书，它证实了布扎蒂内心的和实质性的追求，即试图探索一条将各种文学体裁混合起来的道路。就在同一年,《烟斗书》也出版了,这本书是布扎蒂同埃佩·拉马佐蒂合作完成的。这本书的结构使得可以列举实际存在的和幻想中的所有各种烟斗。另外,插图同描述相互配合,内容更显丰富,细节更为突出。在让动物、风和自然界的各种东西像人一样讲话之后,布扎蒂现在极力也要赋予外表上没有生命的东西以生命。因此,描写烟斗的超现实的方式成了布扎蒂的梦幻性的标志,成了他改变自己的艺术表现方式的标志;在他的各种表现方式、对人和世界的断语中都体现出了这种改变。

在《斯卡拉歌剧院的恐怖》(1949年)中,布扎蒂的"审视恶习"和对死亡的觉醒将大山、神秘和纯洁的王国抛到一边,转而反映人声鼎沸、汽车奔流的米兰的沙龙中发生的事。他能以批判的眼光描写和观察第二次世界大战后笼罩意大利的那种氛围、资产阶级的妥协、破坏性的暴力事件,其间占主导地位的是怪诞和讥讽的格调,是冷峻而极为清晰的节奏,是新闻报道的义务掩盖下的道义和伦理力量。

对所从事的职业、如何解释世界的思考、笔记和反思,成为1950年出版的《恰恰就在此时》的组成部分,这本书收集了很多杂记、笔记、短篇小说,这些作为长篇小说的零星片段、自我对话和内心与外界的共鸣被结集为一书。这本书的叙述形式多种多样,由此开始走上恰恰像戏剧对白那样的对话性结构的道路,内心独白变成了动作、表演台词和演出剧本等形式。在《巴利维尔纳的倒台》(1954年)中,故事总是产生于由具体元素构成的一个核心事件，一方面，这一核心事件导致奇异的扭曲，另一方面，通向与社会道义、伦理和理性等职责相关联的领域。这时，他的眼光尽管也经常回到起源，但主要是转向未来，转向极力替代旧上帝的科学幻想式的假想。

这些小说虽然极为零碎，但无论如何总是通向意义的全面统一，正如1958年所再次证明的那样，这一年布扎蒂将他的最有意义的作品结集为《短篇小说60篇》出版。在这里也显现了一个信息，即关于集中于科学研究中的新危险的信息，这正是1960年的长篇小说《伟大肖像》创作的根由。这部关于"有生命的机器"的小说描写的是距写这部小说不太远的未来的情形，描写了一个"爱情"故事——这在布扎蒂的作品中是第一次。大科学家恩德里亚德不可思议地深深爱上了一台机器，这台机器是他的第一位去世的妻子的翻版。1963年出版的小说《相爱一场》叙述了一个表面上有所不同的故事，即关于一些男人希望得到真实爱情的故事，这些男人有相近的职业，抱有与尘世、金钱、社会地位相关的欲望。

布扎蒂的这些小说的主题也反映在他的诗作中，在这些诗作中，他利用他的歌剧作品中也出现的音乐、词汇、拟声似的声响、打击乐似的有含义的节奏等等来丰富人物的思想、呼声和形象。绘画、故事、诗歌和音乐的相互渗透在《绘图故事》（1958年）和《连环画诗篇》（1969年）中变成了相互重叠，最后在《瓦尔·莫雷尔的奇迹》（1971年）那样的连环画中也是如此。最后，所有这一切将会使行动的语言更为丰富，这样的语言将成为布扎蒂的大量戏剧作品的主要格调。1966年，另一部短篇小说集《魔法外套》出版，其中作为附录的是一篇不太长的小说《现代地狱纪游》，这成为阅读布扎蒂这部作品的一把钥匙，他的这一作品首先描写的是他周围的现实。希望进行沟通的愿望也表现在所用的语言方面，他的语言总是平实、易于理解的，是"新闻用语"，是一种所有人都可以接受，甚至孩子们也能接受的"俗语"。

最后一部短篇小说集《神秘商店》（1968年）是因作者自己所说的一种愿望而诞生的，即让读者更好地了解他所写的东西，也就是说，这些短篇小说应该被认为是围绕着预先选择的一些主题持续努力而产生的作品，这些主题涉及的是苦恼、失败和死亡、玄奥的诱惑、梦和回忆、对表面上看来似乎正常的事物背后的超现实和神秘性的探索。在这部小说中，布扎蒂使用了口头语言的词汇，既非讲究的、也不是矫揉造作的词汇，即我们每天交流时所用的词汇。通常所用的词汇、口头语言和一目了然的简洁句子，在合乎情理的界限被突破，因果之间的逻辑关系不再那么突出，对自然规律的相信丧失殆尽，最终好像成为难以理解的、不确实的、荒唐的东西之后，也可以获得极为有效和极具魅力的效果。

《神秘商店》一书之后出版的几本书是为报纸写的"报道"结集而成的文集，作家在其中置于最突出的地位的是，提请所有的人要注意他们的不完美，提请他们的目光要超越物质的和社会的局限。1971年9月出版了《艰难之夜》，去世后不多几个月，《人间报道》（1972年）也出版发行。他的调查性报道后来结集为《意大利的奥秘》（1978年）、《迪诺·布扎蒂关于环意大利自行车赛的报道》（1981年）和《犯罪新闻》（1984年）出版。他的创作生涯中的最后一些作品于1985年出版，这是从他的笔记本中摘出的一些笔记，结集为《兵团清晨出发》，另外就是他写给他的朋友阿尔图罗·布兰比拉的信件（《致布兰比拉的信》），再一次展现了他最关注和坚持的主题——首先是穿越表象挖掘出的秘密，布扎蒂始终努力从种种事物和各色人等中挖掘这些秘密。

命运

在20世纪的意大利舞台上，布扎蒂这位人物和他的活动起初确实被置于孤立、自闭，有时是被轻视的地位。这是一位很少有人认真看待的作家，这首先是由于最明显的苛求，即作品应该是书面信息而不是白纸上显露出的风格构成的装饰。他的作品的重要意义真的是法国评论界发现并突出报道的，布扎蒂是在法国出手册的第一位意大利作家。意大利评论界则相反，倾向于给他的作品贴上介于新闻报道和寓言之间的"小小说"的标签，或者说，实际上就是认为，他所写的就是这样的东西。布扎蒂在《现代地狱纪游》中也说："人们知道，评论家们一旦要把一位艺术家放进分类的一个格子中时，他们总是想要让他改变主意。"不管怎么说，最使他生气的评价是，认为他是某种"卡夫卡的竞争对手"。他在1965年3月31日的一篇随笔中写道："从我开始写作的时候起，卡夫卡就成了我的十字架刑具。某些人从我的长短篇小说、戏剧作品中不会找不到一些与这位波希米亚作家的相似之处、派生关系、模仿或者甚至是厚颜无耻的剽窃。我就是发一份电报，或者填写一份报税单，一些评论家也揭露说有什么可恶的相似之处。"

因此，一直到1965年，尽管发表了大量谈话，首先是在报纸和刊物上多次发表的谈话，但评论界真的仍然不认为布扎蒂的文学"信息"有什么重要价值。《相爱一场》出版后，很多人甚至对他大加抨击，指责他故意要写这样一本书，它的发行可以像发行歌曲磁带那样引起轰动。可是，早在1960年，布扎蒂就出版了格言集《尊敬的先生，我们不喜欢……》，作者在这本书中告诉读者和评论界，他们依然不懂他的作品，他感到有必要说出事情的真相。同样的想法在《现代地狱纪游》中也可以看出来，首先是在《博施作品全集》导言中可以看出来，这是一篇被忽视的文章，但它对于了解布扎蒂的道义和文学话题来说极为重要。所有这一切至少会让人觉得有点儿奇怪，特别是他的被翻译成多种语言的第三部小说《鞑靼人沙漠》引起轰动之后。由于作者在这部著作中对人类学的法则的偏爱和他在表面上对历史、对意识形态、对现实主义、对现代神话的漠不关心等等原因，以及他本人拒绝属于任何团体和流派，所有这些使他被封闭于一种低等文学流派之中。确实，在他去世后情况变了，评论界和读者的关注正在把布扎蒂在我国20世纪文学史上应该占据的地位归还给他，我们在这里所做的也正是如此。

作品目录

迪诺·布扎蒂的作品

长篇小说和短篇小说

《山里的巴尔纳博》，Treves-Treccani-Tumminelli 出版社，米兰–罗马，1933 年（后来是：Garzanti 出版社，米兰，1949 年；Mondadori 出版社，米兰，1979 年）。

《老林中的秘密》，Treves-Treccani-Tumminelli 出版社，米兰–罗马，1935 年（后来是：Garzanti 出版社，米兰，1957 年；Mondadori 出版社，米兰，1979 年）。

《鞑靼人沙漠》，Rizzoli 出版社，米兰–罗马，1940 年（后来是 Mondadori 出版社，米兰，1945 年）。

《七信使》，Mondadori 出版社，米兰，1942 年。

《熊入侵西西里的著名事件》，Rizzoli 出版社，米兰，1945 年（后来是：Martello 出版社，米兰，1958 年；Mondadori 出版社，米兰，1977 年）。

《烟斗书》，与 G. Ramazzotti 合著，两位作者绘插图，Antonioli 出版社，米兰，1945 年（后来是 Martello 出版社，米兰，1966 年）。

《斯卡拉歌剧院的恐怖》，Mondadori 出版社，米兰，1949 年。

《恰恰就在此时》，Neri Pozza 出版社，维琴察，1950 年（增订版第二版，1955 年；第三版，Mondadori 出版社，米兰，

1963 年）。

《巴利维尔纳的倒台》，Mondadori 出版社，米兰，1954 年。

《魔术演练》，短篇小说 18 篇，Rebellato 出版社，帕多瓦，1958 年。

《短篇小说 60 篇》，Mondadori 出版社，米兰，1958 年。

《绘图故事》，M. Oriani 和 A. Ravegnani 编，All'insegna dei Re Magi 出版社，米兰，1958 年 (L. Viganò 编的新版本，Mondadori 出版社，米兰，2013 年）。

《尊敬的先生，我们不喜欢……》，Siné 绘插图，Elmo 出版社，米兰，1960 年（后改名为《我们不喜欢……》，D. Porzio 序言，Mondadori 出版社，米兰，1975 年）。

《伟大肖像》，Mondadori 出版社，米兰，1960 年。

《相爱一场》，Mondadori 出版社，米兰，1963 年。

《魔法外套及其他短篇小说 50 篇》，Mondadori 出版社，米兰，1966 年。

《神秘商店》，Mondadori 出版社，米兰，1968 年。

《连环画诗篇》，Mondadori 出版社，米兰，1969 年。

《艰难之夜》，Mondadori 出版社，米兰，1971 年。

《瓦尔·莫雷尔的奇迹》，Garzanti 出版社，米兰，1971 年（收入第一版《一个女圣人的新奇迹》书目，Naviglio 出版社，米兰，1970 年；后以《为了受到的恩惠》之名出版，GEI 出版社，米兰，1983 年；此后仍以《瓦尔·莫雷尔的奇迹》之名出版，I. Montanelli 前言，L. Viganò 后记，Mondadori 出版社，米兰，2012 年）。

《长篇小说和短篇小说》，G. Gramigna 编，Mondadori 出版社，米兰，1975年（《子午圈》文集）。

《短篇小说180篇》，C. Della Corte 前言，Mondadori 出版社，米兰，1982年。

《兵团清晨出发》，I. Montanelli 前言，以及 G. Piovene 写的一篇介绍，Frassinelli 出版社，米兰，1985年。

《短篇小说精选》，F. Roncoroni 编，Mondadori 出版社，米兰，1990年。

《斯克罗杰先生的怪异圣诞节和其他故事》，D. Porzio 编，Mondadori 出版社，米兰，1990年。

《斗兽者》，C. Marabini 编，Mondadori 出版社，米兰，1991年（增补版的书名为《迪诺·布扎蒂的斗兽者》，L. Viganò 编，Mondadori 出版社，米兰，2015年）。

《选集》，G. Carnazzi 编，Mondadori 出版社，米兰，1998年（《子午圈》文集）。

诗歌

《皮克上尉及其他诗歌》，Neri Pozza 出版社，维琴察，1965年（后改名为《诗歌》，Neri Pozza 出版社，维琴察，1982年）。

《请问，去主教座堂怎么走？》，收入 G. Pirelli 和 C. Orsi 的《米兰》一书中，Alfieri 出版社，米兰，1965年（后收入《小诗两组》中，Neri Pozza 出版社，维琴察，1967年；之后又收入《诗歌》中，见前）。

《三声敲门声》，《咖啡》杂志，第5期，1965年（后收入《小诗两组》中，见前；之后又收入《诗歌》中，见前）。

剧本

《反对穷人的骚乱》，《电影》手册，罗马，1946年。

《临床案例》，Mondadori出版社，米兰，1953年。

《一位著名音乐家的悲惨结局》，《消息邮报》，1955年11月3—4日。

《家里仅她一人》，《意大利画报》，1958年5月，75 ~ 80页。

《窗户》，《消息邮报》，1959年6月13—14日。

《部里一个微不足道的人》，《戏剧》，1960年4月，15 ~ 48页。

《斗篷》，《戏剧》，1960年6月，37 ~ 47页。

《提词员》，《1960年时装资料集》，米兰，1960年。

《一个要去美洲的男人》，《戏剧》，1962年6月，5 ~ 37页（后改名为《一个要去美洲的男人。一个姑娘就要来》，Bietti出版社，米兰，1968年）。

《一个声名狼藉的纵队》，《戏剧》，1962年12月，33 ~ 61页。

《一个资产者的结局》，Bietti出版社，米兰，1968年。

《增长》，《秘密文件》，VI，19期，1972年7—9月，73 ~ 85页（1961年的独幕剧，有L. Pascutti的评介）。

《临床案例和另外几出独幕剧》，G. Davico Bonino编，

Mondadori 出版社，米兰，1985年（"戏剧和电影奥斯卡"丛书）。

《剧本》，G. Davico Bonino 编，Mondadori 出版社，米兰，2006年（收集了作者的全部剧作）。

音乐剧作品

《架高的铁路》（6个故事组成的音乐剧，Luciano Chailly 作曲，1955年10月1日在贝加莫市上演），Rotonda 出版社，贝加莫，1955年（后由 Ferriani 出版社出版，米兰，1960年）。

《刑事诉讼》（独幕滑稽剧，Luciano Chailly 作曲，1959年9月30日在科莫市奥尔莫别墅剧场上演），Ricordi 出版社，米兰，1959年。

《斗篷》（独幕歌剧，Luciano Chailly 作曲，1960年佛罗伦萨五月音乐节期间于5月11日在葡萄架剧场上演），Ricordi 出版社，米兰，1960年。

《有人敲门》（独幕电视歌剧，Riccardo Malipiero 作曲，电视台1962年2月为"1961年意大利奖"活动播出；1963年在热那亚演出），Suvini-Zerboni 出版社，米兰，1963年。

《已被禁止》（独幕歌剧，Luciano Chailly 作曲，1962—1963年演出季在米兰斯卡拉小剧场上演），Ricordi 出版社，米兰，1963年。

此外，迪诺·布扎蒂还为很多重要音乐剧画了不少布景，其中主要有前面提到的 Luciano Chailly 作曲的《斗篷》(葡萄架剧场, 佛罗伦萨, 1960 年)、《已被禁止》(斯卡拉小剧场, 米兰, 1963 年)和 Igor Stravinskij 的《扑克游戏》(斯卡拉歌剧院, 米兰, 1960 年)。

新闻报道集

《人间报道》, D. Porzio 编, Mondadori 出版社, 米兰, 1972 年。

《意大利的奥秘》, Mondadori 出版社, 米兰, 1978 年。

《迪诺·布扎蒂关于环意大利自行车赛的报道》, C. Marabini 编, Mondadori 出版社, 米兰, 1981 年。

《犯罪新闻》, O. Del Buono 编, Theoria 出版社, 罗马–那波利, 1984 年。

《玻璃山》, E. Camanni 编, Vivalda 出版社, 都灵, 1989 年。

《喷火者–海战报道》, Mondadori 出版社, 米兰, 1992 年。

《迪诺·布扎蒂的犯罪新闻报道》, 两卷, L.Viganò 编, Mondadori 出版社, 米兰, 2002 年。

《新闻报道精编》, 两卷, L.Viganò 编, Mondadori 出版社, 米兰, 2003 年。

《仅有大蛋糕还不够》, 两卷, L .Viganò 编, Mondadori 出版社, 米兰, 2004 年。

《多洛米蒂山上：1932–1970 年的作品》, M. A. Ferrari 编, Domus 出版社, 罗扎诺, 2005 年。

《山区的不法之徒》，两卷，L.Viganò编，Mondadori出版社，米兰，2010年。

序言和其他作品

《战斗形成的肖像》，载AA. VV.《战争初期的故事》，A. Cappellini编，Rizzoli出版社，米兰-罗马，1942年，39 ~ 50页。

《威尔第的困难》，载AA. VV.《朱塞佩·威尔第》，F. Abbiati编，米兰，年代不详（但事发于1951年），79 ~ 81页（纪念威尔第逝世50周年时在斯卡拉歌剧院公布）。

G. Supino作品序言，《伽拉忒亚的真实故事》，Ceschina出版社，瓦雷塞-米兰，1962年。

《米兰》，载AA.VV.《梭镖形长筒靴-意大利烹饪之旅》，P. Accolti和G. A. Cibotto编，Canesi出版社，罗马，年代不详（但事发于1964年），75 ~ 81页。

《罗斯特拉特是如何建成的》，载AA.VV.《意大利容忍时》，G. Fusco编，Canesi出版社，罗马，1965年，101 ~ 106页。

《最后审判的大师》，《博施全集》前言，有M. Ginotti的详细注解，Rizzoli出版社，1966年（《艺术经典》）。

A. Pigna作品序言，《穿便衣的百万富翁》，Mursia出版社，米兰，1966年。

《周末》，载F. S. Borri《米兰的雄伟公墓》，E. Marazzi的书画刻印艺术，Mrazzi出版社，米兰，1966年，71 ~ 75页。

A. Giannini 作品序言，《专利》，并有 D. Buzzati 的 13 幅插图，Longanesi 出版社，米兰，1967 年。

M. R. James 作品序言，《被撕碎的心》，Bompiani 出版社，米兰，1967 年（《压迫神经》）。

《两个朋友的证明》，载 A. Brambilla 的《日记》，F. Brambilla Ageno 和 A. Brambilla 编，Mondadori 出版社，米兰，1967 年。

《插图和照片》，载《(1915—1918 年)〈星期日邮报〉所刊阿基莱·贝尔特拉梅的卡尔索高原和的里雅斯特》，All'insegna del pesce d'oro 出版社，米兰，1968 年，10～16 页。

D. Manzella 作品序言，《准确的会合》，Bietti 出版社，米兰，1968 年。

W. Disney 作品序言，《唐老鸭的生活和美元》，Mondadori 出版社，米兰，1968 年。

A. Sala 作品导言，《正确的方向》，Rusconi 出版社，米兰，1970 年。

《高贵的再见》，W. Bonatti 作品导言，《伟大的时日》，Mondadori 出版社，米兰，1971 年。

E. R. Burroughs 作品序言，《人猿泰山》，Giunti 出版社，佛罗伦萨，1971 年。

A. Pasetti 作品序言，《蜥蜴的时刻》，Bietti 出版社，米兰，1971 年。

《秘密报纸》，有 G. Schiavi 的前言，《晚邮报》基金会，Rizzoli 出版社，米兰，2006 年。

信件

迪诺·布扎蒂,《致布兰比拉的信》, L. Simonelli 编, De Agostini 出版社, 诺瓦拉, 1985 年（参见 M. Depaoli,《布扎蒂的底色》, 载《手稿》, 卷 VII, 19 号, 1990 年 2 月, 101 ~ 108 页）。

——《夜里的儿子。未公开的迪诺·布扎蒂致阿尔图罗·布兰比拉的信》, M. Depaoli 编, 载《手稿》, 卷 VIII, 23 号, 1991 年 6 月, 50 ~ 67 页。

——N. Giannetto,《卡尔维诺与布扎蒂的来往信件》, 载《布扎蒂研究》, I, 1996 年, 99 ~ 112 页。

——《〈就我所写的那些东西通常使我极为烦恼……〉: 布扎蒂就姜弗兰切斯基关于他的一本书写的一封没有公开过的信件》, 载《布扎蒂研究》, II, 1997 年, 164 ~ 172 页。

——《〈已到最后一章……〉: 迪诺·布扎蒂关于弗兰科·曼德利对〈相爱一场〉的评论的一封珍贵信件》, 载《布扎蒂研究》, VI, 2001 年, 95 ~ 98 页。

再版后记

　　今年夏天，后浪出版公司的马国维先生来电说，想再版拙译迪诺·布扎蒂的《鞑靼人沙漠》，考虑到这本小说是十多年前翻译的，即决定再校对一遍。校对之后，对于在职期间老同事们常说的一句话感触更深了：翻译是一个让人永远感到后悔的工作。一般情况是，译好觉得满意后即交稿付印，但成品出来后再读白纸黑字的某些词句时常常会自谴：当初怎么会这样译！这次再校对过程中也经常如此自谴，不仅有的地方用词不当，意思表达不到位，没有把原文的内涵和风格表现出来，甚至有的地方理解错误，将意思译错。深感做到不仅达意，而且传神，把原作的思想、感情、神韵、风格用中文呈现于读者眼前，绝非易事，做到译文出神入化就更是难上加难了。

　　在这次校对中，首先发现的是，原先翻译时一些字句理解错误，虽然从中文译文看不出来，却意思大变，对原作损伤不小。一开始，主角离家上任时，他的感觉是，"最好的时日，青春时光可能就这样结束了"，以前译为"天气似乎好了起来，青春时期可能就这样结束了"。原文中"青春时光"就是"最好的时日",是同一个东西,原译不仅没有体现出来,而且将原文的tempo(意为时间、光阴、时代、天气等)译成了天气,一个主语成了两个主语,一句分成了两句,这双重的错译使原文那种感叹的意味和对命运的暗示丧失殆尽。德罗戈给妈妈写信时想到,妈妈可能认为,他会有些朋友:"但愿是些亲切友好的同伴",错译为"也许是些不太肥胖的朋友",将原文的magari看作了magri,前者是但愿的意思,后者是消瘦的意思。一个字母之差,意思满拧,而且情理不通,可见翻译时慎之又慎是多么重要。第十章德罗戈听到水流声,本来应该是,这"是我们日常生活的词语……需要我们去理解,我们却永远不可能弄明白",原译为"似乎可以听清的词语,却始终不可能明白是什么意思",将递进的两句合为一句,淡而无味。而且"听清"与"词语"的搭配也不合逻辑。第十一章写到德罗戈的一个梦,这个梦十分重要,同后面描写安古斯蒂纳的死亡紧密相关:"这一夜也将同过去的所有夜晚完全一样,如果德罗戈真的一夜没有做梦的话。他梦到,他回到了童年时代"。原译为这一夜同过去的夜晚完全一样,他"没有做梦"。将虚拟式动词当成了陈述式,因此就把如果没有做梦错为"没有做梦",紧接着的"他想起了童年时代"就好像不是梦而只是回忆了。后面写到安古斯蒂纳死亡情景时,又重复了这些梦境。如果不是梦而只是回忆,德罗戈的回忆与安古斯蒂纳的死亡何干?这一错译难免让读者摸不着头脑,造成混乱,而译为"他梦到,他回到了童年时代",所有的一切一清二楚,作家那种梦幻的特色则可以体现出来。十二章写到拉扎里去找那匹马时，"他吃惊地发现，那匹马并不是他的"，原译为"令人吃惊的是，那不是他的马"。都是"吃惊"，他本人的吃惊与令人吃惊意思完全不同，表达的效果也大不相同。十五章去勘定边界时，安古斯蒂纳中尉说，"一切在于，要比他们先抵达"，原译却成了"完全可以比他们先抵达"，将动词看错，意思全错。中尉头顶的山上"很长一段时间没有任何动静"，原译为"沉默了很长时间"，都是表达没有声响，但原译容易让读者误解为敌人不说话了，而实际是说周围一片寂静，与接下来的只能听到雪落之声衔接自然。十六章有一处将山顶"已经黑黢黢的"，错为"已经盖了一层白雪"。这可真是名副其实的颠倒黑白，当初是怎么错的，现在怎么也想不明白，真是鬼使神差，贻笑大方。发现这些错误后怎能不自谴，怎能不感叹：当初怎么能这样译呢？这不仅是明显的硬伤，更是对原著的损害，对作者的伤害，对中文读者的不负责任，也是一种伤害。现在能够改正这些错译，应该感谢后浪公司提供了这一机会，同时也借此机会向当时出版此书的重庆出版社和读者表示歉意。

在这次校对过程中深深感到，即使清除了这些硬伤，也只是做到了基本意思不错，与准确地把原著的全部信息完整地反映出来的要求还相距甚远。意思不错只是底线，还需要把原作的思想、内涵、神韵、风格反映出来，把原作字里行间那些没有明显写出来的东西体现出来，这就要表达到位，不能欠火候。德罗戈离家时，他想的是，这是他的"真正的生活的起点"，原译为"真正的生活开始的一天"，没有把他满抱希望的心理反映出来，而希望是造成他的终生悲剧的决定性因素，译文火候欠缺。他想回城，要大夫开证明，大夫问他是不是就说不能适应高海拔环境时，他回答说"就这样写吧"，原译没有"写"字，他的无奈就没有反映出来。他看到沙漠上的那匹马时，结论是"不该丧失这个机会"，原译的"不能浪费时间"，没有反映出他的急切心态。蒙蒂带队勘定边界时，他想让安古斯蒂纳吃尽苦头，心想"我将让你看个明白"，原译为"让你看到"，没有呈现出他咬牙切齿的狰狞面目，也是火候不到。德罗戈最后才感到，在时间的飞逝面前"毫无自卫之力"，原译为"毫无办法"，显然不到位。小说结尾的最后一句是，"在黑暗中，尽管没有一个人看他，他轻轻地笑了"，比原译的"在黑暗中，他轻轻笑起来，尽管没有一个人看他"更有些味道。

有时仅是一字之差，意趣大变，甚至谬之千里，所以需要认真琢磨。德罗戈起初觉得来日方长，所以认为不必"匆忙决断"，似比原译的"匆忙行事"更为贴切。城堡那个哨兵等待拉扎里回答口令时，被冷酷的中士监督，他感到再等下去似乎就"太轻率了"，同原译"不够慎重"意思差别不大，但用肯定词比否定词似乎更能显出他的焦虑。少校称赞他的学生一枪击中拉扎里时说莫雷托"绝不会失手"，比原译的"绝不会错"更能体现他的沾沾自喜和冷酷。德罗戈多年后体力尚好，能骑马，但"严重的是"，他没有那种愿望了。原译的"重要的是"意思不错，但意趣不同。书面作品不同于当面交谈，语气需要用感叹词来体现，翻译时稍不注意就会造成欠缺。十二章写到德罗戈和特隆克看到北方荒原的黑影时，后者说不是毛絮，德罗戈马上问："这么说来可能是什么呢？"原译没有"呢"字，但加上之后更可显出他的语气和他的急切和疑惑。德罗戈为调回城市去找那个将军，后者谈的却是城堡应该裁员。他问德罗戈，城堡的人"关于这一点"会说什么。德罗戈心不在焉，反问"关于什么"，将军的回答是："就是我们正在谈的事啊！"原译没有最后的"啊"字，但有了这个字后，将军的口气更明显，他那副不可一世的官僚面孔暴露无遗。像这样一些不甚明显的字词，一不小心就会造成错失，使原作蒙受损伤。这次校对后又对中文审读了一遍即发走，编辑赵波先生数次来电，询问个别字句。于是再次审读，又发现了一些错误和可以改进的地方。最后这次审读时，更多地是以读者的眼光去阅读译文的，因此更能发现问题。翻译和一切文字工作一样，可以反复修改，没有止境，即使这样，错误和不妥之处依然难免，只好等待方家指教并请读者见谅了。

《鞑靼人沙漠》用平平常常的语言叙述了德罗戈的悲剧，故事十分简单，没有迂回曲折的情节，读起来甚至有些沉闷。他抱着希望来到城堡，遇到的却是无边的沉闷和孤寂，年轻时好像时间流逝很慢，老年期却突然来临，幻想尚未放弃，死神却已站在眼前。他耗费生命，期待某种事情发生，却一直是白白等待。希望，或者说信念是他的精神支柱，但信念与努力在荒诞的现实面前轻飘无力，他只能在希望就在眼前时结束自己的性命，了无痕迹。这是作家对人的生存的思考，这种思考是从字里行间反映出来的，翻译时也需在字里行间把这种思考反映出来。德罗戈最后被逼离开城堡来到那个不知名的小旅店，这就是他的最后时刻。在楼下悦耳的歌声中，他"用尽全身心的力气"，"用力冲向那扇黑色的大门"，"两扇门好像不必推就自己打开了"。读者从这些字句中会对德罗戈是怎么死的得出自己的结论，对作家讲的这个在希望就要实现之际被逼撤退后默默结束性命的故事会有自己的体味，现实的荒唐，命运的无常，难免会涌上心头，跟着作家对人生进行一番思考，波澜不惊的故事也可惊心动魄。译文如果能够起到这样的作用就谢天谢地了。

　　如前所述，翻译是一种让人事后后悔不迭的工作，这就需要认真、谨慎，反复打磨，精雕细刻，要能耐得住寂寞，坐得了冷板凳，不能急于求成，大而化之。但只有这样的态度还不够，尚需译者有灵敏的语感，有语言分析的能力、逻辑分析的能力、理解和联想的能力、审美判断的能力和表达的能力。只有对原作有了透彻的理解，深切的体会，才能做到信，达和雅就需要灵活的母语表达能力了。要做到信，也不仅只靠语感和理解力，还需对原作所反映的那个社会有深入的了解。即使如此，也还有些东西让人莫衷一是，因为毕竟是两种不同的语境、两种不同的文化。刘姥姥在荣国府吃个母猪不抬头，是能吃一头母猪，还是像母猪一样吃起来不抬头？外国人翻译难免莫衷一是或者出错。陕西有肉夹馍，明明是馍夹肉，外国人也会莫名其妙。人行横道红灯时，南京人说："不好走。"北方小伙说："好好的路，怎么不好走？"蜀道难难于上青天，其实，最难的大部分是陕西道。同一个国家还有这样的误会和模棱两可，何况是两个不同的国家之间？意文

centro（中心）这个词不难理解，处理拉扎里的尸体时，中士看透了少校的冷酷，有一句内心的感叹。原文只有这个名词加个形容词magnfico，没有动词。原译为"真是个好靶子"，校对时改为"不偏不倚，正中靶心"。将centro理解为靶子似也不错，但这是一句不满之词，讽刺这是少校教出的好射手的"杰作"，一枪射杀，正中命门，显然改后的句子更符合原作的意蕴。罗马东北约百公里处有个城市叫里耶蒂，市内一广场有一个半米高、直径一米多的花岗石圆台，上面刻有意大利地图，旁边墙上大理石板写有各种文字，第一行是Centro d'Italia，英文是Centre of Italy，中文是"义大利中部"。意大利因种种原因分为南、北方和中部三个地区，因此，中文翻译似乎不错。其实大错，应该是意大利的中心点，准确术语是"意大利大地原点"或"意大利大地基准点"，就像我国陕西泾阳县永乐镇石际寺村的那个标志。一个简单又常见的centro也会造成牛奶路一样的错译，翻译时确实陷阱遍布。意大利还有"Ho presente"这样的句子，Ho是"我有……"，presente作为名词是"现在、在场者"，形容词是"现在的、出场的"。这个句子显然不合语法，无法理解。但人家就这样讲，就这样写，已经约定俗成，其意思是"我知道"。因此，翻译不只靠理解力，还要有广泛的知识，对原作所描写的社会及其风俗习惯、人情世故、村言俚语等等相当熟悉才行。理解只是第一步，更难的是表达，译者需要谨言慎行，把握分寸，拿捏准确，只有能够在两种文字间游走自如，才能将原作者要表达的东西完整准确地反映出来，达到出神入化的地步。这说起来似乎不难，实际并非如此。

因为翻译是一项复杂的工程，需要查字典、了解原作、剖析内容、了解作者、研究背景、查阅参考材料，然后才好下笔。开始翻译后也不可能势如破竹，一泻千里，总会有些地方被卡住，一个词、一句话，左也不是，右也不好，踟蹰不前，一筹莫展，大费周章。译好之后也不是马上可以交稿了事，需要反复修改润色。这次校对《鞑靼人沙漠》时，每天睡觉前都要默想一遍：今天校过的哪些地方尚有不妥需要改进？一天晚上，突然想到，是不是将原文中的compagno译成了"同志"或"战友"？因为这个词太常见了，很容易不过脑子译为"同志"。在意大利，法西斯分子之间互称compagno，显然与我们常说的"同志"不能等同，汉语中的战友一词也有很强烈的色彩，翻译时必须慎重考虑。次日起床后只好仔细查找，根据不同的场景，分别改为"同伴"或"同事"。

一部小说，一篇散文，一首诗，要十个人翻译会有十种结果，百人翻译百种结果，完全相同绝不可能，总有差别，各有千秋，要成为公认的最好的一个，绝非易事。"事因经过始知难"，这次翻译、修改《鞑靼人沙漠》后，对陆游的这一感叹更有了深刻的体会。

有些人觉得，好像写作高于翻译，前者是自己创作，是白纸上写出黑字，是"无中生有"，而翻译则是把别人已经创造出的东西"移"过来，只能算"模仿"，评职称时翻译作品就不被视为成果，只有论文才算数。无中生有的创作确实很难，但是，要表达别人的思想而不是自己思想的翻译工作也不易，甚至难上加难，因为你不能按自己的思路随心所欲地表达，只能用自己的语言去表达原作者的创造物，有如戴着脚镣跳舞。这首先需要与原作者进行复杂的交流，心有灵犀一点通，然后才能在理解原作的基础上进行再创作。翻译虽然可以称为模仿，但这种模仿必须传神，不是一个词、一个句子照字典的解释移过来即可，而是先把原作"化"为自己的东西，这个过程不是物理的、机械的过程，而是思维转化的复杂过程，不然就会把罗丹的《思想者》"模仿"成一个打瞌睡的家伙，蒙娜丽莎的永恒微笑成为乱飞的媚眼，那就成了失败的"模仿"。

絮絮叨叨写了这些同《鞑靼人沙漠》的修改或有关系或关系不直接的话，别无他意，只求各界能够理解翻译的苦衷和艰难，把翻译也看作一种创造性劳动，给予一定的重视，希望有关组织和协会能够真正代表翻译工作者的利益，像消费者协会同媒体、工商局、商家联络交涉那样帮助翻译工作者，成为他们的"娘家"，促进翻译事业的发展，也希望读者能够理解、体谅，如此而已。创建人类共同体是我们的目标，没有交流和理解，这一目标难以实现，翻译就是在建造交流和理解之桥，无疑是实现这一目标的一个重要环节，理应重视。

刘儒庭

2017年岁末

图书在版编目（CIP）数据

鞑靼人沙漠 /（意）迪诺·布扎蒂著；刘儒庭译
. -- 成都：四川人民出版社，2018.6
ISBN 978-7-220-10759-7

Ⅰ.①鞑… Ⅱ.①迪… ②刘… Ⅲ.①长篇小说—意
大利—现代 Ⅳ.① I546.45

中国版本图书馆 CIP 数据核字（2018）第 073550 号

四川省版权局
著作权合同登记号
图进字：21-2018-282

Il deserto dei Tartari by Dino Buzzati
© Dino Buzzati Estate
Rights arranged with Peony Literary Agency Limited acting in association with The
Italian Literary Agency.
本中文简体版版权归属于银杏树下（北京）图书有限责任公司。

DADAREN SHAMO
鞑靼人沙漠

著　　者	［意］迪诺·布扎蒂
译　　者	刘儒庭
选题策划	后浪出版公司
出版统筹	吴兴元
编辑统筹	梅天明
特约编辑	赵　波
责任编辑	唐　婧
装帧制造	墨白空间 · 韩凝
营销推广	ONEBOOK
出版发行	四川人民出版社（成都槐树街 2 号）
网　　址	http://www.scpph.com
E－mail	scrmcbs@sina.com
印　　刷	天津翔远印刷有限公司
成品尺寸	143 毫米 ×210 毫米
印　　张	9.25
字　　数	188 千
版　　次	2018 年 9 月第 1 版
印　　次	2018 年 9 月第 1 次
书　　号	978-7-220-10759-7
定　　价	45.00 元